Susanne Fülscher
Schöne Mädchen fallen nicht vom Himmel

Susanne Fülscher wurde 1961 in Stelle bei Hamburg geboren. Sie studierte Germanistik, Romanistik und Pädagogik und arbeitete einige Zeit als Journalistin. Heute lebt sie als freie Autorin in Berlin und schreibt Jugendbücher, Romane, Kurzgeschichten und Drehbücher.
Weitere Titel von Susanne Fülscher bei <u>dtv</u> junior: siehe Seite 4

Susanne Fülscher

Schöne Mädchen fallen nicht vom Himmel

Roman

Deutscher Taschenbuch Verlag

Von Susanne Fülscher sind außerdem bei <u>dtv</u> junior
lieferbar:
Salut, Lilli!, <u>dtv</u> pocket 78163
Te quiero – ich will dich, <u>dtv</u> pocket 78181
Supertyp gesucht (My secret life), <u>dtv</u> junior 70879
PS: Ich mag sie trotzdem (My secret life),
<u>dtv</u> junior 70746
Baggern verboten! (My secret life), <u>dtv</u> junior 70865
7 x Liebe, <u>dtv</u> junior 70936

Überarbeitete Neuausgabe
In neuer Rechtschreibung
März 2006
Deutscher Taschenbuch Verlag GmbH & Co. KG, München
www.dtvjunior.de
© 1997 KeRLE im Verlag Herder, Freiburg, Wien
Umschlagkonzept: Balk & Brumshagen
Umschlaggestaltung: Jorge Schmidt und Tabea Dietrich
unter Verwendung eines Fotos von Jan Roeder
Gesetzt aus der Berling 10,75/13,5·
Gesamtherstellung: Ebner & Spiegel, Ulm
Printed in Germany
ISBN-13: 978-3-423-70990-3
ISBN-10: 3-423-70990-1

Ich bin nicht schön. Ich bin lang und dünn und blass und meinen Busen muss man mit der Lupe suchen. Models fallen nicht vom Himmel. Wir müssen ackern und sexy gucken und grinsen, kokett und schmeichlerisch, wir sollen dies und das und dürfen fast gar nichts.

1

Der Sommer, in dem mein Leben den gewissen Kick kriegte, war heiß und schwül. Jahrhundertsommer sagten die einen, Klimakatastrophe die anderen. Mir war das mehr oder weniger egal. Hauptsache, ich konnte ins Schwimmbad gehen, regungslos auf einer Decke liegen und dem Flug der Schwalben zusehen. Eigentlich waren sie ständig und überall zu hören, sie waren sozusagen das Aushängeschild des Sommers, und manchmal träumte ich von ihrem flirrenden Gezirpe.

Ansonsten träumte ich von gar nichts. Weil das Leben alles in allem ziemlich langweilig war: Schule, Basketball, abends Fernsehen, am Wochenende Disco – ein ewiger Kreislauf. Nichts passierte groß, außer dass ich Englisch mal vergeigte, mal nicht, und ab und zu gab es einen Jungen, der sich auf der Straße nach mir umdrehte. Das war auch schon alles. Ödnis total.

Anna sagte immer: »Karen, du hast eben keine wirklichen Probleme. Denk an die vielen Kinder, die verhungern, misshandelt werden oder krank sind . . .« Natürlich hatte sie Recht, natürlich war ich ein undankbares Wohlstandskind, wofür ich mich auch schämte, aber was half mir diese Erkenntnis, wenn es darum ging, mal wieder ein paar langweilige Stunden rumzukriegen?

Und dann kam doch alles anders, dann kam der Tag aller Tage. Am Morgen sah die Welt noch aus wie immer: Ich stand auf den letzten Drücker auf, warf mich ohne zu duschen in meine Klamotten, Zähneputzen, eine Tasse Tee im Stehen, in aller Eile zur Schule radeln. Natürlich verspätete ich mich, was aber nicht so schlimm war, weil wir ohnehin demnächst Zeugnisse kriegten und alle Noten feststanden. Ebenso gleichgültig verbrachte ich auch den Tag. Ich starrte aus dem Fenster, quatschte ein bisschen mit Elfi und verabredete mich mit unserer Mädchenclique für den Nachmittag im Schwimmbad. Meistens gingen wir zu viert oder fünft, je nachdem, was noch so anstand, und da wir alle ohne Freund waren, stand eigentlich selten etwas anderes an.

Heute konnten nur drei von uns: Lena, Katja und ich. Elfi wollte mit ihren Eltern ins Reisebüro, Annett zum Ballettunterricht. Nichts, aber auch gar nichts deutete darauf hin, dass heute der Tag aller Tage sein würde, alles war eigentlich wie immer: Bevor ich zu Hause meine Badesachen packte, schob ich Minibaguettes in die Mikrowelle, die ich dann bei offener Balkontür vor dem Fernseher aß. Am frühen Nachmittag kam zwar nichts Vernünftiges, aber es war immer noch besser, sich idiotische Talkshows anzugucken, als den Geräuschen einer Wohnung zu lauschen, in der höchstens mal der Kühlschrank surrte.

Thema: dicke Beine. Im Studio standen fünf Frauen mit mehr oder weniger unförmigen Beinen. Eine hatte sich Fett absaugen lassen, eine andere machte die vierundsiebzigste Diät (ohne sichtbaren Erfolg), die dritte trug nur lange Röcke, während die übrigen beiden so taten, als würden sie zu ihren monströsen Stampfern stehen. Dazu gesellten sich drei Milchbubis, von denen zwei dicke Beine abstoßend fanden und einer meinte, es wäre ihm egal, Hauptsache, er würde sich mit seiner Freundin gut verstehen. Die Moderatorin, eine hübsche Dunkelhaarige mit sehr schlanken Beinen, hopste durch die begrünte Studiodekoration und hielt hier und da ihr Mikro in die Menge.

Irgendwie fühlte ich mich angesprochen. Ich hatte nämlich ein ziemlich mieses Verhältnis zu meinen Beinen. Zwar musste ich mich nicht auf zwei Elefantensäulen durchs Leben schleppen, aber da die Natur mich mit schnurgeraden Stelzen in der Farbe eines Harzer Käses ausgestattet hatte, die zudem oben, wo Schenkel normalerweise zusammenkommen, nur ein unförmiges Loch bildeten, schämte ich mich in gewissen Momenten zu Tode. Beispielsweise beim Sport oder im Schwimmbad, wo ich meinen knochigen Körper meistens mit schlabbrigen T-Shirts verhüllte.

Kaum hatte ich meine Baguettes aufgegessen, stellte ich den Fernseher aus, ging in mein Zimmer und öffnete meinen Kleiderschrank. Ein durch und durch trostloser Anblick: Die zwei alten Jeans lagen unter einem Stapel langweiliger Sweatshirts und außer den halbwegs neuen Shorts gab es überhaupt nichts, was mich vom Hocker riss. Vielleicht sollte ich in den Ferien jobben, um mir endlich mal ein paar neue Sachen zulegen zu können. Ein Urlaub mit meinen Eltern war sowieso nicht drin. Vor knapp einem Jahr hatten sie eine Pizzeria gepachtet und damit so viel um die Ohren, dass sie den Laden nie und nimmer für die Ferien dichtmachen würden.

Ich zog die Shorts an, fuhr dann mit meiner Badetasche in die City. Ein kleiner Abstecher zu meinen Eltern. Anna rannte hektisch hin und her, um ein paar Männern mit Schlips und Kragen Pizza zu servieren.

»Wenn du was essen möchtest«, rief sie mir zu. »Robert macht dir schnell ein paar Nudeln.«

»Ich habe schon gegessen. Wollte nur Hallo sagen.«

Anna strich mir im Vorbeigehen über den Kopf. »Iss wenigstens einen Salat.«

»Jaja.«

Ich ging nach hinten in die Küche, wo Robert ebenso hektisch in mehreren Töpfen herumfuhrwerkte. Antonio, sein Boy für alle Fälle, zerhackte gerade Kräuter.

»Na, Kleines?«

»Papa, ich bin eins siebenundsiebzig!« Manchmal, wenn ich guter Laune war, sagte ich zu meinen Eltern Papa und Mama, auch wenn sie sich dann *so schrecklich alt* fühlten.

». . . und du bist mindestens fünf Zentimeter kleiner.«

Das war Antonio. Er kam hinter seinem Tisch hervorgesprungen und küsste mir galant die Hand. Antonio war Klasse. Gut aussehend, ziemlich italienisch und vor allem einen ganzen Kopf kleiner als ich.

»Und du bist jetzt entlassen!« Robert lachte Antonio an, ich klaute eine Tomate und biss hinein.

»Hunger? Möchtest du Scampi?«

»Ich hab gerade gegessen!« Ich fand es ja nett, dass meine Eltern mich so umsorgten, trotzdem konnte ich mich ab und zu auch mal um mich selbst kümmern. Wir redeten noch eine Weile – Antonio machte mir wie immer schöne Augen –, dann zuckelte ich wieder ab.

Ich wollte mich gerade auf mein Fahrrad schwingen, als eine Frau mittleren Alters auf mich zugeschossen kam und mich am Arm festhielt. Ich dachte zuerst, ich hätte irgendeine Verkehrsregel missachtet oder einen Rentner angerempelt, aber da fragte sie mich, ob sie ein Polaroid von mir machen dürfe.

»Wieso das?«, stotterte ich.

»Weil ich glaube, dass du alle Voraussetzungen hast, um Model zu werden.«

»Model? Ich?« Ich war total perplex und fing einfach an zu lachen. Die Frau musste sich irren, das war doch völlig absurd.

Ohne auf meine Frage zu antworten stellte sie sich als Hilke Deny von der Agentur *Today Model Agency* vor, sie sei Talent-Scout, immer auf der Suche nach jungen, frischen Gesichtern.

Warum ich?, dachte ich die ganze Zeit. Das ist

doch ein Scherz! Ich bin dürr und bleich und meine Haare sind voller Spliss – von wegen frisch!

Dann ging alles ganz schnell. Die Frau zückte ihre Kamera, ich versuchte besonders nett zu gucken, klick, klick, klick machte es, schon notierte sie Namen, Adresse und Telefonnummer in einem roten Lederkalender unter der Nummer 35.

»Du hörst von uns. Und vielen Dank.« Mit diesen Worten verschwand die Frau in der Menge.

Ich stand wie bedeppert da. Erst jetzt merkte ich, dass mir der Schweiß den Rücken runterlief. Ich und Model! Models waren schöne Frauen, mondän mit sinnlichen Mündern, sie hatten dickes glänzendes Haar und nicht einen Pubertätspickel im Gesicht! Keine sah aus wie ein bleiches Gerippe, keine bewegte sich hölzern und ungeschickt!

Egal. Schließlich hatte ich nichts unterschrieben, niemand würde irgendetwas von mir verlangen können. Ich machte mich auf den Weg ins Schwimmbad und maß dem Vorfall einfach keine große Bedeutung bei.

Lena lag schon wie tot auf ihrem Handtuch.

»Du bist verrückt, dich so in die Sonne zu knallen«, sagte ich und lief einfach an ihr vorbei unter den nächsten Baum. Zwei Minuten später kam sie angekrochen.

»Neben dir sehe ich ja superbraun aus«, meinte sie stolz.

»Ja und? Ich werde eben nur knallrot. Also kann ich die Braterei doch gleich lassen.«

Es nervte mich schrecklich, dass mich alle Welt auf meine weiße Haut ansprach. Natürlich hätte ich es auch schöner gefunden, knusprig und goldbraun wie ein Imbisshähnchen durchs Leben zu laufen, aber was nicht ging, ging eben nicht.

Lena ließ sich auf ihr Handtuch plumpsen, Füße in den Schatten, Kopf in die Sonne. Ich betrachtete sie – besonders hübsch war sie eigentlich nicht, und nur weil sie eine andere Hautfarbe als ich hatte, brauchte sie sich noch lange nichts einzubilden.

»Eben hat mich eine Frau auf der Straße angesprochen. Sie meinte, ich könnte Model werden.«

»Waaas?« Mit einem Ruck kam Lena hoch.

»Sie hat Polaroids von mir gemacht.«

»Fantasierst du?«

»Kein bisschen.«

Ich merkte, wie ich langsam sauer wurde – schließlich war ich doch keine Schreckschraube mit Aussatz im Gesicht. Im gleichen Moment kam zum Glück Katja anmarschiert, sonst hätten wir uns wahrscheinlich richtig in die Haare gekriegt.

»He, Karen wird Model!«, rief Lena ihr zu.

Katja blieb daraufhin erst mal ganz cool. Ich musste die Geschichte mit den Polaroids ein zweites Mal erzählen; Katja merkte dann nur nüchtern an, das sei ja das absolute Klischee, ein Mädchen wird auf der Straße angesprochen, man macht Fotos von ihr und ein paar Monate später ist sie auf der *Elle*.

»Solche Typen wollen doch nur die Mädchen ins Bett kriegen«, sagte Lena.

»Blödsinn. Und außerdem – es war eine Frau.« Keine Ahnung, warum Lena es mir nicht gönnte, dass mich diese Frau aus der Menge herausgepickt hatte.

»Oder sie lotsen dich in irgendeine Modelschule, wo du viel Geld bezahlst und hinterher nicht einen einzigen Job kriegst.«

»Ist doch gar nicht gesagt«, meinte Katja. »Wart doch erst mal ab.« Sie stupste mich in den Arm. »Gib bloß niemandem deine Kröten. Das geht nur nach hinten los.«

»Ich bin ja nicht blöd!« Schnell rappelte ich mich hoch und lief zum Becken. Hätte ich nur nicht davon angefangen! Jetzt zerrissen sie sich die Mäuler, jede wollte es besser wissen, dabei war die Modelsache überhaupt noch nicht spruchreif. Ich würde später mal Tierärztin werden oder Journalistin, von mir aus auch Köchin in unserer Pizzeria – aber Model??

Das kühle Wasser tat gut. Mit voller Kraft schwamm ich ein paar Bahnen, und als ich endlich schnaufend am Rand Halt machte, quetschte sich ein Junge neben mich. Wir sahen uns an und ich dachte, seltsam, dass jahrelang nichts passiert und dann verliebt man sich auch noch Knall auf Fall.

2

Es war wirklich so etwas wie Liebe auf den ersten Blick. »Wart mal . . .«, sagte er und langte mir im selben Moment mit einer Wucht an den Kopf, dass ich einen dumpfen Knall spürte.

»Schon weg. Du hattest da eine Wespe.«

»Danke.«

Ich sah ihn wie benommen an und fand, dass die Wassertropfen, die in seinen Wimpern hingen, wunderschön glitzerten. Das war's dann auch schon. Er tauchte weg und ich dachte, Mist, jetzt bist du verliebt und weißt nicht, wohin mit deinen Gefühlen. So etwas war mir in langen siebzehn Jahren noch nicht passiert.

Zurück zu Katja und Lena, die beide in der Sonne brutzelten. Ich musste mich zusammennehmen, um meinen Mund zu halten. In meiner Magengegend zog sich alles krampfhaft zusammen, Hunger oder Völlegefühl, nicht mal das konnte ich noch unterscheiden. Ich sollte mich also in einen völlig Fremden verliebt haben. Das war doch durch und durch idiotisch. Einbildung. Sonnenbedingter Hormonschub. Der Wahnsinn!

Vielleicht ging Lena demnächst mal ins Wasser,

dann könnte ich Katja fragen. Stattdessen fing Lena wieder mit der Modelsache an, die sie offensichtlich wie verrückt wurmte.

»Hat die Frau denn gesagt, für wen sie arbeitet?«

»Für eine Agentur. *Today Model Agency.*« Ein Wunder, dass mir unter diesen Umständen der Name einfiel.

»Hört sich ziemlich unseriös an.«

»Woher willst denn du das wissen?«

Ich zog Shorts und T-Shirt über meinen nassen Badeanzug und ging einmal quer über den Rasen zum Kiosk. Lena sollte mich bloß in Ruhe lassen. Da sprach doch der pure Neid aus jeder Pore ihres brathähnchenbraunen Körpers. Mein Gott! Es kam mir bald vor, als hätte ich bereits oben ohne für irgendein Schmuddelblatt posiert und würde jetzt endgültig auf die schiefe Bahn geraten. Ich holte mir ein Eis und ertappte mich dabei, wie ich unauffällig das Terrain sondierte. Wie würde der Junge außerhalb des Schwimmbeckens in Klamotten und mit trockenen Haaren aussehen? Würde ich ihn überhaupt wiedererkennen?

Als ich mich auf einen der Stühle an der Balustrade setzte, kam Katja dazu.

»Lena hat wohl grad einen Sonnenstich«, sagte sie und lachte. »Darf ich mal probieren?«

Ich hielt ihr mein Eis hin und guckte mich noch einmal um, dann erzählte ich ihr die Episode von vorhin beim Schwimmen. »Sei mal ehrlich. Hältst du mich jetzt für völlig bekloppt?«

Katja hob die Schultern: »Na ja, mir ist so was eben noch nicht passiert, aber möglich ist . . .«

Weiter kam sie nicht, weil ich ihr einen ordentlichen Rippenstoß versetzte. Besagter Junge näherte sich mit Siebenmeilenschritten und es hatte ganz den Anschein, als ob er direkt auf uns zusteuerte.

»Hat sie dich auch wirklich nicht gestochen?« Schon war er über mir und betastete meine Haare. Während ich glaubte, ich müsse auf der Stelle ohnmächtig werden, ging Katja taktvoll zum Kiosk.

Was bloß reden? Mir fiel nichts ein.

»Möchtest du ein Eis?« Er strahlte mich an.

»Ich hab doch noch . . .«, stotterte ich.

»Eins auf Vorrat?«

Ich nickte, dann verschwand er in Richtung Kiosk. Zeit genug, um mir einen Schlachtplan zurechtzulegen. Erstens: ihn nach seinem Namen fragen. Zweitens: Alter. Drittens: Lieblingseis . . . Noch während ich so vor mich hin sponn, tauchte Lena klatschnass am Schwimmbadhorizont auf und war eins, zwei, drei bei mir. Die fehlte mir noch.

Doch dann passierte etwas Verrücktes: Der Typ kam mit zwei Eistüten zurück und Lena fiel ihm theatralisch um den Hals.

»Oh! Du hast mir ein Eis mitgebracht, Robin!«

»Das ist eigentlich für sie.« Er zeigte auf mich und meine wackelpuddingweichen Storchenbeine.

»Ihr kennt euch?«, fragte Lena.

»Ja. Seit ein paar Minuten«, entgegnete der Junge, der also Robin hieß.

Ich nahm mein Eis und ließ das andere in den Papierkorb wandern. Derweil spürte ich die ganze Zeit Lenas eisigen Blick auf meinem Rücken.

»Und woher kennt ihr euch?«, fragte ich, indem ich um mindestens fünf Zentimeter in den Himmel wuchs.

»Lena ist meine Cousine.«

»Wie lustig«, sagte ich ohne vernünftigen Grund.

Robin schlug vor, wir sollten unsere Sachen holen und uns zu ihm legen, aber Lena wollte unbedingt an ihrem Lieblingsplatz bleiben.

»Vielleicht morgen oder übermorgen.«

Merkwürdig, dass sie Robin nicht bat zu uns zu kommen.

»Na dann . . .«, sagte er und warf mir einen Blick zu, der mein Eis fast zum Schmelzen brachte.

Ich wedelte kurz mit der Tüte. »Bis dann!«, rief ich, während ich Lena folgte. Liebend gerne hätte ich meine Sachen gepackt und wäre ins andere Lager gewechselt, aber das konnte ich ja schließlich nicht einfach machen. Kaum dass wir wieder auf unseren Decken lagen, war Katja plötzlich neben mir. Sie drückte unauffällig meine Hand und grinste. Wahrscheinlich sah man auf einen Kilometer Entfernung, was gerade mit mir passiert war: die seltsame Wandlung eines Neutrums in ein schrecklich verknalltes Wesen.

* * *

Am Abend stellte ich mich nackt vor den Spiegel und versuchte mich mit den Augen eines Jungen zu sehen. Wie würde er meine dünnen Beine finden, meine Minibrüste? Ich guckte und guckte, aber irgendwie wollte es mir nicht gelingen, meine Erscheinung im Ganzen wahrzunehmen. Mal hatte ich nur die knochigen Knie im Auge, mal die etwas zu breit geratene Nase – es gab mich zwar, das war unbestreitbar, aber statt eine ganze Person zu sein zerfiel ich immer wieder in lauter Einzelteile. Egal ob ich die kritische Brille oder die wohlwollende aufsetzte, es kam immer das Gleiche dabei raus.

Als Anna und Robert gegen eins in die Wohnung kamen, hatte ich immer noch kein Auge zugetan. Wie früher als kleines Kind tapste ich auf den Flur und warf mich Anna in die Arme.

»Ich kann nicht schlafen!«, jammerte ich.

»Bald sind Ferien. Dann kannst du alles nachholen.« Anna ging voraus in die Küche. »Ich mach uns einen Milchshake.«

»Jetzt noch?« Wenn Anna mitten in der Nacht Milchshakes zubereitete, war es immer Zeit für intime Geständnisse. Meinerseits – versteht sich. Etwas missmutig tapste ich hinter Anna her in die Küche, beschloss ihr den Vorfall mit Robin erst mal vorzuenthalten. Dafür war alles zu frisch, zu belanglos, einfach zu unausgegoren. Da erzählte ich schon lieber die Sache mit den Modelfotos.

Anna sah mich schräg von der Seite an, dann meinte sie, im Prinzip solle ihre Tochter werden, was sie wolle, aber wenn ich *sie* fragen würde, Model sei nicht gerade der Beruf, bei dem sie vor Begeisterung an die Decke springen würde.

»Von Beruf ist doch gar nicht die Rede. Die Frau hat ein paar Polaroids von mir gemacht – das ist alles.«

»Und? Würdest du gerne . . .?«

Der Rest des Satzes ging im Brummgeräusch des Mixers unter. »Wäre vielleicht ganz lustig. So nebenbei ein bisschen Geld verdienen.«

Anna füllte den Milchshake in zwei Gläser und stellte mir eines davon hin. »Vanille.« Dann begutachtete sie mich, als würde sie mich zum ersten Mal in ihrem Leben sehen.

»Kann schon sein, dass du das Zeug dazu hast«, stellte sie trocken fest. »Objektiv betrachtet.«

»Was sind das denn plötzlich für Töne?«

»Na ja, du bist groß und schlank, deine Augen sind schön, dein Mund ist sinnlich und deine Haare . . .«

». . . sind nicht mehr wert als Spaghetti aglio olio.«

Anna fing tatsächlich an zu lachen. »Glaubst du etwa, alle Models haben dicke Mähnen, die sie nur zu schütteln brauchen und schon fallen sie in üppigen Locken auf die Schultern?«

»Hört sich ja fast so an, als wolltest *du* mich jetzt plötzlich zum Model machen.«

Ich trank meinen Milchshake in hastigen Schlucken.

»Nein. Absolut nicht.« Anna grinste. »Es gibt nichts

Schrecklicheres als Eltern, die ihre Kinder in bestimmte Berufe pressen wollen.«

Als ich wieder im Bett lag, dachte ich zum ersten Mal, dass es ziemlich cool wäre, Model zu werden. Im Rampenlicht zu stehen, schön wie eine Göttin – aber wie sollte ausgerechnet mir das gelingen?

3

Stimmt das? Du wirst Model?«, kam es am nächsten Morgen in der Schule von allen Seiten. Ich hätte sie würgen mögen, und an allererster Stelle Lena.

In der großen Pause knöpfte ich sie mir vor.

»Warum verbreitest du eigentlich so einen Unsinn?«, fragte ich sie.

»Ich hab's nur Britta erzählt«, kam es kleinlaut zurück.

»Echte Glanzleistung. Danke.«

»Tut mir Leid.« Lena zupfte an meinem Ärmel. »Robin fragt, ob du heute Nachmittag wieder ins Schwimmbad kommst.«

»Ja?« Ich merkte, wie ich selig zu grinsen anfing. Es war mir vor Lena zwar peinlich, aber ich konnte es eben nicht verhindern.

»Er ist jedenfalls da. Ab drei.«

»Danke.« Ich machte mich schnellstens aus dem Staub und musste im Klo erst mal Wasser über mein heißes Gesicht laufen lassen. Robin, die Frau von der Modelagentur – irgendwie fuhr mein Kopf seit gestern Karussell.

Ich konnte es kaum erwarten, nach der Schule

nach Hause zu fahren. Schnell etwas essen, dann wieder die Kleiderschrankprozedur, die wie am Vortag endete: Shorts und T-Shirt – basta.

Endlich war es drei. Ich ging ins Bad, prüfte noch einmal im Spiegel, ob alle Teile meines Gesichtes auch wirklich an ihrem Platz waren. Nase und Augen okay, mein Mund grinste mir etwas schief entgegen. Wenn ich jetzt losging und in der Fußgängerzone noch ein Eis aß, dann würde ich gegen Viertel vor vier da sein, das war gut getimt.

Ich nahm meinen Rucksack, den Schlüssel und hatte schon die Türklinke in der Hand, als das Telefon klingelte.

Frau Deny von der *Today Model Agency*. Sie klang nicht freundlich, auch nicht zickig, eher neutral wie eine automatische Bandansage. Meine Fotos seien in der Agentur gut angekommen, man würde mich gerne zu weiteren Tests einladen.

»Ja«, sagte ich und schaute auf meine Zehen, die mir riesig vorkamen. Und ich dachte: Ich komme noch zu spät und dann ist Robin weg.

Frau Deny redete und redete, und so absurd es auch war: Ich bekam nur die Hälfte von dem mit, *was* sie sagte. Ich notierte mir Tag, Ort und Uhrzeit, und als ich schließlich aufgelegt hatte, fiel mir ein, dass ich wieder nicht gefragt hatte, ob mich der Spaß etwas kosten würde.

Wütend verließ ich die Wohnung. Noch während ich das Thema *Modeln* abhakte, stellte sich automatisch das Phänomen *Gummibeine* ein. Dabei lag das

Schwimmbad noch längst nicht in Reichweite. Ich fühlte mich so albern, machte ich doch offensichtlich gerade das durch, was ich seit Jahren an meinen Freundinnen kritisierte. Herzklopfen. Zittrige Hände . . . Und wenn ich mich nicht zusammenriss, würde ich wahrscheinlich auch noch genauso dummes Zeug wie manchmal Lena oder Elfi daherplappern. *Er ist so süß! Und guck dir mal seine Augen an! Wie er seinen Po durch die Gegend schiebt! Und das eine Haar, das ihm oberhalb seiner rechten Augenbraue wächst!*

Als ich im Schwimmbad ankam, war mein ganzer Mut dahin. Ohne nach links und rechts zu schauen lief ich zu unserem Sonnenplatz und ging auf meiner Decke in Tauchstellung.

Lena stieß mich in die Seite.

»Robin wartet am Kiosk auf dich.«

»Wie?«

»Mein Gott, bist du schwer von Begriff.« Ohne ein weiteres Wort stand sie auf und lief zum Schwimmbecken.

Katja richtete sich auf und kniff mich in die Seite. »Du gehst jetzt da hin und kommst nicht eher wieder, bevor du drei Sätze rausgebracht hast.«

»Wieso gerade drei?«

»Weil . . . wenn du erst mal drei Sätze gesagt hast, werden es automatisch mehr.« Katja richtete sich auf. »Los! Mach schon! Er ist doch kein Monster!«

»Wenn du meinst . . .«

Katja *meinte*, und da ich nicht als absoluter Feigling

dastehen wollte, stand ich auf und ging auf wackligen Beinen über den Laufsteg namens Rasen. Ich erkannte Robin schon von weitem. Er trug abgeschnittene Jeans und ein weißes T-Shirt und guckte ziemlich konzentriert in die entgegengesetzte Richtung. Wenn ich's mir recht überlegte, war mir nicht mal klar, was ich so toll an ihm fand. Eigentlich sah er ziemlich durchschnittlich aus, er war weder klein noch groß, weder blond noch dunkel, weder hübsch noch hässlich und trotzdem hatte er etwas an sich, das mein Herz zum Rasen brachte. Das gewisse Etwas, den Faktor X, irgendetwas Unbegreifliches, das ich zuvor noch bei keinem Jungen erlebt hatte. Jetzt oder nie, dachte ich und dann stand ich schon vor ihm.

»Hallo«, kam es kieksig aus meinem Mund und er antwortete ebenso stimmbruchmäßig mit »Nice to meet you«. Wahrscheinlich hatte er sich den Spruch schon heute Morgen zurechtgelegt.

Noch zwei Sätze, dachte ich und schaute verkrampft auf meine Füße.

»Hast du die Jeans so fertig abgeschnitten gekauft?«, fragte ich schließlich und musste danach erst mal tief Luft holen. Mit der Frage hatte ich mich intellektuell so gut wie verausgabt. Robin fing an zu lachen. Nein, erwiderte er, die habe er mit der Nagelschere abgeschnitten, und ob ich sonst noch Fragen hätte.

Okay, jetzt war es auch egal. Keine Ahnung, woher ich plötzlich den Mut nahm, als ich ihm Katjas Behauptung von den drei Sätzen erzählte. Und dass mir keine vernünftige Frage als die nach seinen Jeans eingefallen wäre.

»Doof?«

»Überhaupt nicht. Was meinst du, wie nervös *ich* bin.« Er schüttelte seine Haare nach hinten. »Ich hab schon geglaubt, du kommst nicht mehr . . . Oder du würdest ewig auf deiner Decke liegen bleiben.«

Ich musste lächeln. Wie er mich ansah! Auf einmal wusste ich, dass ich gar keine große Lust hatte, all die gängigen Fragen zu stellen. Alter? Schule? Klasse? Was willst du mal werden?

Robin schien es genauso zu gehen, jedenfalls nahm er mich einfach bei der Hand und so spazierten wir aus dem Schwimmbad.

An der nächsten Straßenkreuzung fiel mir ein, dass ich meine Badesachen vergessen hatte.

»Nehmen deine Freundinnen sie nicht mit?«, fragte er.

»Ich weiß nicht.« Seine Hand lag immer noch in meiner. »Wo gehen wir eigentlich hin?«

»Zu mir?«

Ich schluckte. Offensichtlich musste ich da erst mal was klären.

»Für einen One-Night-Stand bin ich nicht zu haben.«

Er blieb stehen, sah mich an und drückte mich an sich. »Ich auch nicht«, flüsterte er in mein Ohr. »Außerdem haben wir noch lange keine *Night*!«

Zwanzig Minuten später fand ich mich in einem winzigen Etwas von Zimmer wieder. Ein Bett, ein

Schreibtisch und zwei ausrangierte Kinositze. An den Wänden hingen Ölbilder in schrillen Farben.

»Selbst gemalt?«

»Mein Bruder. Er ist Maler.«

»Kann er davon leben?«

»Mehr schlecht als recht, aber er kommt über die Runden.« Robin zögerte und kratzte sich verlegen am Ellenbogen. »Ich zeichne auch hin und wieder. Aber nur Porträts.«

Wir schwiegen eine Weile.

»Lena hat mir erzählt, dass du Model bist.«

»O mein Gott! Die blöde Kuh!«, platzte es aus mir heraus. »Glaub bloß nicht immer alles, was Lena sagt!«

Robin zog erst die Augenbrauen hoch, grinste dann schief. Möglich, dass ich seine Lieblingscousine beleidigt hatte, aber es war mir egal.

»Also, stimmt es nicht?«

»Nein, verdammt.«

»Es hätte aber gut sein können.«

Ja, mach mir nur Komplimente, dachte ich, das nützt jetzt auch nichts mehr. Meine ganze gute Laune war plötzlich verschwunden.

Ich ließ mich in einen der Kinosessel fallen und befahl mir bei null anzufangen. Einfach so tun, als habe es die Szene eben nicht gegeben.

»Ich hab zu Lena auch nicht das innigste Verhältnis«, sagte Robin. »Magst du was trinken? Wasser? Kaffee?«

»Wasser.« Mein Mund war wie ausgedörrt.

Robin ging aus dem Zimmer und kam kurz darauf mit Mineralwasser und Apfelsaft wieder.

»Weißt du was?«, fragte er, während er mir Wasser einschenkte und sich selbst einen Gespritzten zusammenmixte. »Du bist das Mädchen meines Lebens.«

Er sagte das völlig ungerührt. Mir stockte nur eine Zehntelsekunde lang der Atem, dann musste ich über so viel Unverfrorenheit lachen.

»Das ist nicht komisch.« Robin sah mich jetzt an. »Schon als ich dich am Beckenrand sah, hatte ich so ein Gefühl: Das ist der Moment! Auf den hast du so lange gewartet!«

»Entschuldige, aber das ist Blödsinn.« Mein Herz raste.

»Kein Blödsinn.« Robin reichte mir das Glas.

»Und woher willst du das wissen? Du kennst mich doch gar nicht.« Im selben Moment kam mir in den Sinn, dass es eventuell eine Masche von ihm war, vielleicht kriegte er die Mädchen damit reihenweise ins Bett.

»Ich weiß es nicht . . . Das ist ja das Verrückte.« Er guckte tief in sein Glas. »Ich weiß nur, dass du es eben bist.«

»Vielleicht solltest du das mit deinem Psychiater besprechen«, sagte ich barsch und stand auf. Mit einem lauten Klack klappte die Sitzfläche hoch. Mir wurde die Sache langsam unheimlich – wer weiß, was er noch so vorhatte. Mir fielen haufenweise Hitchcock-Filme ein, *der Krawattenmörder* und so, be-

stimmt waren wir ganz alleine in der Wohnung . . .
Ich ging zur Tür, aber Robin stand jetzt auch blitz-
schnell auf und packte mich an den Schultern.

»Bitte bleib!«

»Nein!« Ich hörte mich keuchen, versuchte mich
loszumachen.

»Du hast doch nicht etwa Angst?« Robin ließ mich
auf der Stelle los, ging zu seinem Schreibtisch. »Das
ist absurd!« Er fasste sich an den Kopf. »Es tut mir
Leid, ich wollte dich ganz bestimmt nicht erschre-
cken.«

Wie hypnotisiert blieb ich in der Tür stehen und
hatte plötzlich wahnsinnige Lust, ihn zu küssen.

»Wenn du magst, treffen wir uns das nächste Mal
wieder im Schwimmbad. Oder bei dir.« Er lächelte.
»Wo du willst.«

»In Ordnung«, sagte ich und verließ die Krawatten-
mörderwohnung mit einem Gefühl absoluten Ver-
liebtseins.

4

Today Model Agency stand draußen auf einem Messingschild. Ich klingelte, da ging die Tür auch schon surrend auf. Kein Flur – ich befand mich sofort in einem hellen, freundlichen Raum, lauter Grünpflanzen, zwei Schreibtische gepflastert mit Akten, Mappen, Modelfotos – und an die Wände waren Sedcards gepinnt. Ein Typ mit Ziegenbart und langen Haaren kam auf mich zu, er heiße Peter, sagte er, und arbeite als Booker in diesem Laden.

»Hallo, ich bin Karen.« Schüchtern streckte ich meine Hand aus, aber Peter war schon zu einem der Schreibtische gegangen, wo er in einem Stapel Mappen herumwühlte.

»Testfotos?«, fragte er ohne aufzusehen.

»Ja. Frau Deny . . .«

Dann klingelte das Telefon. Peter nahm ab, *o Eddie!*, *wie schön, dass du anrufst, blablabla,* so ging das minutenlang, die Tür klappte, ein paar Mädchen huschten durch den Raum, ebenso bleiche und dürre Geschöpfe wie ich, sie kicherten und waren gleich wieder draußen, warten . . .

Irgendwann bequemte sich Peter und legte endlich den Hörer auf.

»Ja . . . Ich hab hier eine Notiz. Du kriegst den Jo. Ein junger Fotograf . . .« Er hielt inne und taxierte mich von oben bis unten. »Ja, ganz nett«, murmelte er. »Weißt du überhaupt, was wir mit dir anstellen?«

Ich schüttelte den Kopf.

»Erst mal nehme ich deine Daten auf, danach gehen wir zu Jo rüber, der macht erste Testfotos von dir. Da kannst du dich ein bisschen vor der Kamera ausprobieren und wir sehen, wie du rüberkommst.« Er lächelte mich freundlich an. »Normalerweise produzieren wir mehrere Testreihen. Für die provisorische Sedcard und um dein Book aufzubauen.«

Bevor er weiterreden konnte, fragte ich ihn, ob mich das Ganze etwas kosten würde.

»Im Prinzip schon. Aber die Agentur schießt die Kosten für die Fotos vor. Wenn du später Aufträge bekommst, wird das Geld verrechnet.«

»Und wenn ich keine Aufträge kriege?«

»Das ist dann unser Risiko.«

»Also muss ich jetzt keinen Cent bezahlen?«, hakte ich nach.

»Keine Angst.« Er lachte immer noch so nett, wie Antonio es manchmal tat, wenn er mir ein besonders leckeres Häppchen hinhielt. »Wir sind eine seriöse Agentur.«

Einigermaßen beruhigt ließ ich mich ins Nebengebäude bringen, wo Jo noch bei einem Shooting mit einer schönen Schwarzhaarigen war.

»Du kannst inzwischen diesen Bogen ausfüllen.« Schwups, war er draußen. Ich hockte mich auf einen freien Stuhl und trug Namen, Adresse, Größe und Gewicht ein – bei den Maßen musste ich passen. Also machte ich weiter mit Augenfarbe, Haarfarbe, Schuhgröße und Konfektionsgröße. Englisch, Französisch trug ich bei den Sprachen ein, Führerschein hatte ich nicht – fertig. Dann hieß es warten, warten und nochmals warten. Niemand in diesem verdammten Studio nahm Notiz von mir. Vielleicht war alles ein Missverständnis und man hatte mich gar nicht für diesen Nachmittag eingeplant. Was könnte ich in diesem Moment alles anfangen! Robin treffen, ins Schwimmbad oder ins Café gehen, etwas für die Schule tun, Staub saugen – es machte doch überhaupt keinen Sinn, stundenlang hier rumzuhocken. Doch dann ging auf einmal alles ganz schnell: Die Schwarzhaarige verließ das Studio, der Fotograf kam auf mich zu, plötzlich war ein Haufen Menschen um mich herum, man diskutierte, taxierte mich, griff mir in die Haare und schon saß ich bei der Visagistin auf dem Stuhl. Als Erstes drehte sie meine Spaghettihaare auf heiße Wickler, dann wandte sie sich meinem nackten, bleichen Gesicht zu. Sie massierte mir eine Feuchtigkeitscreme in die Haut, ließ sie eine Weile einziehen, bevor sie eine flüssige Grundierung auftrug, dann tauchte sie einen Pinsel in transparenten Puder und bestäubte mein Gesicht. Anschließend experimentierte sie mit unzähligen dunklen Lidschattenfarben und vollendete ihr Werk mit schwarzem Kajal, den sie rund um die Augen auftrug. Als Krönung tuschte sie noch meine Wimpern und malte meinen Mund derart pingelig aus, als restauriere sie ein kostbares Gemälde. Zum Schluss legte sie mir ein Papiertuch über die Lippen und stäubte mit dem Pinsel ein bisschen losen Puder drauf. Haare auf, durchbürsten, eine kräftige Ladung Spray – Kunstwerk Karen fertig. Über eine Stunde hatte die ganze Prozedur gedauert.

Die Visagistin trat zur Seite, damit ich mich in voller Schönheit betrachten konnte. Eine etwa fünfundzwanzigjährige fremde Frau lächelte mir entgegen. Ihre Haare fielen in weichen Wellen auf die Schultern, ihr Gesicht wirkte schmal und zart und irgendwo unterhalb ihrer Nase prangte ein blutroter Schmollmund.

»Und? Gefällst du dir?« Jo war plötzlich hinter mir, er grinste und meinte, aus mir sei ja was ganz Anständiges geworden.

»Ja«, stotterte ich, und um von meiner Aufregung abzulenken, fragte ich, was ich denn anziehen würde.

»Du kannst deine Sachen anbehalten. Wir machen heute nur Porträts.«

Die Stylistin hängte mir eine bunte Glaskugelkette um den Hals, dann erläuterte Jo mir seine Arbeitsweise. Er sei zwar noch neu in der Branche, habe aber sehr genaue Vorstellungen davon, wie sich ein Model zu verhalten habe. Bitte alle Anweisungen befolgen, keine Staralüren. Er brachte das so grantig hervor, dass ich annahm, er habe es üblicherweise nur mit nervigen Möchtegern-Diven zu tun.

Jos Ansprache hatte zur Folge, dass ich ziemlich

verunsichert war. Fotografiert zu werden fand ich bisher immer klasse, aber hier im Studio unter den Argusaugen dieser Crew – allesamt Profis, die in ihrem Leben schon tausend und mehr schöne Mädchen gesehen hatten –, war es etwas anderes. Mit einem mulmigen Gefühl im Bauch stand ich auf und ging durch den Raum, als hätte ich gerade eben erst laufen gelernt.

Ich dachte an Robin, wie er mich beim Abschied angesehen hatte – das war wichtig, nur das. Warum die Sache hier also ernst nehmen? Es war ein Freizeitspaß, vielleicht der erste und letzte dieser Art, und wenn es nicht klappte – so what? Ich konnte doch auch im Café jobben oder bei der Post Briefe sortieren oder babysitten.

»Jetzt mal los!«, rief irgendjemand und klatschte in die Hände.

Ich ging auf meinen Platz und wartete ab, was kommen würde. Zuerst schoss Jo ein paar Polaroids, anhand derer er sehen konnte, ob das Make-up stimmte und das Licht okay war. Das dauerte nicht lange, schon kurz darauf steckten fünf Köpfe zusammen und sahen sich die Fotos an.

Danach wurde es ernst. Die richtigen Fotos. Ich wurde frontal fotografiert, anschließend musste ich mich auf einen Studiohocker setzen, die Haare nach hinten schütteln, den Kopf zur Seite drehen, lächeln, ernst gucken, sinnlich, wie ein junges Mädchen . . . Wieder aufstehen, die Hände in die Hosentaschen stecken, frech grinsen, einmal lasziv durch den Raum schreiten, *ja super!, weiter so, guck Bea an, ja, jetzt schau mal in die andere Richtung* . . .

War ich anfangs noch unbeholfen und verklemmt, löste sich plötzlich der Knoten. Auf einmal dachte ich nicht mehr groß darüber nach, wie ich wohl wirkte, ich lachte einfach oder guckte eben ernst, es war wie ein Rausch, ein toller Traum, in dem man alles gut machte.

Ehe ich mich versah, war Feierabend. Schade.

»Hat dir aber Spaß gemacht, was?« Jo sah begeistert aus, als er das sagte.

Ich nickte. Bestimmt glühten meine Wangen trotz der dicken Make-up-Schicht.

»Darf ich . . . ein paar Fotos sehen?«

Jo holte die Polaroids; ich konnte nicht anders und riss sie ihm gierig aus den Händen. Das war nicht ich, das war eine Wunderfee, schön, geheimnisvoll, dämonisch – das *konnte* doch nicht ich sein!

»Gefallen sie dir?«

»Sie sind super«, sagte ich mit voller Überzeugung. »Ich würde gerne eins mitnehmen. Ist das okay?« Im selben Moment hätte ich mir am liebsten auf die Zunge gebissen. Nur eingebildete Teenies wollten ihre Starfotos neidischen Freundinnen zeigen. Doch Jo wühlte schon in den Bildern, gab mir dann zwei Polaroids.

»Es hat Spaß gemacht, mit dir zu arbeiten.«

Schon war er draußen und ich stand mit einer ganzen Packung Abschminktücher in der Hand vorm Spiegel, *schnell, schnell,* heizte mir die Visagistin ein.

Dabei wäre ich zu gerne so nach Hause gegangen, einmal angeben, schaut mal, wie toll ich aussehen kann . . . aber nein, ich wollte mich vor diesen Leuten nicht blamieren. Also griff ich brav zur Abschminklotion, rieb und wusch und irgendwann war ich wieder die alte Karen, blass und dünn und so ohne jeden Glamour.

Mit dem Bus fuhr ich in die Stadt zu meinen Eltern. Ich hatte einen Bärenhunger.

»Mama!«, rief ich. »Du musst dir unbedingt die Polaroids ansehen!«

Obwohl Anna gerade mit ein paar Tellern auf den Händen angetänzelt kam, stürmte ich ihr entgegen.

»Du hast so schwarzes Zeug unter den Augen«, bemerkte Anna nüchtern.

Ohne zu antworten düste ich weiter in die Küche, wo ich einfach Antonio um den Hals fiel.

»He! Hast du sechs Richtige im Lotto?«

»So ungefähr.«

Ich wühlte in meiner Tasche, dann hielt ich Robert und Antonio die Fotos unter die Nase.

»Wow!«, sagte Antonio – Robert schwieg. Ich schaute mir ganz genau sein Gesicht an, konnte aber keine Reaktion darin erkennen. Ein wenig war ich schon enttäuscht. Er sollte sagen, wie schön er mich fand, nicht nur vor sich hin starren.

Dann kam Anna in die Küche.

»Zeig mal her.«

Sie nahm Antonio die Fotos aus der Hand und betrachtete sie eine Weile.

»Sehr schön«, murmelte sie schließlich. »Aber erkannt hätte ich dich nicht!«

»Papa gefallen sie nicht«, sagte ich beleidigt.

Anstatt wenigstens jetzt etwas wettzumachen wandte er sich seinen Töpfen zu und fragte mich, ob ich etwas essen wolle.

»Nein danke.« Mein Magen schmerzte schon vor Hunger, aber nun war zu meiner Enttäuschung noch Wut hinzugekommen – wie konnte ich da ans Essen denken!

»Leg Karen ein paar Scampi auf den Grill.« Anna lächelte und drückte mich, Antonio überschwemmte mich mit italienischen Komplimenten.

Jaja, bella! Sollte sich Antonio doch den Mund fusselig reden. Was nützte es, wenn Robert die beleidigte Leberwurst spielte. Zehn Minuten später waren meine Scampi fertig. Obwohl ich mir vorgenommen hatte nicht eines dieser fischigen Teile anzurühren, war mein Hunger doch größer. Schade – ich hätte Robert so gerne eins ausgewischt. Immerhin redete ich nicht mit ihm und auch er machte keine Anstalten, sich mit mir zu unterhalten. Ich aß schnell auf, fuhr dann auf direktem Weg nach Hause. Es war zum Heulen. Ich feierte einen der größten Triumphe meines Lebens, aber außer Antonio schien sich niemand so richtig mit mir zu freuen.

5

Es hatte mir noch nie großen Spaß gemacht, Zeugnisse zu kriegen, andererseits regte es mich auch selten auf. Es war eben, wie es war – warum sollte man sich gegen sein Schicksal auflehnen?

Mein Schicksal hieß gutes Mittelmaß. Zweier und Dreier, ab und zu mogelte sich auch eine Vier dazwischen.

Am Morgen beim Aufwachen dachte ich noch: Wenn du jetzt eine Liste der Dinge aufstellen solltest, die dir besonders wichtig sind, dann würde Robin an erster Stelle stehen, das Modeln an zweiter und ganz unter ferner liefen kämen die Zeugnisse. Merkwürdig, dass die paar Fotos im Studio so viel in mir ausgelöst hatten. Sie hatten mich eitel gemacht und ehrgeizig und vor allem heiß auf neue Fotos. Aber das Schlimmste an der ganzen Sache: Schon drei Tage waren vergangen und weder Frau Deny noch Peter hatten sich bei mir gemeldet. Ich überlegte, ob ich selbst anrufen sollte, verwarf den Gedanken jedoch wieder. Schließlich wollte ich mich nicht lächerlich machen.

Also hieß es warten und hoffen, und manchmal gab es Momente, in denen ich mich vor den Sommerferien geradezu fürchtete. Bestimmt würden sie entsetzlich langweilig werden. Fast alle aus meiner Schule hatten grandiose Reisen vor sich, nur wir mussten wegen unseres Restaurants zu Hause bleiben. Anna und Robert hatten mir zwar vorgeschlagen, ich solle doch mit einer meiner Freundinnen verreisen, aber Katja und Elfi fuhren mit ihren Eltern, Annett machte einen Sprachkurs in England und Lena schloss sich ihrer großen Schwester an.

Und dann dachte ich immerzu an Robin. Auch er schien sich einfach in Luft aufgelöst zu haben. Weder hatte ich von ihm gehört noch war ich ihm zufällig über den Weg gelaufen.

Andererseits war ich auch selbst schuld. Schließlich hätte ich ins Schwimmbad gehen oder mir von Lena seine Telefonnummer geben lassen können, aber was tat ich stattdessen? Hoffte insgeheim, Robin würde etwas unternehmen. Lena bequatschen, ins Telefonbuch gucken ... Im Nachhinein fand ich seine Liebeserklärungen gar nicht mehr so absurd, im Gegenteil, ich fühlte mich plötzlich geschmeichelt und hätte ruhig mehr davon bekommen können.

Aber nichts geschah, absolut gar nichts. War es also doch nur eine Masche von ihm gewesen? Irgendwie hatte ich das dumme Gefühl, wieder ganz schnell in der Monotonie des Alltags zu versinken, und alles, was sich so rosarot am Horizont abgezeichnet hatte, schien sich in Windeseile in Luft aufzulösen.

Der Unterricht war an diesem Tag die reinste Farce. In der Sportstunde machten wir bei glühender

Hitze Ballspiele, danach hatten wir nicht mal Zeit zum Duschen, sondern mussten uns genau sieben Minuten später wieder auf dem Rasen einfinden, um dort in der prallen Sonne mit unserer Deutschlehrerin übers Berufsleben zu reden. Jeder Einzelne von uns wurde nach seinem Berufswunsch gefragt, die meisten nannten irgendwelche akademischen Berufe, nur wenige sagten so etwas wie Bankangestellter oder Exportkauffrau. Ich hütete mich etwas von meinen neuen Modelambitionen zu erzählen, meinte nur lapidar, ich würde entweder Sprachen oder Touristik studieren. Frau Mansfeld fand das hochinteressant und quetschte mich nach Dingen aus, von denen ich selbst nicht die geringste Ahnung hatte. Als ich kurz vorm Sonnenstich war, bekam ich endlich mein Zeugnis ausgehändigt. Sah doch ganz anständig aus; immerhin hatte mir die Mansfeld eine Zwei gegeben und in Mathe, wo ich eigentlich auf der Kippe stand, hatte sich Brauner auch für die bessere Note entschieden. Nach der dritten Stunde war Schluss – welch Gnade! Elfi, Annett, Lena und Katja wollten zur Feier des Tages noch ein Eis mit mir essen gehen, was ich ihnen nicht abschlagen mochte.

Schon seit Tagen versuchten sie Details über mein erstes Shooting aus mir rauszuquetschen, waren aber bisher immer nur auf Granit gestoßen. Auch jetzt ging es wieder los. Was für ein Gefühl das sei, vor der Kamera zu stehen, ob der Fotograf wirklich immer »Ja, Baby, gib's mir!« sage und so weiter und so fort.

Um endlich meine Ruhe zu haben, erzählte ich knapp, es sei alles nicht so toll, wie man es sich vorstelle, und die Fotos seien auch ziemlich schlecht geworden.

Damit gaben sie sich vorerst zufrieden. Doch dann sagte Lena wie aus heiterem Himmel: »Ich glaube, Robin leidet an gebrochenem Herzen.«

Es kam so überraschend, dass ich in Sekundenschnelle rot anlief. Ich wühlte in meiner Tasche nach imaginären Zigaretten und fragte: »Na und? Was hab ich damit zu tun?«

»Eine ganze Menge. Sieht so aus, als ob du auch in ihn verknallt bist.«

»Auf welche Schule geht er eigentlich?«, fragte Katja Lena.

»Auf gar keine.«

Jetzt wurde ich hellhörig.

»Er ist gerade das zweite Mal achtkantig geflogen.« Lena grinste.

Ich konnte nicht einordnen, ob sie schadenfroh war oder stolz, einen so liederlichen Cousin zu haben.

»Warum denn?«, fragte ich, da Lena keine Anstalten machte, weitere Erklärungen abzugeben.

»Nichts Genaues weiß man nicht.«

»Das glaube ich nicht!«

»Man munkelt so einiges. Mädchen geschwängert, Alkoholexzesse, keine Ahnung . . . Schätze, er hat einfach keinen Bock auf die Schule.«

Oje, das wurde ja immer besser. Erst diese schmalztriefenden Erklärungen, die er wahrscheinlich bei einer Seifenoper abgeguckt hatte, und jetzt das. Nicht dass ich gerade ein Fan von Schule war, aber Jungs, die sich aus Prinzip ständig quer stellten, fand ich einfach nur albern.

Lena war jetzt richtig in Fahrt. Während sie gierig ihren Schokobecher löffelte, erzählte sie, ihr Onkel bestehe darauf, dass Robin sich endlich eine Lehrstelle suche, aber auch da würde er sich verweigern.

»Tritt in den Arsch«, sagte ich und meinte das auch so.

Lena guckte überrascht, dann fing sie an zu lachen. »Typische Reaktion, wenn man verknallt ist.«

»Quatsch.« Ich nippte an meinem Eis, das sich schon verflüssigt hatte und überhaupt nicht mehr schmeckte. »Was gedenkt der Herr denn mit seinem Leben anzufangen?«

»Hat er dir nichts erzählt?«

Ich schüttelte den Kopf.

»Schauspieler . . . Wenn er nicht gerade rumhängt, lernt er Rollen und demnächst will er vorsprechen.«

»Großartig«, sagte ich matt. »Schauspieler wollen sie alle werden.«

»Model auch.« Lena konnte es einfach nicht lassen.

»Na, du musst es ja wissen!«

Dann sah ich aus dem Fenster und dachte mit Schrecken daran, dass diese Ferien vermutlich die langweiligsten meines Lebens werden würden.

* * *

Am Abend gingen Anna und Robert mit mir ins Kino. Das war ziemlich ungewöhnlich, weil sie normalerweise keinen Tag freimachten, aber heute überließen sie ihren Laden Antonio und den Aushilfen. Meine Eltern waren plötzlich der Ansicht, ich sei eine wahre Musterschülerin, und ich freute mich darüber, den Ferienbeginn außerhalb unserer vier Wände zu begehen.

Robert hatte sich ausnahmsweise in Schale geworfen. Er trug einen hellen Leinenanzug und auch Anna konnte sich in ihrem knielangen grünen Kleid sehen lassen. Ich hatte wirklich Glück mit den beiden. Während meine Freundinnen nicht die geringste Lust hatten, mit ihren Eltern in der Öffentlichkeit aufzutauchen, genoss ich es richtig, wenn sie sich extra Zeit für mich nahmen.

Heute war im Kino kaum etwas los. Ferienbeginn, schönes Wetter – aber auch das fand ich toll. Man konnte die Beine hochlegen und nach Herzenslust das Popcorn zwischen den Zähnen krachen lassen. Während Anna die Karten holte, schob Robert mich in Richtung Sitzecke und machte ein ernstes Gesicht.

»Es tut mir Leid . . . wegen neulich«, sagte er dann.

»Wieso neulich?« Ich wusste absolut nicht, was er meinte.

»Diese Fotos sind schon toll, es ist nur . . .« Er kratzte sich am Knie und sah mich hilfesuchend an. »Es klingt bestimmt blöd . . .«

»Nun sag schon.«

». . . dass du jetzt erwachsen bist und so schön . . .«

»Ich bin nicht schön.«

»Bist du doch. Und . . . wahrscheinlich bin ich nur eifersüchtig auf die Leute von der Agentur und auf die Fotografen . . . Dass die dich alle so sehen können und . . ..« Er versuchte sich eine Haarsträhne hinters Ohr zu klemmen, die so kurz war, dass man sie nirgends hinklemmen konnte. »Ach, ich weiß nicht, wie ich es ausdrücken soll.«

»Ich glaube, ich verstehe«, sagte ich und hatte einen kurzen Moment lang die Vision, wie es sein müsste, selbst ein Kind zu haben.

»Nimm's nicht weiter ernst.« Robert lachte. »Ich werde alt und älter und wahrscheinlich immer verschrobener.«

»Quatsch!«

Dann kam Anna mit den Karten wedelnd anmarschiert und Robert verstummte.

Der Abend wurde alles in allem ziemlich nett. Der Film war gut (eine amerikanische Komöde), anschließend gingen wir ganz bürgerlich-deutsch essen, danach noch in eine Bar, wo Robert mir unbedingt einen Cocktail andrehen wollte, obwohl ich so gut wie nie Alkohol trank.

Gegen zwei waren wir schließlich zu Hause, hundemüde und glücklich, und als ich am nächsten Morgen um elf aufwachte, hatte sich mein Stimmungshoch noch nicht verflüchtigt. Ferien!

Selbst wenn es keinen Robin mehr gab, die Agentur mich hängen ließ und all meine Freundinnen auf und davon waren – immerhin musste ich nicht in die

Schule. Ich duschte lange, ging dann mit tropfnassen Haaren zum Bäcker. Das gehörte in den Ferien einfach dazu: Milchkaffee kochen, Croissants mampfen und dabei wenigstens ein bisschen so tun, als ob man in Frankreich wäre.

Beim ersten Croissant rief Tante Bea an und verwickelte mich in ein endlos langes Gespräch über die durchschnittliche Haltbarkeit von Haushaltstüchern. Als ich endlich auflegen durfte, war mein Kaffee kalt und ich wütend. Ich brühte eine zweite Tasse auf und wollte gerade mein nächstes Croissant hineintauchen, da ging das Telefon erneut. Am liebsten wäre ich nicht rangegangen, aber erstens war der Anrufbeantworter nicht eingeschaltet und zweitens hätte es ja zum Beispiel Robin sein können.

Kurz entschlossen legte ich mein Croissant zurück auf den Teller und griff zum Hörer.

»Peter. *Today Model Agency.*«

Mein Herz hüpfte mit einem Satz in den Magen.

»Um es kurz zu machen«, sagte Peter, »die Fotos sind sehr schön geworden, aber um dich zu Castings und Go-Sees zu schicken, brauchen wir noch weitere Fotoreihen . . . Hast du heute Nachmittag Zeit?«

»Ja«, sagte ich und schon nannte er mir eine Adresse, Studio B in der Friedensallee, 15 Uhr, Gespräch beendet.

Etwas ratlos stand ich in der Küche und hatte auf einmal keinen großen Hunger mehr auf mein Croissant. Einerseits freute ich mich riesig, dass es weiterging, andererseits wurde ich misstrauisch. Wieso brauchten sie noch mehr Fotos, warum genügten nicht die Superfotos, die es schon von mir gab? Gerne hätte ich jemanden gefragt, *ist das der übliche Weg, um Model zu werden*, aber ich hatte ja nur Freundinnen, die entweder neidisch waren oder die Nase rümpften, weil sie große akademische Ambitionen hatten.

Ich rief Anna im Restaurant an. Vielleicht konnte wenigstens sie mir einen klugen Ratschlag geben.

»Wenn's dir keinen Spaß macht oder zu anstrengend wird, kannst du die Sache jetzt noch abbiegen«, sagte sie. »Oder du betrachtest es als netten Ferienspaß.«

»Hmm«, machte ich und wusste schon, dass ich auf jeden Fall hingehen würde.

»Kriegst du Geld dafür?«

»Nein.«

»Umsonst würde ich das aber nicht machen.«

»Anna! Die Fotos kosten die Agentur ein halbes Vermögen.«

Ich sagte ihr nicht, dass man die Unkosten bei eventuellen Aufträgen später verrechnen würde.

»Vielleicht solltest du dich erkundigen, ob die Agentur auch wirklich seriös ist.«

»Wo denn zum Beispiel?«

Schweigen in der Leitung.

Wie schön, dass Anna manchmal so glänzende Ideen hatte, die leider zu nichts führten.

»Ich könnte da mal anrufen«, schlug Anna jetzt vor.

»Bloß nicht!«

Eine Pause entstand. Ich starrte auf meine Hände und hoffte, dass meine Mutter von dieser Schnapsidee wieder Abstand nehmen würde.

»Na gut«, kam es schließlich zögerlich durch die Leitung. »Aber lass dich auf nichts ein. Keine Nacktfotos oder so. Und unterschreibe nichts!«

»Ja, Anna!«

Erleichtert legte ich auf und bearbeitete noch schnell meine Fingernägel. Kurz und gerade gefeilt, durchsichtiger Lack – das hatte ich mir bei den Models in den Zeitschriften abgeguckt. Als ich fertig war, untersuchte ich mein Gesicht im Vergrößerungsspiegel. Zum Glück war kein Pickel im Anmarsch; so was konnte unter Umständen das ganze Foto verderben. Keine Schminke – das hatte Peter ebenfalls angeordnet. Wohl oder übel musste ich mich dran halten, auch wenn ich fand, dass ich ohne Wimperntusche wie ein Schluck Wasser aussah.

Den Rest des Vormittags verbrachte ich damit, aus gewissen hormonellen Übersprungshandlungen heraus im Telefonbuch herumzulesen. Dies war natürlich ein völlig sinnloses Unterfangen, da ich nicht mal Robins Nachnamen kannte. Und dann kam ich auf die absolut verrückte Idee, beim Schwimmbad vorbeizufahren, auch auf die Gefahr hin, dass ich später durchgeschwitzt und hochrot im Gesicht beim Shooting einlaufen würde. Aber wie sollte ich uns sonst eine Chance geben?

Ich warf Tampons, ein Deo, Traubenzucker und eine kleine Flasche Mineralwasser in meine Tasche, kämmte meine immer noch feuchten Haare durch und machte mich auf den Weg. Es war brütender geworden – die Sonne brannte vom Himmel und trocknete meine Haare in Sekundenschnelle. Damit ich gar nicht erst in Versuchung geriet, nervös zu werden, überlegte ich mir die ganze Zeit über, welches Eis ich mir gleich genehmigen würde. Eins in der Tüte oder lieber eins am Stiel, ich grübelte und grübelte, trotzdem bekam ich wieder meine Gummibeine – nichts zu machen.

Und dann sah ich ihn schon von weitem. Er stand zur Salzsäule erstarrt an der Balustrade vorm Kiosk, von wo aus man das ganze Schwimmbad überblicken kann, und guckte dem Treiben im Becken zu. Es dauerte keine fünf Sekunden, da schaute er plötzlich in meine Richtung. Als hätte er geahnt, dass ich im Anmarsch war.

»He!«, schrie er und winkte mit beiden Händen.

Während ich meine linke Hand tief in meine Shortstasche grub und bewusst langsam auf ihn zuschlenderte, fing er plötzlich an zu rennen und fiel mir um den Hals. Er roch nach Zitrone und Sonnencreme und ich musste mir große Mühe geben, nicht in Ohnmacht zu fallen.

»Schön, dass du gekommen bist!«, murmelte er an meinem Ohr.

»Ich muss gleich wieder weg.«

»Wohin?«, fragte Robin. »Kann ich mitkommen?«

»Das geht nicht.« Ich kramte mein Portemonnaie aus der Tasche. »Willst du auch ein Eis?«

»Gerne.«

Ich ging zum Kiosk – kurz mal Luft holen –, dann nahm ich zwei Nusseis in der Tüte.

»Ich möchte aber mitkommen«, jaulte Robin wie ein kleines Kind, als ich ihm sein Eis hinhielt.

»Ich muss zur Arbeit.«

»Du *arbeitest* in den Ferien?«

Ich nickte und fummelte ungeschickt am Eispapier herum.

»Was denn?«

Die Frage überrumpelte mich – was sollte ich nur sagen? Nachdem ich beim letzten Mal noch heftig abgestritten hatte etwas mit Modeln zu tun zu haben, wollte ich jetzt auf keinen Fall von meinem Fototermin erzählen.

»Ich mache Ablage in einem Büro«, sagte ich, weil es das Erstbeste war, was mir einfiel.

»Du Arme! Bei der Hitze!«

»Na ja . . .« Ich hob die Schultern und fühlte mich ziemlich mies.

»Dann kann ich dich doch begleiten!«

»Nein – es geht wirklich nicht.«

Eine Weile schleckten wir stumm unser Eis – was er jetzt wohl dachte? Immerhin hatte ich ihm die Abfuhr auf nicht besonders charmante Weise erteilt . . .

Robin wirkte nachdenklich, dann tippte er mir vorsichtig auf die Schulter.

»Wie wär's, wenn wir uns in den nächsten Tagen mal länger sehen?«, fragte er und fing im selben Moment an zu grinsen. »Statt zwei Minuten fünf. Oder auch sechs.«

»Ja, in Ordnung.« Mein Herz hüpfte, gleichzeitig wusste ich, dass es jetzt an mir war, einen Vorschlag zu machen. »Du könntest mich besuchen . . .«

»Wann?«

»Morgen um drei?«

Robin grinste.

Wir tauschten Adressen und Telefonnummern aus, und als ich wenig später ging, streifte er nur ganz leicht meine Hand.

»Bis morgen!«

»Bis morgen.«

Ich eierte auf meinen dünnen Beinen davon und spürte, dass er mir nachsah.

Merkwürdigerweise war meine Aufregung vor der Fotosession plötzlich wie weggeblasen. Das heißt, sie hatte sich verlagert: Die Sache, um deretwillen mein Herz jetzt klopfte, hieß Robin.

Im Bus holte ich meinen Stadtplan raus. Ich versuchte mich auf das wirre Muster aus Straßen und Buslinien zu konzentrieren, was mir jedoch nur schwer gelang. Immer wieder schob sich Robins Bild dazwischen. Seine gräulich-braunen Augen unter den von der Sonne etwas ausgeblichenen Haaren, sein schöner Mund . . . Plötzlich fand ich, dass er toll aussah, einfach großartig, und dass er ein paar Zentimeter kleiner war als ich, störte mich nicht im Geringsten.

Gerade noch rechtzeitig trudelte ich im Studio

ein. Diesmal waren nur Jo und eine Visagistin da, die sich als Ingrid vorstellte.

»Hi, Karen!« Jo schien ziemlich gute Laune zu haben.

»Hallo«, sagte ich.

Jo wühlte in seinen Fotokoffern herum. »Heute machen wir die Androgyne.«

»Die bitte was?«

»Peter meinte, du seist eher der jungenhafte Typ. Stylen wir dich heute mal als Kerl. Verzeihung, *Kerline*! Alles eine Frage der Inszenierung.«

Klasse, dachte ich nur. Gerade noch war ich so stolz gewesen, dass man aus mir ein einigermaßen weibliches Wesen gezaubert hatte, jetzt wollte man auch noch das betonen, was ich an mir am meisten hasste!

»Wir kriegen das schon hin«, meinte Jo lächelnd. »Peter ist von deinen Fotos übrigens ganz angetan.«

»Ach so«, sagte ich nur. Ich ließ mich auf den Stuhl vorm Schminkspiegel plumpsen und guckte zu, wie die Visagistin die Grundierung auftrug. Danach sah ich aus wie eine Leiche. »Den Armani-Anzug?«, rief sie Jo zu.

Jo schaute kurz rüber und nickte. »Ich glaub, der kommt am besten.«

»Schuhe?«

»Budapester.«

Ja, macht nur, dachte ich, und während Ingrid pinselte und pinselte, spielte ich x-mal die Szene von vorhin im Schwimmbad durch. Irgendwann legte die

Visagistin die Puderquaste aus der Hand und sagte: »Fertig.«

Offen gestanden war ich enttäuscht. Wo war die Diva vom letzten Mal abgeblieben? Ich sah ziemlich blass und ziemlich herb aus, gegelte und straff zurückgebundene Haare, bräunlicher Lippenstift, eigentlich hatte ich sogar gewisse Ähnlichkeit mit mir selbst und das passte mir überhaupt nicht in den Kram. Als ich dann Minuten später in dem weiten Nadelstreifenanzug steckte, dachte ich, so gehst du tatsächlich als Junge durch.

Jo geriet hingegen völlig aus dem Häuschen. Er rief etwas von »neuem Typ« und konnte mich gar nicht schnell genug vor die Linse kriegen. Da stand ich nun – stocksteif und reichlich angesäuert –, aber Jo fand auch das *genial.*

»Ja! Super! Du machst das großartig! Klasse! Ja! Weiter so!«

Er knipste und knipste, wechselte einen Film nach dem anderen und ich spielte weiter Stock vor der Kamera.

Um sechs Uhr war ich endlich fertig. Fix und fertig. Die Hitze und die Scheinwerfer hatten mich ausgelaugt, dazu das ewige Ausprobieren neuer Einstellungen. Mein Rücken tat weh, meine Füße waren dick und geschwollen.

Ohne mich abzuschminken verließ ich das Studio. Auch wenn es unprofessionell wirkte – es war mir völlig egal. Den Abend verbrachte ich mit Pellkartoffeln und Quark vor dem Fernseher. Ich hatte zu gar nichts Lust, nicht mal von Robin wollte ich träumen. Als Anna und Robert gegen eins nach Hause kamen, machte ich mir nicht die Mühe aufzustehen, um ihnen alles zu erzählen.

Das tat ich erst am Morgen beim Frühstück. Das heißt, zunächst sagte ich keinen Ton, erst als sie nachfragten, rückte ich mit der Sprache raus, berichtete kurz und knapp vom Ablauf des Shootings.

»Ist vielleicht doch nicht mein Ding«, murmelte ich schließlich und verschwieg den wahren Grund.

»Niemand auf der Welt zwingt dich!« Anna packte eine Espressomaschine aus, die sie aus Italien hatte kommen lassen. »Es gibt tausend schöne Berufe auf dieser Welt.«

»Ja«, grummelte ich, und als das Telefon klingelte, blieb ich einfach sitzen – in den Ferien rief mich kein Mensch vor zehn Uhr an.

Robert ging ran und hielt mir Sekunden später den Hörer hin.

»Die Agentur.«

»Hallo?«

»Karen, kannst du heute um halb drei vorbeischauen?« Es war Peter. Ich hasste es, wenn sich Leute am Telefon nicht mit ihrem Namen meldeten.

»Ja, das heißt eigentlich nein . . .«, stotterte ich.

Ohne auf das zu hören, was ich gesagt hatte, plapperte Peter einfach weiter. Es gäbe eine Besprechung mit der Agenturchefin, vielleicht würde noch ein anderer Fotograf ein Shooting mit mir machen.

Peng – aufgelegt.

»Was wollte der denn?« Robert sah mich neugierig an und auch Anna hörte auf sich mit der Espressomaschine zu beschäftigen.

»Ach, die nerven! Bestimmen einfach über meinen Tag! Nachher muss ich schon wieder hin, dabei hatte ich was anderes vor . . .«

Ich biss mir auf die Lippe; eigentlich wollte ich meinen Eltern noch nichts von Robin sagen.

»Die scheinen ja einen Narren an dir gefressen zu haben.« Robert klang stolz. Merkwürdig, sein plötzlicher Sinneswandel.

»Wahrscheinlich ist das nur normal«, sagte ich gelassen. »Lieber erst mal auf dem Teppich bleiben.«

Ich war froh, als wir endlich mit dem Frühstück fertig waren und Anna und Robert das Haus verließen.

Robin anrufen. Ihm absagen. Ich wollte ihm nicht absagen! Ich überlegte hin und her, vielleicht sollte ich ihm vorschlagen ihn später zu treffen, aber konnte ich mit Gewissheit sagen, wann *später* war? Zu ärgerlich! Erst war das Leben monatelang wie eingeschlafene Füße und plötzlich überschlugen sich die Ereignisse.

Als ich schließlich Robins Nummer wählte, war mir übel. Eine ältere Frauenstimme meldete sich, vielleicht seine Oma.

»Karen Coroll. Ich hätte gerne Robin . . .«

Die Frau ließ mich gar nicht weiterreden, schon hörte ich sie brüllen: »RO-BIN!«

Ein Scheppern an meinem Ohr – wahrscheinlich

hatte sie den Hörer hingeknallt –, danach geschah erst mal gar nichts. Warten. Es dauerte endlos lange Sekunden, bis sich ein verschlafener Robin meldete. Ich entschuldigte mich ihn geweckt zu haben und sagte kurz und knapp, dass ich unser Date verschieben müsse.

Robin klang enttäuscht.

»Ich meine . . . vielleicht sehen wir uns später«, schlug ich vor.

»Wann denn?«, kam es prompt.

»Ich weiß nicht genau . . . Es steht so viel Arbeit an. Ich könnte dich dann noch mal anrufen.«

»Wann ungefähr?«

»Hör mal, Robin, ich weiß es wirklich nicht. Wenn du dir lieber was anderes vornehmen möchtest . . .«

»Nein.«

Das klang so bestimmt, dass jeglicher Widerspruch zwecklos war. Außerdem freute ich mich, dass er offensichtlich nichts Besseres vorhatte als sich mit mir zu treffen.

Den Vormittag verbrachte ich mit Lebensmitteleinkäufen, wieder Haare waschen, Maniküre – schließlich konnte ich mir nicht mehr die geringste Nachlässigkeit erlauben.

Punkt halb drei klingelte ich bei der Agentur. Meine Haare hatte ich im Nacken zusammengebunden, zu einem kurzen Rock, den ich auf dem Dachboden in einem von Annas Kleidersäcken gefunden hatte, trug ich ein enges weißes T-Shirt. Mein Selbstbewusstsein war so nett und bescherte mir heute einen besonders guten Tag. Ich fühlte mich unschlagbar, geradezu hübsch!

Ein mir unbekannter Typ öffnete, düste jedoch sogleich wieder ab. Peter stand vor seinem Schreibtisch und redete mit einem Model. Das Mädchen war kleiner als ich, wohlproportioniert und hatte pechschwarze, dicke Haare – zum Neidischwerden. Sofort dachte ich, die wollen dich doch gar nicht, gegen so eine Schönheit bist du eine graue Maus, der zudem noch das Fell ausgeht.

»Hallo«, sagte ich schüchtern. Peter nickte mir nur kurz zu und bedeutete mir am großen Tisch in der Mitte des Raumes Platz zu nehmen.

Ich lud meine Tasche ab, setzte mich und schenkte mir einen Saft ein. Dann war warten angesagt. Ich hockte einfach da und beobachtete die Models, die ein und aus gingen, einmal huschte Frau Deny durch den Raum, aber alle taten, als wäre ich Luft. Warum war ich überhaupt gekommen? Warum hatte ich wegen so einer Farce mein Date mit Robin sausen lassen? Oder hatte man mich etwa vergessen?

Nach einer halben Stunde reichte es mir. Ich trank mein Glas aus und marschierte entschlossenen Schrittes auf Peter zu, der gerade eine Blondine am Wickel hatte.

»Geht gleich los«, sagte er, wobei er mich strafend ansah.

Ich dackelte wieder zurück zu meinem Platz, pulte an meinen frisch lackierten Nägeln herum und wartete nochmals eine geschlagene halbe Stunde.

Schließlich bequemte sich Peter und forderte mich auf mitzukommen.

»Warten muss auch gelernt sein«, erklärte er, während wir einen endlosen Flur entlanggingen. »Das ist das A und O im Modelberuf.«

Wir betraten ein Büro, in dem eine elegante Frau um die fünfzig an einem schwarz lackierten Schreibtisch saß. Sie stellte sich mir als Frau Thielen vor. Ein paar Floskeln wurden ausgetauscht, dann lobte sie meine Fotos. Ich bedankte mich artig.

»Du willst also Model werden?«, fragte sie.

Ich nickte.

»Dein Traumberuf?«

Die Frage überrumpelte mich. Sollte ich ihr etwa sagen, dass ich die Sache erst nur als Ferienspaß betrachtet hatte, jetzt aber langsam Gefallen daran fand, weil es meiner Eitelkeit gut tat? Unmöglich. Also setzte ich mich gerade hin, sah der Frau fest in die Augen und behauptete, Model sei mein Berufswunsch, seit ich denken könne. Und um ihr den Wind aus den Segeln zu nehmen, schob ich noch gleich eine Begründung hinterher: Ich hätte schon immer Spaß daran gehabt, mich vor der Kamera zu bewegen, außerdem hielte ich mich für sehr fotogen.

Frau Thielen lächelte und bat mich einmal aufzustehen.

»Hättest du überhaupt Zeit?«, fragte sie, indem sie mich von oben bis unten taxierte.

»Ich gehe noch zur Schule«, sagte ich und hob unsicher die Schultern.

»Gute Noten?«

»Ganz okay.«

»Und fällt dir das Lernen leicht?«

Ich wurde rot und sagte, dass ich eigentlich so gut wie nie lernen würde.

Keine Reaktion. Sie sah sich noch einmal die Fotos durch, reichte mir dann eins von der letzten Session. Eine fremde Frau schaute mich cool an – zu cool.

»Gefällt es dir?«

Ich nickte.

»Und dieses?« Sie hielt mir eines meiner ersten Fotos hin. Mähne und Schmollmund.

»Noch besser.«

»Um offen zu sein . . .« – Frau Thielen sah mich ernst an – »wir halten dich für begabt – für sehr begabt sogar. Auf beiden Fotos hast du eine sehr schöne Ausstrahlung, allerdings glauben wir, dass wir bei dir das Knabenhafte betonen sollten.«

Das Knabenhafte? Ich schluckte.

»Deine langen Beine, die kleine Brust . . . Du hast etwas Freches im Blick . . . Wie Jean Seberg 1959.« Sie nahm sich eines der Hosenanzugfotos und betrachtete es von nahem. »Seit vielen Jahren beobachte ich die Modelszene im In- und Ausland und ich kann dir prophezeien, dass der androgyne Typ ganz stark im Kommen ist. Weibliche Glamourfrauen wird es immer geben . . .« Sie schaute mich wieder an. »Wir könnten es mit dir versuchen. Dich als ganz neuen Typ aufbauen. Allerdings müsstest du die Haare abschneiden.«

»Wie?«, fragte ich, als verstünde ich plötzlich kein Deutsch mehr.

»Mit den Zotteln wird das nichts«, mischte sich jetzt Peter ein und grinste schief.

Bevor ich etwas antworten konnte, fragte mich Frau Thielen, ob ich es mir überhaupt vorstellen könne, diesen Typ zu verkörpern.

»Ich weiß nicht«, antwortete ich leise. »Ich dachte immer, ich wäre eher . . .«

»Weiblich?«

Ich nickte.

»Das denken viele. Die meisten wollen lieber Vamp als Garçon sein, dabei übersehen sie, dass sie als herber Typ viel eher etwas Besonderes sind.« Sie lachte. »Habe ich dich jetzt völlig verschreckt?«

Ich schüttelte den Kopf, obwohl mir zum Weinen zumute war. Zotteln hatte ich also auf dem Kopf. Haare ab. Das ging ja gut los!

»Überleg es dir bis morgen oder übermorgen und ruf mich an. Wenn du einverstanden bist, schneiden wir dir die Haare, machen noch ein Shooting und dann schicken wir dich zu den ersten Go-Sees und Castings. Einverstanden?«

Ich nickte noch einmal, dann stand ich mit schwachen Beinen auf und schüttelte beiden die Hand.

Es war so schwül geworden, dass ich kaum Luft bekam, als ich durch die Straßen wanderte. Wolken hatten sich vor die Sonne geschoben und machten den Eindruck, als wollten sie geradewegs auf mich runterplumpsen.

Ich hätte heulen mögen! Man hatte mir die größten Komplimente meines Lebens gemacht und trotzdem war ich so unglücklich, als hätte man mir mitgeteilt, ich sei hässlicher als eine Kröte und deshalb nicht mal als Model für ein Froschkönigfoto zu gebrauchen. Schon immer hatte ich die femininen Mädchen beneidet, ihre langen Haare und ihre Rundungen, jahrelang hatte ich darauf gehofft, dass sich auch bei mir was tun würde, aber mein Busen blieb flach, mein ganzer Körper eckig wie bei einem zwölfjährigen Jungen – nichts zu machen. Sollte ich das wirklich tun? Mich zu einem Wesen stylen lassen, das mehr Junge als Mädchen war – würde ich das ertragen können?

Zu Hause zog ich mich bis auf den Slip aus und stellte mich vor den Spiegel. Ohne Frage, ich war dünn, die Hüftknochen stachen heraus, aber trotzdem war ich eindeutig ein Mädchen. Klamotten an und Robin anrufen.

»Hallo, hier Karen.« Wahrscheinlich klang ich wie eine automatische Bandansage.

»Na endlich! Darf ich kommen?«

»Ja.«

»Soll ich was zu futtern mitbringen?«

»Ja.«

Robin klingelte eine knappe halbe Stunde später. Mit der linken Hand balancierte er ein Kuchenpaket. Gut so, dachte ich, ab sofort wirst du alles, was Kalorien hat, nur so in dich reinstopfen.

Ich zwang mich zu einem Lächeln. Tee oder Kaffee? – Robin wollte Kaffee.

»Schöne Wohnung«, sagte er, was vermutlich nur so dahingeplappert war. Unsere Wohnung sah nämlich durch und durch normal aus.

Stumm ging ich voraus in die Küche, warf die Kaffeemaschine an, holte Teller raus und bemühte mich meinen verstörten Gesichtsausdruck vor Robin zu verbergen.

»Wie war's bei der Arbeit? Viel Stress? Warum machst du nicht mal ein paar Tage frei?« Robin bombardierte mich mit lauter Fragen und ich dachte nur, sei doch still, sonst zwingst du mich wieder zu lügen.

Später beim Kaffeetrinken wunderte sich Robin, dass ich ihm fast den ganzen Kuchen wegaß.

»Ich muss zunehmen. Der Arzt hat gesagt, ich bin zu dünn.«

»Du bist gerade richtig so, wie du bist«, sagte Robin lächelnd und lud für eine Sekunde seine Hand auf meinem Bauch ab.

»Findest du, dass ich wie ein Junge aussehe?«

Robin fing lauthals an zu lachen. »Hätte ich mich dann in dich verliebt?«

Verlegen guckte ich meine riesigen Füße an. Warum reichte es mir nicht, dass Robin mir solche Komplimente machte? Gerne hätte ich ihm die Modelgeschichte in allen Einzelheiten erzählt, zweimal war ich fast so weit, aber dann traute ich mich doch nicht. *Wieso hast du das nicht früher gesagt*, hätte er mit Sicherheit gefragt, vielleicht wäre er auch sauer, weil ich ihn die ganze Zeit über angeschwindelt hatte. Ich kann auch warten, redete ich mir dann ein, schließlich ist die ganze Sache noch gar nicht spruchreif.

Um von mir abzulenken, fragte ich ihn, ob es stimme, dass er Schauspieler werden wolle.

»Ja«, antwortete er fast grantig, »und frag mich jetzt bitte nicht, weshalb ich von der Schule geflogen bin.«

»Tu ich doch gar nicht!«

»Außerdem bin ich nur von *einer* Schule geflogen. Falls Lena was anderes behauptet hat.«

Ich sah ihn baff an, musste dann grinsen. Typisch Lena.

»Du machst es ja spannend. Scheint ja *die* Geschichte zu sein . . .«

»Stimmt.«

»Okay, dann erzähl mir von deiner Schauspielerei.«

»Ich würde gerne zum Theater – von mir aus auch Fernsehen. Oder Musical.«

»Kannst du tanzen?«

»So einigermaßen.« Robin sah mich verlegen an. »Ich nehme gerade Stunden. Jazz, Stepp und klassisch.«

»Und wer bezahlt das?«

»Ich jobbe als Fahrradkurier. Manchmal auch als Pizzabote.« Er senkte den Blick und sagte übergangslos: »Karen, ich bin in dich verliebt . . .«

»Ja?«, murmelte ich und biss schnell vom letzten Stück Kuchen ab. Ich kaute und kaute, aber die Teigmasse ließ sich nicht runterschlucken, sie verfünffachte sich in Sekundenschnelle in meinem Mund.

»Ich wollte nur wissen . . . ob du mich . . . ob du auch was für mich übrig hast . . .«

»Könnte man so sagen.« Jetzt klang meine Stimme nicht mehr so unsicher. Ich wechselte zu Robin aufs Bett und dann küssten wir uns ungefähr so lange, wie man normalerweise braucht, um ein vollständiges Menü in einem Nobelrestaurant einzunehmen.

6

Anna meinte, ich solle es ruhig tun. Kurze Haare fände sie super und mir würden sie bestimmt hervorragend stehen. Robert sagte, *um Gottes willen, du hast so schöne Haare, Kind, wenn du sie offen trägst, siehst du richtig niedlich aus.*

Niedlich! Wenn das so war, tat ich wohl besser daran, mich Annas Meinung anzuschließen.

In einer Zeitschrift hatte ich gelesen, Frauen würden sich ihre Haare abschneiden, wenn ein neuer Lebensabschnitt anfing, zum Beispiel nach einer Trennung oder bei einem Berufswechsel. Bei mir war ein neuer Lebensabschnitt längst überfällig. Warum also nicht?

Die Knutscherei mit Robin hatte mir Auftrieb gegeben. Wie er küsste! Und er machte mir Komplimente ohne Ende, meine Lippen wären so weich, meine Augen so blau und meine Haut sei wie Samt . . . An und für sich nichts Besonderes, vielleicht hatten meine Freundinnen solche Dinge schon zigmal in ihrem Leben gehört, aber für mich bedeutete es den Himmel auf Erden. Ich war verliebt, ja, Robin war nicht nur eine Luftblase. Warum also über ein paar Zentimeter Haare mehr oder weniger nachgrübeln?

Am nächsten Morgen hängte ich mich gleich um neun ans Telefon und sagte zu. Peter war begeistert und schlug mir vor sofort vorbeizukommen, man würde schon etwas *Geiles* aus mir machen.

»In Ordnung«, sagte ich und hoffte, dass er unter *geil* auch eine Frisur verstand, die mich nicht hässlicher machte.

Eine Stunde später saß ich ängstlich vor einem riesigen Spiegel und ließ mir von einem Friseur den Umhang umlegen. Augen zu und durch.

Ich schloss tatsächlich die Augen und träumte wieder mal von Robin. Jede Sekunde, die wir zusammen gewesen waren, spulte ich bestimmt hundertmal im Kopf ab und dann meldete sich plötzlich das schlechte Gewissen. Immerhin hatte ich ihn angelogen, und wenn ich jetzt mit kurzen Haaren bei ihm aufkreuzte, würde sich entscheiden, wie es weiterging.

»Möchtest du einen Kaffee?« Die Stimme des Friseurs drang von ferne in mein Ohr.

Verwirrt öffnete ich die Augen. »Ja, bitte.«

Er verschwand und ich stellte mit Erleichterung fest, dass ich wie immer aussah, nur dass meine Haare nass waren.

Als er wiederkam – der Kaffee schmeckte gallebitter –, erklärte er, was er im Einzelnen mit mir anstellen würde. Seitenscheitel. Deckhaar lang, Nacken raspelkurz, eventuell hellblond färben.

»Hellblond?«, schrie ich.

»Das entscheidet Peter später. Würde dir aber gut stehen.«

Ein Grinsen, dann setzte der Typ die Schere an. In meinem Innern war die reinste Revolution ausgebrochen. Während es im Bauch kollerte, fing mein Kopf an zu schmerzen und das Herz raste wie nach zwanzig Tassen Kaffee. Von Färben war überhaupt nicht die Rede gewesen! Die konnten doch nicht einfach mit mir machen, was sie wollten! Mir war zum Weinen zumute, ja verdammt, am liebsten hätte ich die Tasse auf den Boden geworfen und Rotz und Wasser geheult.

Zapp, machte die Schere, und noch mal zapp – diesmal ließ ich die Augen lieber offen. Wer weiß, vielleicht kamen sie noch auf die glorreiche Idee, mir eine Skinheadglatze zu verpassen oder einen Irokesenschnitt.

»Du brauchst nicht so ängstlich zu gucken. Fred hat das schon im Griff.«

Fred schnitt und schnitt, immer wieder fuhr er mir mit den Fingern durch die Haare und irgendwann sah ich eine Karen im Spiegel, die kaum noch Haare auf dem Kopf hatte. Keine Panik, redete ich mir ein, es ist, wie es ist, und außerdem wirkt die Frisur ganz anders, wenn sie erst mal geföhnt ist.

»Fertig«, sagte Fred zirka zwei Sekunden später.

»Fertig?«

»Ja. Trocknet ruck, zuck an der Luft.«

Ich sah aus wie ein gerupftes Huhn. Fransige Spitzen, Ohren, die wie bei einem Elefanten das ganze Gesicht einnahmen. Tränen stiegen mir in die Augen.

Fred war schon davongeeilt, kam jedoch bald mit

Peter und der Chefin wieder. Beide wollten sich vor Begeisterung nicht mehr einkriegen.

»Wir sollten aber noch färben«, meinte Frau Thielen schließlich.

»Platinblond«, sagte Peter.

»Ohne mich«, sagte ich.

Alle sahen mich an, als würden sie erst jetzt merken, dass ich überhaupt anwesend war.

»Dann rot.« Die Chefin beugte sich über mich, guckte mit kurzsichtigem Blick in den Spiegel. »Rot müssen wir nicht färben. Da reicht eine Tönung.« Ein Lächeln: »Und die wäscht sich ganz schnell wieder raus.«

Bevor ich etwas erwidern konnte, stob Fred davon. Kurz darauf kam er mit ein paar Tuben zurück, die er den beiden Bossen unter die Nase hielt.

»Die!« Frau Thielen tippte auf eine Tube – den Farbton konnte ich nicht erkennen –, dann machte Fred sich an die Arbeit.

Eigentlich war ich nicht auf den Mund gefallen, aber jetzt saß ich da wie ein verschrecktes Mäuschen und sagte keinen Piep. Verdammt noch mal, warum? Erstens wollte ich nicht unbedingt Model werden, zweitens waren die Thielen, Peter und dieser wortkarge Fred keine Halbgötter, extra vom Olymp gestiegen, um mir mitzuteilen, wo es langging, und drittens fand ich es unangebracht, mich als Klumpen Lehm betrachten zu lassen, den man formen konnte, wie man wollte.

Trotzdem ließ ich die Prozedur über mich ergehen. Es war wie ein Alptraum. Man will wegrennen, schafft es aber nicht.

Irgendwann hatte Fred sein Werk vollendet. Ich starrte auf die fremde Person mit dem hellroten Kurzhaarschnitt und konnte mit keinem Verstand der Welt entscheiden, ob sie mir gefiel oder nicht.

Fred fragte mich zwar nach meinem Urteil, doch da ich kein einziges Wort hervorbrachte, lobte er sich selbst. Genialer Schnitt, geniale Farbe, und als Peter und die Thielen anrückten, war ich sowieso ausgeblendet.

»Cool«, meinte Peter.

»Wunderbar!«, rief Frau Thielen begeistert. »Wir müssen Probeaufnahmen von ihr machen!«

Dann diskutierten die drei Halbgötter noch ein paar Minuten lang meine Haarpracht, während ich mich immer mehr wie ein Perückenmodell fühlte, das in irgendeinem Theater in der Maske auf einem Ständer darauf wartete, zum Einsatz zu kommen.

Das Ganze hinschmeißen? Im Grunde war ich doch nichts und niemandem verpflichtet. In den Sommerferien würde sich das Rot schon auswaschen, die Haare würden nachwachsen und irgendwann wäre ich wieder die alte Karen, dünn und blass, ich würde gelangweilt in der Schule herumsitzen, bloß mit einem einzigen Unterschied: Es gab einen Robin in meinem Leben.

Ich kam nicht dazu, weiter meinen Gedanken nachzuhängen, denn eine mir unbekannte Visagistin rauschte heran, sie lächelte unentwegt, während sie mich schminkte, Fred fummelte erneut in meinen Haaren rum, eine dritte Person, weiblichen Geschlechts, steckte mich in Jeans und ein enges T-Shirt, das den Busen platt drückte, und eine vierte Person, männlichen Geschlechts, zerrte mich vor die Kamera.

»Ich habe Hunger!«, sagte ich. Tatsächlich merkte ich erst jetzt, dass ich kurz vorm Umkippen war. Zuletzt hatte ich vor Stunden einen Apfel gegessen.

»Nur die Polaroids.«

Also ging ich mit knurrendem Magen in Position und legte das gelangweilte Gesicht vom letzten Mal auf. Die waren ja wirklich gnadenlos.

»Ja super, weiter so, zeig's mir! Genau! Richtig! Den Kopf noch ein bisschen nach links drehen . . .«

Nach einer halben Stunde hatte man endlich Erbarmen mit mir. Ich nahm mir eine Banane und stopfte ein Stück Kuchen hinterher, dann ging es sofort weiter. Die Polaroids waren angeblich hervorragend geworden, die ganze Crew machte mir Komplimente, aber ich fühlte mich zu kaputt, um so etwas wie Stolz zu empfinden. Hauptsache, das Shooting würde bald ein Ende haben.

»In den nächsten Tagen schicken wir deine provisorische Sedcard los«, sagte Peter, als ich später mit wieder hängendem Magen dabei war, meine Schminke vom Gesicht zu wischen. »Mit ein bisschen Glück hast du dann bald deine ersten Aufträge.«

»Ja«, sagte ich teilnahmslos.

Noch war es wie ein Spuk. Fremde Menschen hatten wie bei Pinocchio an mir herumgeschnitzt, sie hatten etwas von mir abgeschnitten, ein bisschen Farbe hinzugefügt, Pinocchio lernt laufen . . .

Später, als ich zu Fuß nach Hause ging und ab und zu mein Spiegelbild in einer Schaufensterscheibe erhaschte, fand ich zum ersten Mal, dass diese fremde Person, die da langbeinig, dünn und entschlossen hermarschierte, gar nicht schlecht aussah. Eigentlich. Zumindest, wenn es eine andere als ich gewesen wäre.

Die Luft war schwülwarm. Ich betrat eine italienische Eisdiele, bestellte einen Schokobecher und setzte mich nach draußen. Zu Hause erwartete mich sowieso niemand. Robin anrufen? Irgendetwas hinderte mich daran, sofort zum Hörer zu greifen. Bloß nicht gleich am Anfang das Klammeräffchen spielen. Endlich kam das Eis – ich hatte schon wieder einen Riesenhunger. Während ich es hinunterschlang, beobachtete ich die vorbeieilenden Menschen. Ein Mädchen mit wunderschönen Locken, halb so groß wie ich, aber doppelt so dick, ging vorüber. Ziemlich selbstbewusst sah sie aus. Die würde bestimmt nicht einfach ihren Typ umkrempeln lassen. Dann hatte ich plötzlich eine Hand auf meiner Schulter, gleichzeitig gellte eine bekannte Stimme: »Karen!«

Es war Katja. Sie ließ sich neben mir auf einen Stuhl fallen.

»Ich glaub's nicht, ich glaub's nicht«, stammelte sie immer wieder und antwortete nicht auf meine Frage, was sie denn hier mache.

»Gefällt es dir?«, fragte ich unsicher.

»Tja . . . ganz gut. Ein bisschen gewöhnungsbedürftig.« Sie starrte mich wie einen Geist an. »Also, eigentlich sieht es klasse aus.«

»Was denn nun?«

»Ja, es sieht gut aus!« Ihr Blick normalisierte sich wieder, dann lächelte sie. »Ehrlich!«

Sie bestellte eine Cola und fragte mich, ob ich es aus einer Ferienlaune heraus getan hätte.

»Ja!«, antwortete ich erleichtert. Wie gut, dass sie mir gleich eine Begründung mitlieferte.

Katja kramte eine Schachtel Zigaretten aus ihrer Tasche und zündete sich eine an. »Wir sind eher zurückgekommen«, sagte sie verdrossen.

»Warum denn?«

»Es hat in einer Tour geregnet – stell dir vor, in Rimini! – und dann sind auch noch Dads Papiere geklaut worden.«

Selbst schuld, wenn man in Touristenhochburgen fährt, hätte ich am liebsten gesagt, murmelte aber so etwas wie eine Beileidsbekundung.

»Und sonst? Die Liebe?«

Es war klar, dass Katja das Thema ansprechen würde, und eigentlich war ich auch ganz froh, dass ich endlich alles erzählen konnte. Verliebtsein macht einfach mehr Spaß, wenn man auch in allen Einzelheiten darüber reden kann.

Ich fing also an zu berichten, und als ich bei der Stelle mit den Liebeserklärungen ankam, kriegte Katja glänzende Augen.

»Wahnsinn!«, murmelte sie. »So einen Verehrer hätte ich auch gerne.«

Ich hakte nach, fragte, ob sie einen Jungen wie Robin nicht für verrückt halten würde, aber Katja verneinte.

»Ich würde ihm glauben.« Sie lächelte versonnen. »Was kann einem Besseres passieren!«

Okay, dachte ich, wahrscheinlich hat sie Recht, und warum sträubte ich mich eigentlich so dagegen, die schönsten aller Dinge zu erleben?

* * *

Ein Rest Antipasti erwartete mich, als ich am Morgen um neun in die Küche kam.

»Ich hasse Antipasti zum Frühstück«, sagte ich und setzte mich an den Tisch, als ob nichts weiter geschehen sei.

»Mein Gott!«, rief Anna aus. Dabei blieb ihr der Mund offen stehen.

»Ich sehe was, was du nicht siehst . . .« Das war Robert, der sich jetzt ebenfalls in die Küche bequemte. ». . . das hat die Farbe Rot.«

Eigentlich war ich heute ganz gut gelaunt, mein Anblick im Spiegel hatte mich nicht in Angst und Schrecken versetzt. Langsam war ich wohl dabei, mich mit meinem neuen Ich abzufinden.

»Wollt ihr gar keine Erklärung?«, fragte ich.

»Doch«, sagten beide wie aus einem Mund.

Also gab ich ihnen eine Kurzfassung der gestrigen

Ereignisse, die sie – ganz gegen ihre Gewohnheit – mit keinem Wort kommentierten.

»Nun sagt schon, wie es euch gefällt.«

»Hübsch«, meinte Anna.

»Ja«, beeilte sich auch Robert zu sagen, »aber irgendwie bist du so gar nicht mehr . . . unsere Kleine.«

»Papa!«, stöhnte ich. Das war ja nun wirklich nicht der Punkt.

Wir redeten noch kurz über meinen Haarschnitt, dann wechselte Anna abrupt das Thema. Normalerweise wollte sie alles ganz genau wissen und jetzt schien es ihr wichtiger zu sein, was ich heute zu Mittag essen würde.

»Ich komm schon zurecht«, sagte ich und ging enttäuscht in mein Zimmer.

Ich erwartete ja nicht, dass sie vor Begeisterung Purzelbäume schlugen, aber ein bisschen mehr Anteilnahme hätte ich schon erwartet. Erst Stunden später ging mir auf, dass sie vielleicht nur unsicher waren. Von heute auf morgen hatte ich mich äußerlich verändert. *Wer weiß, was da alles noch passiert*, dachten sie bestimmt. *Was, wenn unsere Tochter dabei ist, uns zu entgleiten . . .*

* * *

Robin sah ich erst eine knappe Woche später. Er hatte sich eine Magen-Darm-Grippe eingefangen, die er auskurieren musste.

Am Telefon erzählte ich ihm nichts von meinem

neuen Look, obwohl ich es gerne getan hätte. Es wäre doch besser, ihn vorzubereiten, als plötzlich vor ihm zu stehen, doch dann fehlten mir die Worte.

»Okay, ich komm zu dir«, sagte ich bei unserem letzten Telefonat. Er war zwar schon gesund, aber noch etwas wacklig auf den Beinen.

»Und was ist mit deinem Job?«

»Heute liegt nichts an«, murmelte ich. Zuletzt hatte ich vor drei Tagen von Peter gehört. Die provisorische Sedcard sei fertig und würde losgeschickt. Kein Wort davon, wie die Fotos geworden waren, und auch an seiner Stimme hatte ich seine Gemütslage nicht einordnen können. Das wird vielleicht doch nichts mehr, dachte ich. Alle Mühe umsonst.

Irgendwie war ich seitdem ziemlich down und auch mein Herzklopfen wegen Robin hatte sich ein bisschen verflüchtigt. Zudem verschlechterte sich das Wetter, es fing an zu regnen und wollte schließlich gar nicht mehr aufhören.

Robin sah verändert aus. Bleich und dünn, vielleicht lag es aber auch nur an der Jogginghose, die um seine Beine schlabberte.

Er berührte mich leicht an der Hand und dirigierte mich auf einen der Kinosessel. Dann warf er sich auf sein ungemachtes Bett und sah mich an. Ich schaute derweil betreten auf die zerknüllte Bettwäsche; beide sagten wir keinen Ton.

Wahrscheinlich mochte er mich jetzt nicht mehr, fand mich aufgestylt und verfremdet, und schon jetzt vermisste ich seine Liebeserklärungen von neulich.

»Hübsch«, sagte er irgendwann, aber es klang eher wie »grauenhaft«.

Ich schluckte; bestimmt war ich kreideweiß.

»Du bist also doch Model.«

»Noch nicht.« In meinem Kopf gab es lauter kleine Explosionen.

Ich erzählte ihm die ganze Geschichte, und als er mich hinterher fragte, warum ich es ihm nicht gesagt hätte, wusste ich keine rechte Antwort.

»Ich verstehe nicht, warum die Menschen so oft lügen, obwohl sie keinen Grund dazu haben.«

»Aus Angst.«

»Angst wovor?«

»Vor Ablehnung.«

Robin lächelte unvermittelt.

»Ich lehne dich nicht ab. Im Gegenteil.« Er stand auf und quetschte sich zu mir in den Kinosessel, was mir fast den Atem raubte. »Du weißt doch, was ich dir neulich gesagt habe. Es ist immer noch gültig.«

So gültig, dass uns nichts anderes übrig blieb als uns zu küssen.

7

Meine Modelkarriere ging mit Siebenmeilen-schritten voran. Kaum waren drei Wochen um, hatte Peter schon eine Reihe Termine für mich fest-machen können. So genannte Go-Sees, also Vorstel-lungsgespräche bei Zeitungsredaktionen, und ein paar Castings für Werbeaufnahmen.

Die Fotos waren gut geworden, sehr gut sogar, und als ich die Sedcard, einen beidseitig bedruckten DIN-A5-Zettel mit einer Auswahl meiner bisherigen Fo-tos, meinem Namen und meinen Maßen, in den Hän-den hielt, war ich ziemlich stolz. Dennoch beschlich mich ein merkwürdiges Gefühl. Langsam wurde es ernst. Eine Agentur hatte mich offiziell in ihre Rei-hen aufgenommen, ich sollte nun mit Stadtplan in der Hand durch die Gegend pilgern, um mich nett grinsend bei Moderedakteurinnen vorzustellen. Und gerade jetzt, wo die ganze Sache einen professionel-len Touch kriegte, kam die Angst zu versagen.

Anna und Robert mischten sich nicht weiter ein. Sie hatten schon immer den Standpunkt vertreten, ihrer Tochter möglichst viel Freiheit zu lassen, und auch jetzt hielten sie sich eisern an ihre Devise. Aber sie konnten mir nichts vormachen. Ich sah, wie es in ihren Köpfen arbeitete. Da war die Angst vor unseriösen Angeboten, dass ihre Tochter nicht mehr in der Schule mitkommen würde oder gar überschnappte . . . Robin sagte ebenfalls nicht viel zu dem Thema, was allerdings eher daran lag, dass wir vorerst mit Küssen beschäftigt waren. Die einzige Person, die klar Stellung bezog, war Katja. Sie fand alles spannend und genial und wahnsinnig und meinte, ich solle unbedingt dranbleiben, so eine Chance würde ich nie wieder bekommen.

Entsprechend aufgeregt ging ich zu meinem ersten Kennenlerngespräch bei der *Young Girl*. Eine Frau um die dreißig empfing mich barfuß und in einem bodenlangen Blumenrock. Wir plauderten eine Weile ganz nett und unbefangen, sie bot mir eine Cola an, von der ich zwei Schlucke nahm, schon war ich wieder draußen. Ohne Herzklopfen, aber mit dem großartigen Gefühl, seit gerade mal einer Sekunde voll im Berufsleben zu stehen. Mein Typ gefalle ihr, hatte sie gesagt, und ich war so rot geworden, dass sich meine Gesichtsfarbe bestimmt mit meinen Haaren biss.

Ich hatte eine Stunde Zeit. Es lohnte sich nicht mehr, nach Hause zu fahren, also setzte ich mich an den Hafen und plante die nächste Route. Ich hasste Stadtpläne. Zum Glück kannte ich mich in Hamburg immerhin so weit aus, dass ich nicht auf völlig verlorenem Posten stand. Dennoch war es mir ein Gräuel, jetzt kreuz und quer durch die ganze Stadt fahren zu müssen. Einmal verfranste ich mich, fuhr wieder zwei

Stationen zurück und kam fünf Minuten vor dem verabredeten Zeitpunkt in der Redaktion an. Wieder lief das Gespräch unverbindlich freundlich ab und wieder war ich schneller draußen, als ich bis drei zählen konnte. Wie sollte ich in so kurzer Zeit nur einen prägenden Eindruck hinterlassen?

Der letzte Termin an diesem Tag war ein Casting für eine Bankwerbung. Noch einmal durch die Stadt juckeln, verzweifelt die Straße suchen, und als ich mit zweiminütiger Verspätung eintrudelte, erntete ich nur unfreundliche Blicke. Ich wollte mich gerade entschuldigen, immerhin war die kleine Sackgasse wirklich schwer zu finden gewesen, da schob man mich schon in einen Raum, in dem bereits sieben andere Models saßen. Dann hieß es warten – ich musste an Peters Worte denken . . .

Ein paar Mädchen rauchten und redeten leise auf Englisch miteinander, andere stierten nur vor sich hin oder blätterten Zeitschriften durch.

Obwohl ich normalerweise nicht rauchte, bat ich das Mädchen an meiner Seite auf Englisch um eine Zigarette.

»American?«, fragte sie.

Ich schüttelte den Kopf. »German.«

»Ich auch!« Sie lachte. »Ich heiße Edda.«

»So heißt auch der Hund unserer Nachbarin«, platzte es aus mir heraus.

Statt beleidigt zu sein bekam Edda einen derartigen Lachanfall, dass die anderen Models neugierig zu uns rübersahen.

»Sorry«, nuschelte ich und sie sagte: »Macht doch nichts«, und dann qualmten wir eine zusammen.

Edda war zweiundzwanzig und modelte seit ihrem fünfzehnten Lebensjahr. Als sie hörte, dass ich gerade erst anfing, meinte sie plötzlich ernst, ich sollte mir bloß keine Illusionen machen, Modeln sei ein knallharter Job und geschenkt werde einem gar nichts.

»Ich habe schon tagelang bei irgendwelchen Castings in Mailand rumgehockt und keinen einzigen Auftrag gekriegt.« Sie guckte auf ihre perfekt manikürten Hände. »Jetzt mache ich hauptsächlich Katalog in den Staaten. Ziemlich öde.«

»Aber Amerika ist doch toll!«, warf ich ein.

»Ja, klar! Besonders wenn du jeden Morgen um vier aufstehst, als Erstes Lockenwickler in die Haare kriegst und dann auf Schrottplätzen fotografiert wirst.«

»Um Himmels willen! Wieso fängt man denn so früh an?«

»Ganz frühmorgens ist das Licht am besten.«

»Oje!«

Edda nickte und lachte wieder auf ihre entwaffnende Art. Irgendwie sah sie aus, als würde sie jede Woche auf dem Titelblatt der *Elle* oder *Vogue* abgebildet sein. Sie hatte große blaue Augen, dazu pechschwarze halblange Haare, eine schön schlanke, aber dennoch gerundete Figur. Toller Busen, dachte ich neidisch, und als sie meinen Blick spürte, grinste sie nur: »Silikon.«

»Wirklich?«

»So wahr ich hier sitze und gleich einen hysterischen Anfall kriege!«

Ich kicherte verlegen und schwieg erst mal.

»Du bist nett«, sagte Edda plötzlich. »Findet man selten in der Branche. Liegt vielleicht daran, dass du neu bist.« Sie zündete sich wieder eine Zigarette an und fummelte eine Cola light aus ihrem Seesack. »Wenn du dich nicht rechtzeitig nach was anderem umsiehst, bist du irgendwann die letzte Idiotin. Ich hab mir überlegt, dass Fotografin eine ganz nette Sache wäre.« Sie inhalierte tief. »Was treibst du so?«

»Ich gehe noch zur Schule.«

»Mach bloß dein Abi. Ich bin nach der Zehnten abgegangen und ärgere mich bis heute schwarz darüber.«

»Du kannst es doch nachholen.«

»Jetzt noch?« Sie winkte ab. »Bloß nicht. Wieder mit pickelgesichtigen Kids eine Schulbank drücken?«

»Abendschule?«

»Weißt du . . . mir ist die Lernerei nie besonders leicht gefallen.« Die Zigarette landete im Aschenbecher. »Und du? Bist du gut in der Schule?«

»Mittelmäßig. Aber ich strenge mich auch nicht besonders an.«

»Du Glückliche!« Edda seufzte und sah mit sehnsüchtigem Blick zur Tür, aus der im selben Moment ein Typ trat.

»Tut mir Leid, die Verspätung«, sagte er, dann taxierte er uns kurz, um sofort wieder in seinem Büro zu verschwinden.

»Was war das denn?«, fragte ich.

»Ein Casting, wie es im Buche steht. Falls du genommen wirst, kriegst du von deiner Agentur Bescheid. Ist aber eher unwahrscheinlich. Klappt nur selten.«

Gemeinsam gingen wir nach draußen. Es war brütend heiß.

»Wir könnten was trinken gehen«, schlug ich vor.

»Ich kann leider nicht. Hab noch einen Termin. Aber wir sollten Telefonnummern austauschen.«

Sie gab mir ihre Sedcard, ich ihr meine, dann sagte sie: »Bin in der nächsten Zeit wieder im Ausland. Aber ich melde mich auf jeden Fall bei dir.«

Zum Abschied verteilte sie drei Küsschen auf meinen Wangen, stieg auf ihre Vespa und brauste davon.

Ich war ziemlich froh, Edda kennen gelernt zu haben. So fühlte ich mich nicht so alleine in der großen, weiten Modelwelt.

8

Bankwerbung – na ja. Eigentlich interessierten mich Banken nicht besonders, aber was spielte das schon für eine Rolle? Mein erstes Casting und man hatte mich prompt aus einem ganzen Haufen Models ausgewählt. Wenn das kein gutes Zeichen war! Die zahlen 500 Euro, hatte Peter am Telefon gesagt, allerdings würde die Agentur mir wegen der vorgestreckten Fotos etwas abziehen. Egal. Und wenn nur 100 Euro übrig blieben – für einen Tag Arbeit hatte ich bisher nie mehr als 45 bekommen!

Glücklich und aufgeregt wie ein Kind zu Weihnachten stiefelte ich am Morgen um acht los. Zwar war der Termin erst für neun Uhr anberaumt, aber ich wollte auf keinen Fall zu spät kommen. In der U-Bahn kontrollierte ich noch einmal mein Gesicht im Taschenspiegel. Beruhigt stellte ich fest, dass ich in den letzten sieben Minuten keinen eitrigen Pickel bekommen hatte und auch sonst alles okay war. Zum tausendsten Mal nahm ich dann meinen Stadtplan zur Hand und sah nach, ob die angegebene Straße auch wirklich da war, wo ich sie vermutete. Der Ernst des Lebens hatte begonnen – das wurde mir mit jedem Meter, die sich die Bahn vorwärts bewegte, klarer.

Als ich zehn vor neun im Fotostudio einlief, war außer dem Besitzer des Studios und einem funkelnagelneuen Sportwagen noch niemand da.

»Kannst dir schon Kaffee nehmen«, sagte der Mann.

Während ich seiner Aufforderung folgte, schlurfte er fröhlich pfeifend hin und her und stellte Brötchen, Obst und Aufschnitt auf den Tisch, redete aber nicht mit mir. Ich schenkte mir Kaffee ein und bemühte mich die Situation nicht unangenehm zu finden.

Erst gegen Viertel nach neun trudelte der Rest der Mannschaft ein: der Fotograf, ein anderer Mann mit Halbglatze, der von der Werbeagentur UNIX kam, zwei Visagistinnen und plötzlich – ich glaubte meinen Augen nicht zu trauen – schneite Edda, völlig außer Atem und mit einer quietschrosa Plastiktasche in der Hand, zur Tür herein.

»'tschuldigung«, murmelte sie, und als sie mich entdeckte, stürzte sie einfach auf mich zu und fiel mir um den Hals.

»Genial, dass sie ausgerechnet uns beide genommen haben!«

Das fand ich auch. Es war geradezu unglaublich!

Der Werbetyp besprach sich mit dem Fotografen und den Visagistinnen und wir hatten genügend Zeit, erst mal gemütlich zu frühstücken. Meine Angst war verflogen. Mit Edda zusammen würde ich es schon schaffen.

Während sie auf einem Stück Melone herumkaute, erzählte sie mir, wie sie bei einer Fotoproduktion mal ins Wasser gefallen war, weil der Fotograf sie Schritt für Schritt nach hinten gelotst hatte.

»Danach habe ich wochenlang mit Lungenentzündung im Bett gelegen.« Edda wollte sich vor Lachen ausschütten.

»Scheint ja ein gefährlicher Beruf zu sein.«

»Ist es auch. Vor allem vor den Fotografen musst du dich in Acht nehmen.« Sie sagte das so laut, dass unser Fotograf zu uns rübersah.

»Klappe. Sonst fresse ich euch auf!« Auch er lachte, was mich ziemlich freute, weil ich so eine lockere Atmosphäre gar nicht erwartet hatte.

Dann wurden wir geschminkt. Edda von einer kleinen rundlichen, ich von einer blonden Frau, die etwas griesgrämig aus der Wäsche guckte. Das Ganze dauerte über eine Stunde, dann hatte ich schon wieder Hunger.

»Aber lutsch ja nicht den ganzen Lippenstift ab«, ermahnte mich meine Visagistin.

»Ich passe schon auf.« Ich schnappte mir einen Keks und ein Stück Melone; Edda rauchte eine Zigarette.

»Anprobe!« Die kleine Dicke wedelte mit zwei schwarzen Fummeln, die aus der Entfernung ziemlich dekolletiert aussahen.

»Wo ziehen wir die denn an?«, fragte ich unsicher.

»Hier!« Edda grinste. »Daran musst du dich gewöhnen. Man lässt ständig und überall die Hüllen fallen.«

Langsam und umständlich schälte ich mich aus

meinen Sachen. Ich schielte auf Edda, die schon im Slip dastand und ihren blanken Busen präsentierte. Er sah wirklich bombastisch aus, groß und kein bisschen schlaff.

»Du brauchst einen Push-up«, meinte die Blonde, noch bevor ich mein T-Shirt ausgezogen hatte. »Hier!« Sie hielt mir ein schwarzes Teil hin, das ich hastig anzog. Hoffentlich sah mir niemand an, wie peinlich berührt ich war.

»Schon besser.« Die Frau fummelte hektisch an mir herum. »Wir brauchen aber noch ein Kissen.« Schwups! – hatte sie mir auf beiden Seiten je ein Schaumgummiding reingeschoben, so dass mein Busen jetzt wie zwei zusammengepresste Pobacken aussah.

»Steht dir gut«, sagte Edda, plötzlich ganz Sexgöttin in ihrem schwarzen Fähnchen.

Man half mir jetzt auch in mein Kleid, das aus ungefähr so viel Stoff bestand wie unser Putzlappen im Bad: Es bedeckte gerade mal die Schamgegend, war hinten im Rücken tief ausgeschnitten – vorne sowieso. Dazu zog ich halterlose Strümpfe an und ein Paar superhochhackige Pumps.

Unsicher trat ich vor den Spiegel. *Sexbombe* war das Einzige, was mir zu meinem Aufzug einfiel. Mein vorgetäuschter Busen wogte vorne aus dem Dekolleté, und da das Kleid enger als eng war, zeichnete sich mein Hintern ab. Meine Haare waren straff nach hinten gekämmt und gegelt, das Make-up völlig übertrieben. Ich fand mich hässlich – mein einziger Trost war, dass mich mit Sicherheit niemand erkennen würde.

»Scharfe Braut!« Edda grinste.

»Ich kotze gleich«, flüsterte ich ihr zu.

»Tu's lieber nicht. Sind nirgendwo Eimerchen aufgestellt.«

Sie hakte mich entschieden unter und stöckelte mit mir zu dem Auto.

Der Typ von der Werbeagentur, der schon die ganze Zeit zu uns rübergelinst hatte, kriegte jetzt Stielaugen, die sagten: *Wenn ihr nicht für mich arbeiten müsstet, würde ich euch auf der Stelle vernaschen!*

Aber es war auch so schon schlimm genug. Edda und ich sollten uns sexy auf der Kühlerhaube drapieren. Während Edda profihaft in Position ging, sträubte sich alles in mir. Sexistische Werbung, schoss es mir durch den Kopf.

»Beine übereinander schlagen!«, rief der Fotograf. »Brust raus!«

So wie Edda bereits hingeräkelt dalag, konnte er nur mich meinen.

Okay, dachte ich mir, Job ist Job, und lehnte mich lasziv über die Kühlerhaube.

»Ja, gut so!«

Der Fotograf schoss ein paar Polaroids, die von der Mannschaft fach*männisch* begutachtet wurden.

»Wie hält man das nur aus?«, flüsterte ich Edda zu.

»Geld und Erfolg machen alles wett.« Sie grinste.

»Und deshalb willst du Fotografin werden?«

»Ich hab ja keinen Erfolg! Dies hier ist doch . . .«
Sie rang nach Worten. ». . . Bullshit!«

Bullshit. Ich wunderte mich nur, dass Edda ihren
Job so kritisch sah, andererseits mit absolut prächti-
ger Laune durchs Leben ging. Wie passte das zusammen?

Bevor ich sie danach fragen konnte, mussten wir
wieder in Position gehen. Es wurde ein ziemlich an-
strengender Tag. Stunde um Stunde hockten wir auf
dieser Kühlerhaube, wir lächelten und guckten mit
erotischem Augenaufschlag, zwischendurch wurden
wir immer wieder abgepudert und nach einer kurzen
Mittagspause, in der ich es kaum schaffte, drei Blätter
Salat runterzuwürgen, ging es auch schon wieder
weiter.

Am Abend trudelte ich völlig erledigt zu Hause
ein. Ich schaffte es gerade noch, mir ein Brot zu
schmieren, bevor ich aufs Sofa fiel und dort einfach
zusammengerollt liegen blieb. Robin anrufen? Eigentlich war ich viel zu faul dazu. War das nun Liebe?
Wenn man mit müden Knochen von der Arbeit kam
und nicht mal mehr Lust hatte, seinen Liebsten anzurufen?

Als Anna und Robert überraschend früh noch vor
Mitternacht reinschneiten, lag ich immer noch in
Schneckenposition da.

»Kind, was ist denn?« Anna kam auf mich zu – ganz
die besorgte Mama.

»Nichts weiter.« Ich rappelte mich hoch, um endlich meine Zähne putzen zu gehen.

»Und wie war dein erstes Shooting?«, fragte Anna.

»Stichwort: Sexbombe.«

»Was?« Robert fing unverschämterweise an zu lachen.

»Das ist überhaupt nicht witzig. Sie haben mich zur Sexbombe gestylt und dann auf eine Kühlerhaube gepackt.«

»Ich dachte, es geht um Werbung für eine Bank?« Immerhin war Robert so nett und ließ das alberne Gegackere.

»Na klar«, sagte ich lakonisch. »Wenn du bei der Bank bist, kannst du dir einen tollen Schlitten und zwei dickbusige Miezen leisten.«

Ich erzählte die Geschichte, wie sie meinen Busen aufgepeppt hatten, und musste fast schon selbst darüber lachen.

»Das gehört wohl zum Geschäft«, meinte Anna nur. »Du musst eben in alle Rollen schlüpfen können.«

Eigentlich hatte ich geglaubt, dass meine Eltern wenigstens ein bisschen empört gewesen wären, ihr kleines Töchterlein als Sexbombe, aber offensichtlich schien es ihnen gar nichts weiter auszumachen.

Erst am nächsten Morgen beim Frühstück sagte mir Anna unter vier Augen, wenn der Job so entwürdigend sei, könne ich ja noch aussteigen, schließlich sei ich nicht die Sklavin dieser Modelagentur.

»Ich weiß.« Ich goss mir Kaffee ein. »Aber wo ich schon mal so weit gekommen bin? Bestimmt muss ich mich nicht immer auf Autos räkeln.«

Anna lachte und strich mir über die Haare. »Versprichst du mir was? Dass du nicht plötzlich Flausen in den Kopf kriegst und mit der Schule aufhörst.«

»Mama!«

»Ich sage das nur vorsichtshalber. Man weiß ja nie . . . Vielleicht machst du plötzlich die ganz große Traumkarriere.«

»Die ganz große Traumkarriere! Auf was für einem Stern lebst du eigentlich? Die Konkurrenz ist riesig, was meinst du, wie viele Mädchen bei den Agenturen Schlange stehen!« Ich trank ein paar Schlucke Kaffee. »Und außerdem – so wie ich aussehe . . .«

»Sehr hübsch«, sagte Anna.

»So hübsch, dass man mir den Busen ausstopfen muss.«

»Nicht alle wollen Riesenbrüste sehen.«

Großartiger Trost. Ich nahm meinen Kaffeebecher und verzog mich in mein Zimmer.

Ohne dass ich etwas dagegen tun konnte, spukte mir das Wort Traumkarriere im Kopf herum. Ich hätte es nicht zugegeben, niemals, aber wenn ich ganz ehrlich war, schlich sich dieser Klein-Mädchen-Wunsch mehr und mehr bei mir ein. Ich stellte mir vor, wie es sein müsste, auf großen Modejournalen abgebildet zu sein, alle würden mich bewundern und sich um mich reißen . . .

9

In ein paar Tagen fing die Schule wieder an, und auch wenn es mir so vorkam, als wäre seit der letzten Unterrichtsstunde ein halbes Jahrhundert vergangen, so waren andererseits die sechs Wochen nur so dahingerast.

Meine Mädels waren nach und nach aus ihren Ferienorten zurückgekehrt. Einmal trafen wir uns im Schwimmbad, wo alle von tollen Stränden und tollen Jungs und noch tolleren Bräunungserlebnissen berichteten, nur ich rückte nicht mit meiner Modelgeschichte raus. Nicht dass es irgendetwas zu verheimlichen gab, aber ich wollte einfach nicht, dass sie sich die Mäuler zerrissen und ungelegte Eier in die Welt posaunten, die dann unter Garantie in der Schule die Runde machen würden. Zumal sie wegen Robin schon genug zu tratschen hatten. Annett wollte wissen, ob wir schon im Bett gewesen wären, und Lena prophezeite mir ein baldiges Ende meiner noch frischen Beziehung, schließlich sei Robin ein ganz schöner Draufgänger.

»Na, du musst es ja wissen«, sagte ich knapp, worauf sie antwortete, natürlich wisse sie das – als Robins Cousine.

Alles klar. Meine Theorie lautete: Eifersucht, Eifersucht und noch mal Eifersucht!

Ansonsten nutzte ich die letzten freien Tage für weitere Go-Sees und Castings. Peter war der Ansicht, dass ich in der noch verbleibenden Ferienzeit so viele Kontakte wie möglich knüpfen sollte. Wenn die Schule erst mal wieder losging, wäre ich ja nur noch nachmittags verfügbar.

Das sah ich ein und nach meinem ersten Erfolg – der Kunde war mit den Sexbombenbildern höchst zufrieden gewesen – hatte ich einen gewissen Ehrgeiz entwickelt. Ein Editorialjob stand ins Haus und außerdem freute ich mich wie ein Lottomillionär über mein erstes Geld, das mittlerweile auf meinem Konto eingetrudelt war.

Aus einer spontanen Laune heraus rief ich Robin an, ich würde ihn um halb acht abholen.

»Und bitte très chic machen«, verlangte ich.

»Gibt's was zu feiern?«

»Vielleicht . . .«

Ich schminkte mich sorgfältig, dann zog ich das neue dunkelblaue Leinenkleid an, das ich mir anlässlich meines Berufseinstiegs gekauft hatte. Es lag obenherum eng an und fiel dann glockig bis auf die Oberschenkel. Ziemlich kurz, fand ich plötzlich vorm Spiegel. Ich betrachtete mich noch eine Weile, aber da das Kleid davon nicht länger wurde, schlüpfte ich in meine Sneakers und verließ die Wohnung.

Robin schloss mich gleich in die Arme und zog mich, während wir uns küssten, in sein Zimmer.

»He, ich will mit dir essen gehen«, protestierte ich.

»Ja«, murmelte Robin irgendwo an meinem Hals und machte unbeirrt weiter.

Siamesisches Küssen – Intensivkurs. Damit konnte Robin mich immer kriegen und all meine Pläne über den Haufen werfen.

Wir küssten uns also und plötzlich war mir klar, dass heute etwas in der Luft lag. Bisher war außer Küssen und Berührungen nichts weiter zwischen uns gelaufen – ich forcierte es auch nicht gerade, dass wir miteinander schliefen. Aber jetzt waren mir die Konsequenzen egal. Das Bett, in dem ich landete, roch nach Robin, es roch nach warmer Haut, nach Duschgel, sein Atem kam hinzu und unser beider Schweiß. Ich dachte nicht mehr ans Essengehen, nur wir beide waren wichtig und die Liebesworte, die Robin in mein Ohr flüsterte.

Draußen hatte es zu tröpfeln angefangen; der Duft von frischem Sommerregen kam durchs Fenster geweht.

»Hast du Hunger?«, fragte Robin nach einer Ewigkeit und streifte sich das Kondom ab.

Ich nickte.

»Dann stehen wir jetzt auf«, murmelte er.

Ich nickte wieder.

»Du hast ganz süße rote Wangen.«

»Mhm.«

»Und eine supersüße Figur.«

Ich musste grinsen und guckte gleichzeitig verlegen auf meine mageren Knie.

»Warum sind deine Eltern eigentlich nie zu Hause?«, fragte ich, um vom Thema abzulenken.

»Meine Mutter«, korrigierte Robin. »Sie leben getrennt.«

»Oh, tut mir Leid. Hat Lena gar nicht erzählt.«

»Macht doch nichts. Ich finde es okay so.« Er schnupperte an meiner Armbeuge. »Meine Mutter arbeitet in einer Firma für Malerbedarf. Sie hat immer ziemlich viel zu tun.«

Wir schmusten noch eine Weile, aber bevor es wieder von vorne anfing, sagte ich stopp. Sonst würden wir heute gar nicht mehr loskommen.

Gerade als wir kichernd und küssend die Dusche anstellten, kam Robins Mutter nach Hause und klopfte an die Badezimmertür.

»Robin, machst du mal auf?«

»Ich kann nicht, Mama. Gleich!«

Er machte ein gequältes Gesicht; mir war die Situation ziemlich unangenehm. Dummerweise hatte ich auch noch meine Klamotten in seinem Zimmer gelassen.

»Lass nur. Ich manage das schon«, sagte er.

Er band sich ein Handtuch um und riss die Badezimmertür auf, um sie im gleichen Moment hinter sich zufallen zu lassen. Getuschel war zu hören, dann Lachen.

Eine Viertelstunde später war ich angezogen und schüttelte seiner Mutter die Hand. Danach fuhren wir mit dem Bus zu dem Griechen, den ich auserkoren hatte.

Es herrschte plötzlich eine merkwürdige Stimmung. Hatten wir uns vor unserem ersten Mal alles Mögliche erzählt ohne Angst zu haben, dass wir gerade Blödsinn von uns gaben, stockte jetzt auf einmal das Gespräch. Eigentlich sollte es anders sein, dachte ich verzweifelt, wir sollten vertraut miteinander sein, uns anfassen, in die Augen schauen und Schweigeminuten nicht peinlich finden.

Als die Karte endlich kam, war ich erleichtert. Salat und Riesenbohnen – mehr würde ich heute sowieso nicht runterkriegen.

»Trinkst du Wein?«, fragte Robin.

»Ein kleines Glas gerne.«

»Rot?«

Ich nickte.

»Hab ich dich überrumpelt?«

»Nein, wieso?« Ich schlug die Karte zwar zu, zupfte aber weiter nervös an ihr herum.

»Weil du so anders bist.«

»Ich finde, *du* bist anders.«

»Nein.« Robin rieb sich die Innenfläche seiner Hand an der Tischkante. »Ich bin nur verlegen.« Dann sah er mich an. »Es war sehr schön.«

»Ja.«

»Beim ersten Mal Sex überschreitet man diese seltsame Grenze . . . Das, was Fantasie war, wird Wirklichkeit und daran muss man sich erst gewöhnen, was?«

»Wie meinst du das?«

»Dass man es sich immer anders ausmalt.«

»Schöner?«

Robin schüttelte entschieden den Kopf und lachte.

»Es kommen Gerüche hinzu und Geräusche, die Haut . . .« Robin schichtete jetzt beide Karten aufeinander und schob sie an den Rand des Tisches. »Es ist immer noch so, wie ich dir neulich gesagt habe: Du bist das Mädchen, auf das ich gewartet habe.«

Ich fühlte mich diesmal ziemlich geschmeichelt, wusste jedoch nicht, was ich erwidern sollte. Du bist der Junge, auf den ich gewartet habe? Es stimmte nicht. Ich hatte nicht auf Robin gewartet, auch wenn ich immer von einem Märchenprinzen geträumt hatte.

»Und was feiern wir?«, fragte Robin, als das Essen kam. Er hatte sich ein üppiges Fleischgericht bestellt, von dem er mit großem Appetit aß.

»Meine erste Fotoproduktion.« Ich kam mir jetzt nach unserem tiefsinnigen Gespräch etwas albern vor.

»Hast du Abzüge dabei?«

»Ganz zufällig«, sagte ich und grinste.

Ohne Vorwarnung reichte ich sie ihm.

»Hm«, machte er und gab sie mir ziemlich schnell zurück. Dabei machte er ein Gesicht, als habe er auf eine Zitronenscheibe gebissen.

»So was gehört auch zu meinem Job«, sagte ich entschuldigend. Eigentlich hatte ich etwas mehr Coolness von ihm erwartet.

». . . ein bisschen dicke, oder?«

»He! Das ist nur ein Job . . .!« Ich wollte gerade anmerken, dass ich überhaupt noch nicht sicher war, ob ich die Sache durchziehen würde, als Robin sich aufrichtete und sagte: »Da kannst du ja gleich auf den Strich gehen.«

In der nächsten Sekunde checkte ich alle mir zur Verfügung stehenden Möglichkeiten ab: lächelnd darüber hinweggehen und das Thema wechseln, ihn anschreien, in Tränen ausbrechen oder rauslaufen.

Ich entschied mich für Letzteres und erledigte die Heulerei dann draußen. Als ich schon fast zu Hause war, stellte ich fest, dass ich die Fotos auf dem Tisch liegen gelassen hatte.

* * *

Klar, dass ich jetzt weitermachen würde. Allein schon, um Robin eins auszuwischen.

Punkt zehn stand er am nächsten Morgen bei mir auf der Matte, kalkweiß im Gesicht.

»Es tut mir Leid«, sagte er.

»Soll es auch.« Ich ging voraus in die Küche, um meinen Kaffee in Ruhe auszutrinken.

»Trotzdem finde ich solche Fotos nicht gut.«

»Sie müssen dir auch nicht gefallen.« Ich bot ihm keinen Kaffee an, setzte mich hin und legte die Füße auf den Tisch.

»Können wir die Sache nicht einfach vergessen?« Er hielt mir die Fotos hin.

Ich zuckte die Schultern, wusste selbst nicht, was ich wollte. Eigentlich hatte ich Robin gern, wir waren zu kurz zusammen, um uns so zu streiten, andererseits ließ ich mich nicht gerne beleidigen.

»Ich finde, Prostituierte ist auch ein ehrenwerter Beruf. Außerdem sind es die Männer, die zu ihnen gehen.«

Da musste Robin lachen. Er kam die paar Schritte auf mich zu und ließ sich mit seinem Gewicht auf meinen Schoß plumpsen.

»Wie viel Kilo?«

»Siebzig?«

»Viel zu schwer.«

»Im Liegen verteilen sich die Kilo besser. Ich könnte dir anbieten mich in dein Bett zu legen.«

»Ach so, du meinst also, dass siebzig Kilo in der Horizontalen besser aufgehoben sind?«

»Das Blut kann sich gleichmäßiger verteilen.«

»Ich habe Schnaken im Bett.«

»Ich liebe Schnaken!« Robin stand auf, hielt mich aber fest an der Hand. »Komm!« Sein Tonfall hatte sich plötzlich verändert. Es war ein zugleich zärtliches und erregtes »Komm!« gewesen, das mir das Blut ins Gesicht trieb. Ich stand jetzt auch auf und ging ihm nach, als wäre ich in einer fremden Wohnung. Das Bett war noch ungemacht, Robin ließ sich nach hinten fallen und zog mich so runter, dass ich auf seinem Bauch zum Liegen kam.

»Ich hab keine Kondome da«, flüsterte ich in sein Ohr.

»Aber ich.«

»Vorsätzlicher Beischlaf?«

»Psst!«, machte Robin und küsste mich.

Es war merkwürdig, mit einem Jungen in meinem Bett zu liegen und Sex zu haben. Einerseits vertraut, schließlich war es *meine* Blümchenbettwäsche und *mein* Geruch, andererseits fremd und merkwürdig, weil dieser Jungenkörper einen seltsamen Kontrast zu meiner gewohnten Umgebung abgab. Ich wollte ja mit ihm schlafen, es gab nichts, was ich lieber getan hätte, aber irgendwie kam es mir vor, als würden der Schreibtisch, die Gardinen, mein Plüschhase, als würden alle Gegenstände in diesem Zimmer zusehen.

Als ich Robin später davon erzählte, lachte er nicht, sondern strich mir nur liebevoll über die Stirn.

»Vielleicht willst du es noch nicht wirklich . . .« Er drehte sich auf die Seite, stützte seinen Kopf in die Hand und sah mich an. »Oder dein Sex ist einfach noch nicht angekommen. Er sitzt irgendwo in deinem Körper, vielleicht in deinem linken Zeh, und wir müssen ihn ein bisschen rauskitzeln.«

»Du spinnst! Hör auf!«

Robin war bereits dabei, meinen Zeh zu kitzeln, dann arbeitete er sich weiter am Bein hoch.

»Genierst du dich?«, fragte Robin jetzt ernst.

»Ja. Vielleicht. Warum fragst du?«

»Du solltest dich schön finden.«

»Ich bin zu dünn und mein Busen ist zu klein, dafür ist der Hals viel zu lang.«

»Was soll ich denn sagen?« Robin zeigte auf seine knochigen Knie, die tatsächlich nicht besonders hitverdächtig aussahen. »Und meine Nase? Siehst du hier den Buckel? Und muskulös bin ich auch nicht.«

»Und findest du dich schön?«

»Nein, aber ich kann mit meinem Körper leben. Ist doch auch nicht so wichtig.«

Ist doch nicht so wichtig! Das sagte er einfach so, wo es bei meinem Job auf nichts anderes als auf Äußerlichkeiten ankam. Die makellose Haut, die richtigen Proportionen, dazu kam noch das gewisse Etwas, die Ausstrahlung.

Ich wollte lieber das Thema wechseln, bevor er wieder von den Fotos anfing.

»Hast du vor mir schon viele Freundinnen gehabt?«, fragte ich.

»So an die hundert.«

»Blödmann!«

»Man nennt mich auch Mr Love.«

»Los! Sag ehrlich!«

»Eine Freundin und ein paar Knutschereien.«

»Wie lange warst du mit deiner Freundin zusammen?«

»Ein knappes Jahr.«

Es war ein absolutes Phänomen, wie Robins Stimmung von einer Sekunde zur nächsten umschlagen konnte. Er mochte den größten Blödsinn daherreden, aber wenn man wirklich etwas von ihm wissen wollte, ließ er sich sofort auf ein ernstes Gespräch ein.

»Warum ist es auseinander gegangen?«, fragte ich weiter.

»Sie hat sich in einen anderen verliebt. War auch kein Wunder.« Er knabberte auf einer Haarsträhne herum. »Ich hab damals den Chaoten raushängen lassen, alle Lehrer zum Wahnsinn getrieben. Ziemlich pubertär.«

»Und warum gehst du nicht zurück zur Schule?«

»Weil ich überzeugt bin, dass ich es mit der Schauspielerei auch so schaffen werde.«

Maßlose Selbstüberschätzung oder einfach nur gesundes Selbstbewusstsein – ich hätte gerne so ein Ziel gehabt, für das sich das Kämpfen gelohnt hätte. Modeln machte zwar Spaß und gab einem einen kurzfristigen Kick, aber konnte das wirklich alles sein?

* * *

Trotzdem ging ich mit einigem Herzflattern zu meinem ersten Zeitschriftenjob.

»Im Editorialbereich kriegst du nicht viel Geld, aber die Fotos sind gut fürs Renommee«, hatte Peter bei unserem letzten Telefonat gesagt. »Bevor wir dich ins Ausland schicken, versuchen wir eine gute Mischung aus Katalog und Editorial hinzukriegen.«

»Ach so«, hatte ich geantwortet und dann aufgelegt. Ausland! Katalog! Noch war ich überhaupt nicht entschlossen voll und ganz ins Modelbusiness einzusteigen und schon fing Peter an meine Karriere zu planen. Natürlich schmeichelte es mir, aber ich wusste wirklich nicht, ob ich Wert darauf legte, in Katalogen abgebildet zu sein, die im Kreis meiner Tanten Furore machten. Offen gestanden hasste ich Kataloge, und dass man dafür mehr Geld kriegen sollte als für an-

spruchsvolle Zeitschriftenfotos, wollte mir nicht ein-
leuchten.

Je renommierter die Zeitung, desto schlechter die
Bezahlung, hatte Peter auch noch verlauten lassen.
Merkwürdig verkehrte Welt!

Die Zeitschrift, für die ich heute posieren sollte,
war erst seit kurzem auf dem Markt und richtete sich
an Frauen um die zwanzig. Mit mir zusammen waren
vier andere Models gebucht, die schon stumm im
Studio warteten.

»Hallo!«, sagte ich laut in die Runde, aber niemand
hob den Kopf.

Also setzte ich mich mit an den Tisch neben ein
dunkelhäutiges Mädchen, das in einer englischen
Modezeitschrift blätterte. »Hallo«, sagte ich ein zweites Mal in ihre Richtung.

»Hello«, antwortete sie, »I'm Yasmin«, dann wandte
sie sich wieder ihrer Lektüre zu.

Ein paar Menschen huschten durchs Studio, sie
schleppten Stative und schoben Kleiderstangen mit
Wintersachen. Zwei Models rauchten, eine andere
knabberte an ihrem Fingernagel und fluchte, als er
einriss.

Wie langweilig! Und ich hatte nicht mal etwas zu
lesen mitgenommen! Warten, warten und nochmals
warten. Also vertrieb ich mir die Zeit damit, meine
Kolleginnen zu beobachten. Es war seltsam, aber
zwei der Mädchen fand ich so schön, dass ich mich
wunderte, weshalb man mich überhaupt genommen
hatte, die anderen beiden wirkten eher unscheinbar

und ich konnte mir nicht vorstellen, dass man durch Make-up etwas aus ihnen herausholen würde.

Die blonde Unscheinbare merkte, dass ich sie anstarrte. Sie hob unvermittelt den Kopf und lächelte mich an.

»Auch Deutsche, wie?«, fragte sie quer über den Tisch.

Ich nickte.

»Hamburg?«

»Ja. Und du?«

»München.«

Ich hatte zwar keine große Lust auf Smalltalk, aber es war immer noch besser als Löcher in die Luft zu starren.

»Lust auf die dicken Klamotten?«, fragte ich, nur um etwas zu fragen.

»Klar, macht bei dreißig Grad besonders viel Spaß! Die Aufnahmen werden übrigens unten auf der Straße und im Café gemacht.«

»Ja«, sagte ich.

Damit war auch dieses Gespräch erstorben und ich dachte mit Grausen daran, wie es wohl sein musste, dick eingemummelt in der prallen Sonne Litfaßsäule zu spielen.

Etwa eine halbe Stunde später tauchte die zuständige Redakteurin samt Assistentin auf, wir füllten unsere Arbeitsbögen aus, dann legte die Visagistin mit ihrer Arbeit los. Ich war es ja schon gewohnt, dass man mein Gesicht anpinselte, aber heute wurde es wegen der drückenden Hitze im Studio zur Qual.

»Da können Sie so viel Puder nehmen, wie Sie wollen, ich glänze sofort wieder wie eine Speckschwarte«, sagte ich vorsichtshalber.

»Lass das mal unsere Sorge sein«, lautete die Antwort. Ziemlich zickiger Tonfall.

Danach war Anprobe. Ich musste eine knallenge Wildlederhose anziehen, dazu einen roten Rolli, darüber kam ein bunt gemustertes Karohemd plus wattierter Jacke – schreiend gelbe Wollmütze auf den Kopf.

Die haben sie nicht mehr alle, dachte ich, als ich nach draußen in die Gluthitze trat. Ein paar Fotos wurden auf dem Bürgersteig geschossen – ich sollte einen jugendlich-flippigen Eindruck vermitteln –, die zweite Serie wurde draußen im Café gemacht. Ganz lässig saß ich an einem Tisch, auf dem nur ein Glas mit lauter Eiswürfeln stand.

»Kein Mensch sitzt im Winter draußen«, warf ich vorsichtig ein, als der Fotograf erneut einen Film einlegte.

»Und kein Mensch trinkt Eiswürfel«, frotzelte er.

»Ja eben.«

»Kannst du mal ein bisschen cooler gucken?«

»Ja.«

Ohne eine vernünftige Antwort auf meinen Einwand zu bekommen machten wir weiter.

Okay, ich hatte schon verstanden. Man mischte sich nicht ein. Man hielt einfach nur den Mund und guckte sexy. Und frech. Und schüchtern. Und ansonsten tat man besser gar nichts.

10

Und dann ging die Schule wieder los. Nicht dass es mich besonders störte, Englisch und Mathe über mich ergehen zu lassen, aber es bedeutete, dass ich keinen der mir angebotenen Fototermine annehmen konnte, dazu nicht einen einzigen freien Nachmittag hatte, weil ich jede Sekunde nutzen musste, um mich bei Redaktionen sehen zu lassen oder zu Castings zu gehen.

Außerdem murrte Robin, da ich mich so selten bei ihm blicken ließ. Er war schlecht gelaunt, ich war schlecht gelaunt, und wenn wir uns dann mal sahen, stritten wir uns unentwegt. Ich warf ihm vor, dass er mir nie etwas erzählen würde, besonders was seine Schauspielerei anging. Was für einen Sinn machte eine Beziehung, wenn man nicht am Leben des anderen teilhaben durfte?

Eher angenehm fand ich, dass sich mein sozialer Kontakt in der Schule auf Katja beschränkte. Die anderen Mädels hatten unter Lenas Regiment eine feste Clique gebildet, zu der nur gehörte, wer täglich Lust auf Girlstalk hatte, und da ich sowieso nie zu ihren Meetings kam, war ich einfach durch ihr Raster gefallen. Wahrscheinlich war es ihnen suspekt, dass ich mich nach der Schule immer sofort verdrückte und nicht mal montags nach der Vierten mit zu *Gino Carino* zum Eisessen ging.

Ansonsten passierte nicht viel in meinem neuen Leben. Antonio verliebte sich, meine Eltern waren wegen steigender Umsätze von Tag zu Tag besser gelaunt, außerdem fanden sie Robin äußerst *charmant* und ich lernte recht schnell die negativen Seiten des Modelberufes kennen. Castings, bei denen ich nicht angenommen wurde (»Es liegt nicht an dir, die suchen einen anderen Typ«, lautete Peters Standardspruch), und zwei Katalogjobs, bei denen ich zwar gut verdiente, die aber ziemlich langweilig waren. Ein ödes Studio in einer besonders öden Gegend von Hamburg. Make-up und Klamotten fand ich geschmacklos und die Posen, die ich ganz nach Vorschrift einnehmen musste, waren immer dieselben. Henkelmännchen und Knickebein und bitte stets freundlich lächeln! Nach und nach bekam ich das Gefühl, als hätte man mein Eigenleben gekillt und mich zu einer perfekt funktionierenden Marionette gemacht.

Alles in allem war die Arbeit trotzdem okay. Das Geld stimmte, außerdem merkte ich, dass ich von Mal zu Mal sicherer vor der Kamera wurde. So leicht konnte mir keiner mehr was vormachen. Ich wusste, in welcher Pose ich wie rüberkam, und auch meine Mimik bekam ich immer besser in den Griff. Dezentes Lächeln, erotisches Lächeln, strahlendes Lächeln, cooles Augenbrauenhochziehen – ich hatte die ganze Palette drauf.

»Ich hab wieder einen Katalogjob für dich«, sagte Peter, als ich mich wie immer um Viertel vor sechs bei ihm meldete. »Unterwäsche.«

»Oje«, entfuhr es mir, obwohl ich natürlich wusste, dass auch Unterwäschefotos zu einer Modelkarriere gehörten.

»Kannst du übermorgen schulfrei machen?«

»Ich weiß nicht . . . Wegen ein paar Unterhosen?«

»Es ist sehr wichtig. Darauf könnten gute Jobs folgen.«

»Okay, ich werde sehen, was sich machen lässt.«

Am nächsten Morgen hatte ich dann die »dankbare« Aufgabe, meine Lehrer davon in Kenntnis zu setzen, dass ich nebenbei noch einen Job hatte. Ich ging auch mit allen guten Vorsätzen hin, aber in letzter Sekunde verließ mich doch der Mut.

Du kannst auch krankmachen, dachte ich mir. Anna würde schon mitspielen.

»Falls das jetzt einreißt, weiß ich nicht, ob ich die Modelsache noch so gut finde«, war das Erste, was sie dazu sagte.

»Ab und zu einen Tag fehlen – was macht das schon?«

»Das macht unter Umständen, dass du irgendwann nicht mehr mitkommst, und dann haben wir den Salat.«

»Ich bin doch intelligent! Hab ich von dir geerbt!«

Anna lachte und ich war erleichtert.

Unterwäsche – na ja . . . Am Strand hatte ich kein Problem damit, mich auszuziehen, aber in einem

Studio vor Fotografen, Stylisten und zig anderen Menschen?

Der Gipfel aller möglichen Peinlichkeiten stand allerdings noch bevor. Da ich bekanntlich keine üppigen Brüste besaß, die man in BHs Größe C bis D quetschen konnte, war ich tatsächlich nur für die Abteilung Unterhose im Fünferpack eingeteilt. Das hieß, dass man nur meinen Unterkörper plus Beinansatz in Blümchenunterhosen abfotografierte. Wo blieb da meine Ehre?

Natürlich erinnerte ich mich, wie wir uns als Kinder über die amputierten Unterhosenfotos in den Katalogen amüsiert hatten, aber dass ich selbst einmal für selbige posieren würde – ein Alptraum. Alles, was ich gerade in Sachen Gesichtsausdruck gelernt hatte, konnte ich getrost vergessen. Die einzige Kunst, die ich zu beherrschen hatte, war, die ganze Zeit über kräftig den Bauch einzuziehen. Dummerweise hatte ich den gerade literweise mit Cola und Mineralwasser voll gepumpt.

Nach den ersten Polaroids kam ein grauhaariger Mensch undefinierbaren Geschlechts auf mich zu und teilte mir freudestrahlend mit, meine Bikinizone sei nicht korrekt rasiert, ich solle das doch bitte nachholen.

Ich lief so rot an wie ein Feuermelder.

»Jaja«, stotterte ich, dabei wusste ich nicht im Mindesten, wie ich das nur anstellen sollte. Natürlich rasierte ich meine Achselhaare, das hatte ich sozusagen mit der Muttermilch aufgesogen, aber an meine

Schambehaarung hatte ich noch keine Minute meines Lebens auch nur einen Gedanken verschwendet.

Ich zupfte meine geblümte Unterhose zurecht, damit ja nicht die Pobacken zu sehen waren, dann stolzierte ich hinter den Vorhang, wo sich die Mädchen umzogen.

»Hat irgendjemand was zu rasieren dabei?«, fragte ich beiläufig.

»Klar.« Das war die Stimme einer Blondine mit lauter Sommersprossen im Gesicht. Sie reichte mir einen Einwegrasierer. »Vergessen?«

»Ich wusste gar nicht . . .«

»Das hat mir meine Agentur gleich am ersten Tag eingebläut: Unterwäsche, Strümpfe, Kamm, Nagelfeile, Schminksachen, Deo, Zahnkaugummi und . . . Rasierer!« Sie lachte. »Schenk ich dir.«

»Danke.«

Etwas beschämt verzog ich mich, in einen Bademantel gehüllt, aufs Klo, um ein paar fast blonde, um nicht zu sagen unsichtbare, Haare zu entfernen. Die Sache war mir besonders deshalb so peinlich, weil ich immer geglaubt hatte, in Sachen Körperpflege könne mir keiner so schnell was vormachen.

Ratsch, ratsch und dann war es passiert: In Sekundenschnelle lief eine Blutspur mein Bein runter. Es tat zwar nicht weh, hörte aber auch nicht auf zu bluten.

Verflucht! Ich riss meterlange Klopapierschlangen ab, drückte sie auf den Schnitt, doch immer wenn ich das Papier entfernte, ging es wieder von vorne los. Mit einem gewissem Neid dachte ich an Edda, die jetzt gerade irgendwo in den Staaten auf Mülltonnen posieren durfte.

Zurück ins Studio.

»Entschuldigung, hat vielleicht jemand ein Pflaster?«, fragte ich verunsichert.

»Was hast du denn gemacht?«, pflaumte mich der grauhaarige Mensch an.

»Mich geschnitten.« Ich war jetzt wirklich am Kochen.

»Okay, das war's. Du kannst deine Sachen packen und gehen.«

»Danke auch für die Freundlichkeit«, sagte ich und raste hinter den Vorhang, wo das blonde Mädchen gerade dabei war, ihre wohl geformten Brüste in einen dunkelblauen BH zu quetschen.

»Was ist?«

»Hat nicht geklappt.« Meine Stimme wackelte.

»Zeig mal.« Sie nahm das Klopapier weg, das ich noch immer auf die Wunde drückte, und sagte dann: »Ach ja, Pflaster hab ich noch vergessen.«

Sie kramte eine Packung Hansaplast aus ihrem Rucksack und verarztete mich. Nettes Mädchen.

»Was sage ich denn jetzt meiner Agentur?«

»Am besten die Wahrheit. Sie kriegen es ja eh raus. Außerdem – so was kann halt passieren.«

»Wie peinlich«, murmelte ich, aber die Blonde machte nur eine wegwerfende Handbewegung.

»Ich war mal für das Cover eines spanischen Journals gebucht und am Morgen beim Aufwachen hatte ich plötzlich einen eitrigen Pickel im Gesicht. Der Termin wurde verschoben, aber leider blieb der Pickel ganze zwei Wochen. Klar, dass eine andere den Job gekriegt hat . . . Und meine Agentur war sauer.«

»Für einen Pickel kann man ja auch nichts.«

»Sich mit einer unbenutzten Klinge da unten . . .«, sie zeigte auf ihren dunkelblauen spitzenbesetzten Slip, ». . . zu rasieren ist gar nicht so einfach. Mach dir keine Gedanken. Die Agentur wird deinetwegen schon nicht Pleite gehen.«

Mit dem Selbstbewusstsein eines Mauerblümchens rief ich später bei Peter an.

»Ich denk, du bist noch beim Shooting.«

»Nein. Bin ich nicht.« In kurzen Worten schilderte ich den Vorfall.

»Na ja«, sagte er nur. »Ich hätte es dir wohl vorher sagen sollen.«

Dann wechselte er schnell das Thema und teilte mir mit, ich wäre für den Brillenprospekt gebucht.

»Danke«, sagte ich beim Auflegen. Peter war wirklich okay.

11

Von einem Tag zum anderen hatte man die ganze City mit der Bankwerbung gepflastert. Eigentlich nicht weiter schlimm, weil ich davon ausging, dass mich sowieso niemand erkennen würde, aber als ich in die Schule kam, starrte Piet mich an und fragte: »Kann das sein, dass du die scharfe Braut auf diesem Plakat mit dem Cabrio bist?«

»Spinnst du?«, entgegnete ich scharf und setzte mich auf meinen Platz. Im selben Moment ging mir auf, dass ich mich damit bestimmt schon verraten hatte. Dieses »Spinnst du?« bedeutete doch, dass ich sofort wusste, um welches Werbeplakat es ging. Ich hoffte inständig, dass Piet nicht so helle war es zu durchschauen.

Der Unterricht rauschte heute an mir vorbei. Zum ersten Mal wurde mir klar, dass ich einen Job hatte, der sich auch in der Öffentlichkeit abspielte. Es ging nicht nur darum, ein paar nette Fotos zu machen und dafür Geld zu kassieren, ich musste auch damit leben, dass es Leute gab, die sie sich ansahen und ihre Kommentare abgaben.

Nach der großen Pause heftete sich Piet wieder an meine Fersen. »Sag mal . . .«, fing er an. »Du hast aber denselben Leberfleck am Kinn. Nur deine . . .« Er kratzte sich am Ohr und schaute auf mein T-Shirt.

»Falls du meine Brüste meinst, das sind keine anderen als die auf dem Foto.«

»Ach.« Piet starrte mich an, wollte wohl etwas sagen, öffnete aber nur dämlich den Mund. Schließlich fragte er: »Bist du's also doch?«

»Klar.« Ich klimperte affektiert mit den Wimpern und stolzierte in den Klassenraum.

Schon einen Tag später hatte die Neuigkeit an unserer Schule die Runde gemacht. Ständig wurde ich angesprochen oder angestarrt. Merkwürdig war nur, dass Lena, Elfi und Annett keinen Ton sagten. Entweder sie hatten noch nichts davon mitbekommen oder aber sie platzten gerade vor Neid.

Am Nachmittag rief Katja an.

»Die anderen sind stinksauer auf dich.«

»Warum denn?«

»Sie meinen, du hast die ganze Sache mit Absicht verschwiegen. Damit dein Ruhm jetzt noch größer ist.«

»Blödsinn.«

»Das hab ich ihnen auch gesagt.«

»Die können mich mal«, sagte ich mehr zu mir selbst.

»Lena meint, du würdest total abheben. Erst das Theater um Robin und jetzt das.« Katja räusperte sich. »Sie findet das Foto ziemlich ordinär.«

»Begeistert bin ich auch nicht davon, aber es gehört nun mal zu meinem Job.«

»Vor mir brauchst du dich nicht zu rechtfertigen. Wirklich nicht.«

Ich sollte Edda mal anrufen, dachte ich beim Auflegen, verschob die Sache aber wieder. Wer wusste schon, wo sie gerade in der Weltgeschichte herumgondelte. Stattdessen besuchte ich Robin.

»Störe ich?«, fragte ich, als er an der Haustür erschien.

»Nein. Nicht unbedingt. Ich probe gerade.«

Trotzdem ging ich rein. Ein paar Küsse würde ich mir abholen und dann wieder verschwinden.

»Was denn?«

»Ach, was Modernes. Jon Fosse.«

»Kenn ich nicht.«

»Du gehst ja auch nie ins Theater.«

»Willst du wieder streiten?«

»Quatsch.« Robin nahm mich in die Arme, dann ging er in die Küche, um Obst und was zu trinken zu holen.

Vielleicht war er wegen der Fotos so mies gelaunt. Ich hatte ihn noch nicht drauf aufmerksam gemacht, dass die Stadt mit meinen Beinen und Brüsten tapeziert war, aber wahrscheinlich lief auch er nicht blind durch die Gegend.

»Du kannst nur kurz bleiben«, sagte Robin, als er zurückkam. Obwohl ich gar nicht vorgehabt hatte mich einzunisten, versetzte es mir einen Stich.

»Warum?«

»Ich hab morgen mein erstes Vorsprechen.« Ein kleines Lächeln huschte über Robins Gesicht.

»Schön. Super!« Irgendwie beruhigte mich das. Wahrscheinlich war er einfach nur nervös.

Nach und nach wurde Robin gesprächiger. Es handele sich zwar um eine Privatschule, aber sie habe einen guten Ruf. Ich streichelte ihn derweil und dann küssten wir uns so lange, bis es kritisch wurde und ich mich entschloss besser zu gehen.

»Holst du mich ab? So um vier?« Robins Augen hatten plötzlich einen dunkleren Farbton.

»Ich muss morgen zu einem Shooting. Brillenprospekt.«

»Ach so.« Robin klang enttäuscht. Und dann: »Kannst du nicht absagen?«

»Das geht nicht. Die haben mich gebucht!« Mein Herz hämmerte gegen meine Brust. »Wenn ich den Termin storniere, kriege ich ziemlichen Ärger!«

»Willst du denn wirklich damit weitermachen?« Robin sah mich todernst an.

»Na klar. Vorerst jedenfalls.«

Ich ging hinter ihm her auf den Flur und gab ihm noch einen Kuss, dann stand ich auch schon auf der Straße. Gut, er hatte sich einen Kommentar gespart, trotzdem wusste ich genau, was er dachte.

Modeln ist doch nichts Vernünftiges, bloß dummes Posieren, dagegen seine Schauspielerei – pah! Ich hatte eben keine richtigen Leidenschaften, nichts, was ich um jeden Preis werden wollte . . .

Na und? War ich deshalb ein schlechterer Mensch? Außerdem fand ich Modeln gar nicht so dumm. Im Team ein richtig gutes Foto zu machen war auf jeden Fall eine Kunst, und die Ausstrahlung des Models das A und O. Ich dachte an Fotobände mit Abbildungen von berühmten Models, an Fotoausstellungen im Museum. Alles kein Grund, sich zu schämen. Und selbst wenn ich es nicht schaffte, ganz an die Spitze zu kommen, so war das Modeln doch ein fantastischer Job, um eine Zeit lang relativ viel Geld zu verdienen.

Als ich nach einem Umweg übers Restaurant nach Hause kam, stand Edda im Hausflur.

»Ich muss dich unbedingt sprechen!«, rief sie mir entgegen.

Ich umarmte sie und nahm sie mit nach oben.

»Weißt du, dass ich gerade heute gedacht habe, ich ruf dich mal an?«

Sie lächelte zaghaft und bat um ein Glas Wasser.

»Ja, komm.«

Wir gingen in die Küche, wo sie sich sofort auf einen Stuhl fallen ließ.

»Stell dir vor, ich bin schwanger«, platzte es aus ihr heraus.

Ich starrte sie entgeistert an. Dann fiel mir ein, dass ich mich ja wenigstens mal mit ihr freuen könnte.

»Mensch, ist doch toll!«, sagte ich einigermaßen überzeugend.

»Ja, ist es auch. Du bist die Erste, der ich's erzähle.«

»Ehrlich?«

Ich wusste nicht, ob ich mich geschmeichelt fühlen oder Edda für komplett durchgedreht halten sollte.

»Ja, es stimmt.« Sie sah mehr tot als lebendig aus und klang auch so.

Ich stellte ihr das Wasser hin und holte ein paar Kekse aus dem Schrank.

»Gibt's Probleme mit dem Vater?«, fragte ich.

»Meine Agentur sagt, ich soll abtreiben.« Immer noch diese Regungslosigkeit in ihrem Gesicht.

»Die können doch nicht über dein Leben verfügen!«

»Sie sagen, wenn ich's kriege, ist's mit meiner Karriere aus.«

»Das muss doch nicht so sein. Ein paar der ganz Großen haben ja auch Kinder.«

»Genau das ist der Punkt.« Edda trank gierig ihr Wasser aus. »Es sind eben nur die ganz Großen, die sich das leisten können. Wenn du oben bist, kommst du sogar mit dickem Bauch auf die Titelblätter . . . Aber ich? Ich falle mindestens zwei Jahre aus! Das ist eine lange Zeit!« Sie sah mich verzweifelt an. »Was soll ich nur machen?«

»Was würdest du tun, wenn die Agentur nicht wäre?«

»Na, was wohl . . .« Edda ging zum Wasserhahn, drehte ihn voll auf und hielt ihr Glas drunter.

»Und der Vater?«

»Der ist nach der Zeugung über alle Berge.«

»War er denn nicht dein Freund?«

»Nein.« Sie druckste eine Weile herum, sagte dann: »Ich bin manchmal vielleicht ein wenig zu spontan. Es ist halt passiert.«

116

»Ohne Job und ohne Vater wird's allerdings schwierig. Es sei denn, du fängst wirklich an zu fotografieren.«

»So schnell geht das auch nicht . . .« Edda verzog auf einmal das Gesicht, dann weinte sie leise.

Ich stand auf, kniete mich vor sie hin und streichelte ihre Knie. »He, Edda! Wenn du das Kind willst, gibt's bestimmt eine Möglichkeit. Andere schaffen das doch auch!«

Sie schüttelte den Kopf. »Ich bin total alleine hier. Meine Eltern leben sechshundert Kilometer weit weg, das ist doch alles Wahnsinn!«

»Und wenn du zu deinen Eltern ziehst?«

»In so ein Kaff? Da würde ich eingehen wie eine Primel. Ach, Scheiße . . .«

Jetzt flossen die Tränen heftiger. Ich fühlte mich so hilflos wie nie zuvor in meinem Leben und tätschelte weiter auf ihren Knien herum. Als Edda sich wieder ein wenig beruhigt hatte, fragte ich sie, in welchem Monat sie wäre.

»Ich hab noch drei Wochen, um mich zu entscheiden.« Sie sah auf die Uhr. »O mein Gott, ich muss zum Shooting! So verheult kann ich da doch gar nicht aufkreuzen!«

»Was für Fotos machst du?«

»Modeproduktion für die *Annabel*.«

»Du siehst schon okay aus. Mach dir keine Gedanken.« Ich brachte sie zur Tür. »Hältst du mich auf dem Laufenden?«

Edda nickte. »Und wenn es mir schlecht geht . . .«

»Du kannst mich jederzeit anrufen oder vorbei-kommen!«

»Danke.«

Dann war Edda verschwunden. Wie gut, dass ich nicht in ihrer Haut steckte.

* * *

Die Brillenproduktion am nächsten Tag wurde zu einem Riesenspaß. Das Team war nett, alle scherzten und lachten und ich hatte nicht einen Moment lang das Gefühl, wirklich zu *arbeiten*.

Eva, ein zierliches rothaariges Model mit riesigen blauen Augen, meinte, ich sollte mir unbedingt eine Brille zulegen, so ein Gestell auf der Nase würde mich nur interessanter machen. Natürlich fühlte ich mich geschmeichelt – vielleicht gefiel mir diese Produktion deshalb so gut. Hinzu kam, dass ich zum ersten Mal mit dem, was man aus mir gemacht hatte, hundertprozentig zufrieden war. Als ich am Abend erschöpft und glücklich nach Hause kam, war leider nur Peter auf dem Anrufbeantworter.

»Hallo, Madame. Komm morgen nach der Schule bitte direkt in die Agentur. SOS!« Knack.

Idiot! Immer diese Masche, sich nicht mit dem Namen zu melden. Er setzte wohl voraus, dass ihn alle Welt an seiner sonoren Stimme erkennen musste, und dass ich es tat, ärgerte mich am meisten.

Ich rief Anna im Restaurant an und erzählte ihr stolz von meinem gelungenen Shooting.

»Falls du nachher noch wach bist, trinken wir ein Glas zusammen . . .« Im Hintergrund Johlen und Gekreische. »Antonio lässt dich auch schön grüßen . . . Ich mach mal Schluss.«

Bevor ich Grüße zurück bestellen konnte, hatte Anna aufgelegt. Danach versuchte ich es bei Robin, aber keiner ging ran. Merkwürdig. Zumindest seine Mutter musste doch da sein.

Bevor ich am nächsten Morgen das Haus verließ, hängte ich mich sofort wieder ans Telefon. Robins Mutter war dran.

»Der schläft noch«, sagte sie.

»Es ist aber dringend.«

Der Hörer wurde hingelegt, dann dauerte es eine Ewigkeit, bis ich einen ziemlich verschlafenen und darüber hinaus schlecht gelaunten Robin am Apparat hatte.

»Ich wollte dich unbedingt noch sprechen«, plapperte ich los. »Hab's gestern den ganzen Abend bei dir versucht. Wie war denn dein Vorsprechen?«

»Abgelehnt«, grummelte er in den Hörer.

»Das tut mir Leid.«

Eine Pause entstand, und da er keine Anstalten machte, mir zu erzählen, wo er gestern Abend noch gewesen war, fragte ich ihn, wann wir uns sehen würden.

»Du kannst ja nach der Schule vorbeikommen.«

»Ich muss erst noch in die Agentur.«

»Dann mach doch, was du willst.«

Peng – aufgelegt.

Ganze sechs Schulstunden lang ärgerte ich mich. Warum ließ Robin seine schlechte Laune an mir aus? Natürlich war es schwierig, einen Platz an einer Schauspielschule zu bekommen, aber wenn er seine Freundin anblaffte, brachte ihn das auch nicht weiter.

Zum Glück waren wenigstens die Fotos in meiner Schule in Vergessenheit geraten und – o Wunder! – Lena ließ sich dazu herab, ein paar Worte mit mir zu wechseln. Sie fragte mich, ob ich nach der Sechsten mit ins Hallenbad kommen würde.

»Geht leider nicht«, sagte ich.

»Große Fotosession?«

Ich konnte mir nicht helfen, aber irgendwie hatte ich bei Lena immer das Gefühl, dass alles, was sie von sich gab, ironisch klang. Auch wenn sie nur fragte: *Hast du gut geschlafen?* Oder: *Was ist auf deinem Pausenbrot?*

Ich erklärte knapp, aber freundlich, ich hätte leider keine Zeit, erwähnte weder Robin noch die Agentur und holte mir in der Pausenhalle eine Milch.

Was Peter nur von mir wollte? Ich musste mich doch sowieso jeden Tag telefonisch bei ihm melden – warum sollte ich also extra hinfahren?

Als ich gegen halb zwei verschwitzt und bestimmt ziemlich unansehnlich in der Agentur einlief, lotste mich ein Mann mit Brille, den ich noch nie gesehen hatte, ins Büro der Chefin. Keine Wartezeit – alle Achtung! Frau Thielen begrüßte mich mit einem kräftigen Händedruck, gleichzeitig betätigte sie mit der linken Hand ein paar Knöpfe ihrer Telefonanlage, woraufhin prompt Peter und Frau Deny anmarschiert kamen. Es schien sich ja um eine höchst offizielle Mission zu handeln. Frau Deny stellte Kaffee, Mineralwasser, Saft und Kekse auf den Tisch, dann begann die Thielen mit ein paar allgemeinen Lobesworten. Sie seien alle sehr zufrieden mit mir, die Kunden ebenfalls, ich würde – obwohl ich gerade erst angefangen hätte – sehr professionell arbeiten und so weiter und so fort. Ich fühlte mich geschmeichelt – ist ja klar.

»Karen«, sagte die Thielen endlich, »die Chancen stehen gut, dass wir dich als neuen Typ ganz groß rausbringen.«

»Mich?«, fragte ich, als ob noch etwa zehn andere Models im Raum stünden.

»Ja, genau dich!« Die Thielen lächelte. »Oder – Peter – willst *du* Starmodel werden?«

Alles lachte, während sich mir das Wort *Starmodel* ganz tief eingrub. Das konnte doch alles nicht wahr sein! Zwar wirkte ich auf einigen Fotos ganz passabel, trotzdem war und blieb ich ein dünnes, blässliches Mäuschen, das sich manchmal am liebsten in ein Mauseloch verkroch.

»Es gibt da nur zwei Probleme.« Frau Thielens Stimme drang von ferne an mein Ohr.

»Ja?«, fragte ich und mein Herz klopfte wie wild.

»Wir sind alle drei der Meinung, dass du dir deine Haare platinblond färben solltest und . . .«

»Platinblond?«, brach es aus mir heraus. »Ich habe sie Ihretwegen gerade rot gefärbt!«

»Wir arbeiten mit Trendsettern zusammen«, sagte die Thielen ruhig und gab ihr äußerst freundliches Lächeln keine Sekunde auf. »Platinblond und kurz – das wird der Hit der nächsten Saison und du bist geradezu prädestiniert für diesen Look.«

»Ich . . . weiß nicht . . .«, stotterte ich. »Ich . . .«

»Du kannst es dir in Ruhe durch den Kopf gehen lassen. Niemand zwingt dich.« Das war Frau Deny. Sie hatte beide Hände in den Schoß gelegt und knetete sie nervös.

»Karen, du könntest wirklich ein Star werden«, sagte die Thielen jetzt. »Die Bankwerbung hat wie eine Bombe eingeschlagen – dank deiner Person.« Sie machte eine Kunstpause, in der sie an ihrem Wasserglas nippte. »Bitte versteh mich nicht falsch. Normalerweise raten wir keinem Mädchen die Schule abzubrechen, aber in deinem Fall . . . Wir werden sehr viel Zeit investieren müssen, du solltest ins Ausland . . .«

»Ich höre nicht mit der Schule auf«, platzte es aus mir heraus.

»Gut. In Ordnung. Das musst du selbst entscheiden.« Die Thielen lächelte immer noch. »Wir machen dir nur Vorschläge und versuchen dir eine möglichst realistische Einschätzung deiner Chancen zu geben. Natürlich ist das keine Garantie. Die Zeit schafft sich immer selbst ihre Stars, und wenn wir uns täuschen – vielleicht wird die üppige Rothaarige plötzlich Trendsetterin . . .«

»Ach so«, sagte ich leise. Ich war einfach nur baff.

Frau Deny wiederholte den ganzen Sermon noch einmal in ihren Worten. Beim Rausgehen meinte Peter, ich könne wirklich stolz sein, dass die Thielen solche Lobeshymnen loslasse, das geschehe nur alle Jubeljahre einmal.

Schon stand ich auf der Straße und konnte selbst nicht fassen, was mir eben widerfahren war. Noch vor ein paar Wochen war ich ein einfaches Schulmädchen gewesen und jetzt wollte man mich plötzlich zum Star machen. Bloß hohles Gerede? Aber weshalb der Aufmarsch aller Wichtigen in der Agentur?

Statt den Bus zu nehmen lief ich einfach zu Fuß. Nachdenken. Das Gesagte einordnen. Platinblonde Haare und dann ins Ausland. Einerseits klang es verlockend, andererseits machte es mir Angst. Ich würde nicht mit der Schule aufhören, das hatte ich Anna und auch mir selbst versprochen. Dann wieder sah ich mich auf den Journalen dieser Welt, von der Presse hofiert, auf der Straße von Autogrammjägern belagert.

Blödsinn! Ich war und blieb Karen. Ich war dünn und blass und meinen Busen konnte man mit der Lupe suchen!

Als ich an der nächsten Telefonzelle vorbeikam, ging ich einfach rein. Ich wollte irgendjemanden anrufen, nur um alles loszuwerden. Anna? Die war um diese Zeit total im Stress. Katja war mit Sicherheit schon im Hallenbad, also würde Robin eben der Erste sein, der es erfuhr.

Bei dem Gedanken fing mein Herz an schneller zu schlagen. Ausgerechnet heute, wo Robin wahrscheinlich noch mit seiner Niederlage zu kämpfen hatte. Und dann kam ich, um ihm zu erzählen, dass man einen Star aus mir machen wollte. Andererseits war ich seine Freundin, wir waren Partner und dafür da, dass wir uns gegenseitig Dinge sagten, die uns gerade beschäftigten.

Ich kaufte kurz entschlossen zwei Stück Kuchen und nahm den nächsten Bus. Schon als Robin die Tür öffnete, sah ich, dass seine Laune immer noch im Keller war.

»Du kannst doch noch an etlichen Schauspielschulen vorsprechen«, sagte ich, weil ich es besser fand, ihm gleich ein bisschen Trost zuzusprechen. »Außerdem sind die größten Schauspieler an allen möglichen Schulen abgelehnt worden.«

Robin nahm mir wortlos den Kuchen aus der Hand und trug ihn in sein Zimmer. Dort lud er ihn auf der Fensterbank ab, dann setzte er sich in seinen Kinosessel.

»Willst du was trinken?«, fragte er.

»Gerne«, sagte ich, aber Robin machte keine Anstalten aufzustehen.

»Soll ich uns was holen?«

»Nein, meine Mutter ist da.«

»Wird Zeit, dass ich mal mehr als nur einen halben Satz mit ihr rede«, entschied ich und ging einfach raus. Sie würde mich schon nicht auffressen.

Ich klopfte an der Küchentür, die nur leicht angelehnt war.

»Robbi?«

»Nein, ich bin's, Karen«, sagte ich. Ich ging rein und stand einer sehr attraktiven und noch ziemlich jungen Frau gegenüber – das war mir beim letzten Mal gar nicht so aufgefallen. Ich streckte ihr die Hand hin.

»Hallo, Karen!« Sie lächelte. »Robin versteckt ja immer seine Freundinnen und ich habe ihm versprochen ihn nicht mit meiner Anwesenheit zu nerven.«

»Tut mir Leid, dass ich so reinschneie . . .«

». . . überhaupt kein Problem. Soll ich Tee für euch kochen? Kaffee?«

»Tee wäre nett.«

Sie stellte den Wasserkocher an und holte eine Teedose aus dem Schrank; ich blieb etwas unsicher in der Tür stehen.

»Robin ist ja so ein Dickschädel«, sagte sie dann. »Ich bin froh, dass er Sie kennen gelernt hat.«

»Wie meinen Sie das?«

»Wenn Robin sich etwas in den Kopf gesetzt hat, dann muss es immer von jetzt auf gleich sein. Er lässt sich von niemandem reinreden und nimmt keine Ratschläge an.« Sie lächelte zu mir rüber. »Ich wäre froh, wenn jemand wie Sie ein bisschen Einfluss auf ihn hätte.«

Was redet sie da, dachte ich, sie kennt mich kaum.

»Damals, als er beschlossen hat mit der Schule aufzuhören . . . Ich denke, dass er es manchmal bereut, aber er ist viel zu stolz, um das zuzugeben . . .«

Weiter sprach sie nicht, weil Robin im gleichen Moment hereinkam. »Girlstalk?«, fragte er. Immerhin schien sich seine Laune gebessert zu haben.

Was folgte, war ein groteskes Gespräch zu dritt. Robins Mutter lobte mich in den höchsten Tönen, Robin ergänzte das Ganze, indem er mich als erfolgreichstes Model aller Zeiten anpries, und ich musste die Hymnen in einer Tour abwehren.

Als der Tee endlich fertig war und wir wieder in seinem Zimmer hockten, fragte ich Robin, weshalb er behauptete, er sei von der Schule geflogen.

»Das haben immer die anderen behauptet und irgendwann war es dann ein Mythos.« Er schenkte mir Tee ein. »Und warum soll man Mythen zerstören?«

»Weil es sich möglicherweise empfiehlt, seiner Freundin die Wahrheit zu sagen. Besonders wenn man ihr was von großer Liebe erzählt.«

»Ach! Und du hast mir nicht zufällig auch was verschwiegen?« Robin küsste mich auf den Nacken, was mich jetzt richtig ärgerlich machte. Dennoch hielt ich lieber meinen Mund.

Wir aßen schweigend unseren Kuchen und ich bekam immer weniger Lust, Robin von dem Stargerede zu erzählen.

»Das Vorsprechen ist scheiße gelaufen«, sagte er plötzlich und musterte dabei den Schreibtisch. »Kannst du dir das vorstellen? Du stehst in einem großen Raum, vor dir sitzt eine Hand voll Typen, die gucken dich an, während du dich abstrampelst, und plötzlich sagt einer ›Vielen Dank‹ und schickt dich mit einer überheblichen Handbewegung nach draußen.«

»Kenn ich. Das ist so ähnlich wie bei den Castings. Da muss man eben durch.«

»Du klingst wie deine eigene Großmutter!«

»Beleidige ja nicht meine Omi. Die war absolut Klasse.«

Robin schob sich das letzte bisschen Kuchen in den Mund, dann kam er zu mir rüber und nahm mich, indem er sich vor meinen Sessel kniete, in den Arm. »Tut mir Leid. Ich kann solche Sprüche im Moment nicht gut hören. Natürlich weiß ich auch, dass ich nicht erwarten kann gleich beim ersten Vorsprechen den Supererfolg zu landen.« Er nahm mein Gesicht in beide Hände und küsste mich leicht auf die Lippen. »Wie war's eigentlich in deiner Agentur?«

Statt einfach zu antworten wurde ich erst mal knallrot.

»Was ist? Bist du als Nacktmodel engagiert?«

»Nein. Es ist nur . . . Sie wollen ein Starmodel aus mir machen.«

»Was?« Robin fing an zu kichern, was ich an seiner Stelle vermutlich auch getan hätte. »Wie das denn?«

Diese Frage fand ich jetzt allerdings schon unverschämt. Ich nahm mich zusammen und antwortete ganz ruhig: »Sie wollen, dass ich meine Haare weißblond färbe.«

Robin guckte skeptisch. »Das ist doch lächerlich. Und im Übrigen total aus der Mode.«

»Die in der Agentur sind der Meinung, dass Platinblond wieder im Kommen ist.«

Robin schwieg, dann stand er auf, um in einer Kiste mit Fotos herumzuwühlen. Nach etwa fünf Minuten tauchte er auf und hielt mir ein Foto unter die

Nase. Ein üppiges Mädchen mit halblangen weiß-blonden Haaren lächelte mir entgegen.

»Meine erste Freundin. Carrie. Die fand auch, dass die Haarfarbe trendy war. Irgendwann hatte sie nur noch abgefressene Fusseln auf dem Kopf.«

»Na und? Was hab ich damit zu tun?«

»Du könntest den Fehler begehen und dich von deiner Agentur total manipulieren lassen.«

»Eine andere Haarfarbe bedeutet doch nicht Manipulation«, sagte ich ohne rechte Überzeugung.

»Also wirst du es tun?«

»Was weiß denn ich!«

Robin nahm mir das Foto aus den Händen und warf es in die Kiste zurück. »Und wenn sie dir sagen, du sollst dir den Hintern pavianmäßig rot färben, dann würdest du es bestimmt auch noch tun!«

»Ich hab mich noch gar nicht entschieden«, zischte ich und ärgerte mich im selben Moment, dass ich schon wieder den Rückzug antrat.

»Wenn du so redest, heißt das doch, dass du es tun wirst. Sonst hättest du gesagt: ›Nie im Leben lasse ich mir die Haare blond färben.‹ Und außerdem . . .«, Robin machte eine wegwerfende Handbewegung, ». . . schließlich hast du aus schönen langen und braunen Haaren auch schon kurze und ziemlich rote Haare gemacht.«

»Hör mal, so nicht!« Ich erhob mich vorsichtshalber, vielleicht um Robin irgendwie zu drohen, aber dann stand ich unschlüssig im Raum herum und wusste nichts mehr zu sagen. Ich hasste es, wenn wir stritten, aber noch mehr hasste ich es, wenn er sich abfällig über meinen Job äußerte. Ob er nur neidisch war? Neidisch, weil ich Erfolge verbuchte, während er mit seinen Schauspielambitionen gerade baden ging?

»Bitte«, sagte ich dann. »Lass uns nicht mehr streiten.«

»Wir streiten doch gar nicht.«

»Nein? Das sehe ich aber anders.«

»Jeder muss doch wohl seine Meinung äußern können.«

»Ja, aber ich will, dass du meine Entscheidungen respektierst.«

Robin stand jetzt auf und schloss mich für einen kurzen Moment in seine Arme. »Ich möchte nur nicht, dass die eine Barbiepuppe aus dir machen.«

»Sie geben mir bloß Anregungen, meinen Typ besser kennen zu lernen. Mit einer anderen Haarfarbe bin ich noch immer ich!«

Robin nickte zwar, aber ich wusste, dass ich ihn nicht überzeugt hatte. Und vielleicht war ich auch selbst nicht hundertprozentig davon überzeugt, dass ausgerechnet platinblonde Haare meinem Typ entsprachen. Schließlich war ich ja nicht ohne Grund mit meiner Straßenköterfarbe zur Welt gekommen.

Als ich am Abend im Bett lag, kreisten die Gedanken unaufhörlich in meinem Kopf. Bis Anna und Robert auftauchten, würden Stunden vergehen. Sollte ich die ganze Zeit rumliegen und mich aufregen? Robin hatte mir ganz schön zugesetzt und am Ende war ich so genervt gewesen, dass ich weder Lust gehabt hatte, mit ihm zu schlafen, noch etwas mit ihm zu unternehmen.

Ich stand wieder auf und rief Katja an.

»Karen, ich bin total in Eile, wir treffen uns gleich alle im *Boxer's Club*.«

Der *Boxer's Club* war seit etwa zwei Jahren unsere Stammdisco, noch im Frühjahr war ich ziemlich oft da gewesen. Obwohl ich nicht unbedingt auf Discos stand, gab es mir einen Stich, dass man mir offensichtlich gar nicht mehr Bescheid gab, wenn man ausging.

»Komm doch auch«, sagte Katja jetzt. Wahrscheinlich hatte sie ein schlechtes Gewissen.

»Ja. Mal sehen.«

Ich legte auf und dachte darüber nach, warum so ein bisschen Modeln eigentlich dazu führte, dass die Freunde von einem abfielen. Als ob ich plötzlich aussätzig wäre! Automatisch zog ich meine Jeans an, ein weißes T-Shirt und Turnschuhe – ganz unspektakulär. Jetzt würde ich erst recht hingehen, ich ließ mich nicht so einfach abwimmeln.

Vor der Disco hatte sich bereits eine Schlange gebildet. Keines der Mädels war zu sehen. Ich stellte mich also an, wartete und wartete, irgendwann wurde ich in einem Pulk Menschen hineingeschoben. Ich drängelte mich durch die Menge und entdeckte Katja und Lena schließlich auf der Tanzfläche. Sie winkten mir zu, aber ich hatte keine große Lust auf Tanzen. Stattdessen holte ich mir an der Bar ein Glas

Sekt. Da ich sonst ja fast nie Alkohol trank, haute mich meist schon der kleinste Tropfen um. Ich ließ mich auf die weinrot gepolsterten Sitzkissen fallen und trank meinen Sekt in schnellen Zügen, bis ich ein angenehm schweres Gefühl in den Beinen hatte. Katja und Lena liefen einmal an mir vorbei, aber weil ihnen ein paar Typen an den Fersen klebten, nahmen sie keine Notiz von mir. Da hinten – Annett war ebenfalls da. Jetzt fehlt nur noch Elfi, dachte ich grimmig.

Plötzlich setzte sich ein Kerl neben mich, das Sofa gab unter seinem Gewicht nach, im selben Moment stand er wieder auf, kam aber ein paar Minuten später mit einem Sektglas zurück.

»Bitte«, sagte er.

»Danke«, erwiderte ich.

Ich nahm einen Schluck und dachte gleichzeitig, du solltest damit aufhören, morgen wird's dir nicht gut gehen, aber irgendwie war mir alles egal. Ob ich trank oder nicht trank, ob ich mir die Haare färbte oder nicht – was spielte das schon für eine Rolle?

Der Typ neben mir redete ununterbrochen auf mich ein, was ich wegen der lauten Musik jedoch nur halb mitbekam. Komplimente waren zumindest eine ganze Menge dabei, und obwohl ich den Kerl ekelhaft fand, ließ ich mich weiter von ihm zutexten. Er schwärmte von meinen langen Beinen und von meinen Augen und dann hatte ich auf einmal eine seiner Hände auf meinem Busen.

Peng – klebte ich ihm eine, das Sektglas kippte dabei um und ergoss sich auf seine Jeans.

»Danke für den Drink«, sagte ich, stand auf und torkelte benommen davon.

In meinem Kopf brummte es – wo waren bloß die anderen? Da entdeckte ich meine Rettung: Lena saß auf der gegenüberliegenden Seite in einem Sessel und nuckelte gelangweilt an einer Cola.

Ich ging zu ihr rüber und quetschte mich neben sie.

»Ist ja der Wahnsinn, dass du mal ausgehst«, sagte sie.

»Ja«, antwortete ich.

»Und? Amüsierst du dich?«

»Blendend«, antwortete ich und fing unvermittelt an zu weinen.

Ich hätte es nicht erwartet, aber Lena nahm mich einfach in den Arm und schwang auch während der nächsten drei Minuten keine fiesen Reden. Sie hielt meine Hand, streichelte meine Fingerspitzen, und als sie merkte, dass ich ein Taschentuch brauchte, stand sie auf und holte mir ein Papier von der Toilette. Es war wie ein Wunder.

»Robin?«, fragte sie, als ich mich geschnäuzt hatte.

Ich zögerte kurz, schließlich war Lena immer noch Lena und darüber hinaus Robins Cousine, aber dann warf ich kurzerhand all meine Bedenken über Bord.

»Nur indirekt.«

Und schon begann ich ihr im Detail die Modelgeschichte inklusive der Sache mit den platinblonden

Haaren zu erzählen. Als ich fertig war, bot sie mir eine Philip Morris an – das war alles. Ich hielt die Zigarette zwischen Zeige- und Mittelfinger, nuckelte daran herum ohne sie jedoch anzuzünden.

»Ich find's toll«, sagte sie dann wie aus heiterem Himmel. »Und ich würde mir auch die Haare färben.«

Völlig perplex schaute ich sie an.

»Warum denn nicht?«, fuhr sie fort. »Du kannst dir in deinem Leben noch tausendmal deine Straßenköterfarbe wachsen lassen, wer kriegt schon so eine Chance?« Sie beugte sich weit vor, so dass ich ihren Cola-Atem riechen konnte. »Weißt du was? Ich wäre wahnsinnig froh und stolz, wenn mir jemand ein derartiges Angebot machen würde. Da ist doch ein Robin piepegal.«

»Robin ist mein Freund«, sagte ich leise.

»Robin hat sich schon immer für den Mittelpunkt der Welt gehalten.«

»Ihr versteht euch nicht so blendend, oder?«

»Wir sind uns eher egal. Wenn wir uns sehen, grüßen wir uns und reden übers Wetter . . . He, nun guck nicht so traurig!« Lena boxte mich in die Seite. »Robin ist bestimmt ein prima Kerl, nur finde ich, dass er sich manchmal viel zu wichtig nimmt.«

»Hmm«, machte ich und zündete die Zigarette nun doch an. Sie schmeckte fürchterlich und nach ein paar Zügen drückte ich sie wieder aus.

»Hast Recht«, sagte Lena. »Ich hör auch mit dem Rauchen auf. Tanzen?«

Sie spielten gerade einen Discohit aus den siebziger Jahren. Ich nickte und stand auf.

»Und setz dich gegen Robin durch!«, sagte Lena, während wir zur Tanzfläche gingen. »Mach, was *du* willst, und alles andere ist egal!«

* * *

Natürlich wachte ich am nächsten Morgen mit einem Kater auf. Mein Kopf brummte, und als ich die Gardinen aufzog, glaubte ich, die Sonne wäre vom Himmel gefallen und direkt auf meiner Fensterbank gelandet. Trotzdem hatte ich blendende Laune, was ganz allein Lenas Verdienst war.

Ich hatte mich entschieden. Platinblond. Mal etwas im Leben wagen.

Peter hatte mir gestern seine Privatnummer gegeben. Mit einem etwas mulmigen Gefühl im Bauch wählte ich sie.

»Peter Bremer. Please leave a message after the beep. Eine Nachricht für Karen. Bitte sei Montag um zehn Uhr im Studio A in der Gräberstraße 7. Ich gehe mal davon aus, dass du dich richtig entschieden hast.« Piep!

Idiot. Ohne etwas draufzusprechen legte ich auf, notierte mir aber noch schnell die Adresse.

Wenig später kamen Anna und Robert vom Einkaufen zurück. Samstags wurde bei uns immer groß gefrühstückt. Mit Croissants und Brötchen, Parmaschinken, Gorgonzola und Tomaten.

»Du siehst so käsig aus um die Nase«, sagte Anna, während sie die Milch auf dem Herd schaumig schlug.

»Zwei Glas Sekt«, murmelte ich mit schwerer Zunge.

»Und schon einen Kater?« Robert wollte sich kaputtlachen.

»Das ist nicht witzig.« Anna goss die Milch in ein Milchkännchen. »Du kannst eigentlich froh sein, dass deine Tochter keinen Alkohol verträgt!«

»Da kommt sie wohl nicht nach mir«, scherzte Robert.

Ach Gott, wie lustig. Die beiden redeten weiter über Belanglosigkeiten und ich überlegte, ob ich es ihnen erzählen sollte. Schließlich lagen die Dinge diesmal anders. Es ging nicht nur um eine neue Haarfarbe, sondern um eine Entscheidung, die mein Berufsleben für die nächsten Jahre bestimmen würde. »Ich muss mit euch reden!«, erklärte ich schließlich und schob mein angeknabbertes Croissant weit von mir.

»Lass mich raten«, sagte Robert in seinem üblichen Scherzton. »Du kriegst ein Kind.«

»Robert!«, ermahnte ihn Anna. Sie sah mich an, als wisse sie bereits Bescheid.

Um die Situation nicht noch unangenehmer zu machen, referierte ich kurz und knapp die Unterredung mit der Thielen und ließ auch das *Starmodel* nicht aus. Danach war erst mal Schweigen angesagt. Anna nahm ihre Milchkaffeeschale und trank den Kaffee, als nähme sie an einem Schnelltrinkwettbewerb teil; Robert musterte mich von oben bis unten. Natürlich konnte er an mir keine Ähnlichkeit mit einem Starmodel feststellen.

»Die Schule mache ich auf jeden Fall zu Ende«, sagte ich, als die Stille unerträglich zu werden drohte.

Anna schenkte sich Kaffee nach. »Soll ich noch mal Kaffee kochen?« Sie klang unglaublich ruhig. Und dann: »Du willst also tatsächlich Model werden? Mit allem Drum und Dran?«

»Ich glaube schon. Stellt euch vor, ich würde viel Geld verdienen, herumreisen, interessante Leute treffen und Sprachen lernen . . .«

»Und was ist später?«, fragte Robert. »Du brauchst doch eine Ausbildung.«

Ich zuckte die Achseln.

»Mit Ende zwanzig bist du reichlich alt für eine Lehre oder ein Studium«, warf Anna ein.

»Aber dann habe ich immerhin genug Geld verdient! Studieren kann man auch noch mit dreißig! Oder ich mache irgendwas anderes in der Modelbranche. Bookerin, Fotografin . . .«

Anna lächelte, doch ich merkte an ihren schmalen Augen, dass es eher ein Verzweiflungslächeln war.

»Karen, du weißt, dass wir dir nicht reinreden wollen . . .«

»Ja.«

»Und du weißt auch, dass der Modelberuf eine ziemlich unsichere Sache ist. Eins, zwei, drei bist du zu alt, nicht mehr gefragt – und was dann?«

»Mama! Einmal ein bisschen Risiko im Leben! Ich bin gerade erst siebzehn!«

»Vielleicht hat sie Recht«, mischte sich jetzt Robert ein. Ich glaubte meinen Ohren nicht zu trauen. »Als junger Mensch experimentiert man eben gerne, und erinnere dich nur an die Sache mit dem Fliegen . . .«

»Was meint er, Anna?«, fragte ich.

»Ach.« Meine Mutter winkte ab. »Als ich in deinem Alter war, wollte ich unbedingt Stewardess werden, aber meine Eltern waren dagegen.«

»Das hast du mir nie erzählt!«

»Mädchenflausen – vergeben und vergessen. Es ist sowieso nicht das Nonplusultra, jeden Tag Kellnerin in der Luft zu spielen.« Anna sagte das zwar mit einer gewissen Gleichgültigkeit, aber ihr Gesichtsausdruck verriet eher das Gegenteil.

Ich war wirklich baff. Nie im Leben hätte ich vermutet, dass meine Mama auch mal einen Wunschtraum gehabt hatte, eine Vorstellung vom Leben, die mit dem, was heute war, nicht das Geringste zu tun hatte. Irgendwie war sie immer nur meine Mama gewesen, darüber hinaus Mitpächterin eines Italieners, bei dem man verdammt gut essen konnte. Am meisten wunderte mich allerdings, dass sich mein Vater plötzlich auf meine Seite schlug. Vielleicht war nach dem ersten Schock wegen der sexy Bankwerbungsfotos doch so etwas wie Vaterstolz bei ihm aufgekommen.

»Wenn ich jung wäre . . .« Anna seufzte. »Vielleicht

würde ich dann auch um jeden Preis Model werden wollen.« Sie lachte. »Liegt ja heutzutage im Trend. Wie früher das Fliegen.«

»Ich will nicht *um jeden Preis* Model werden.« Nachdenklich zupfte ich an meinem Croissant herum. »Ich hab nur das Gefühl, ich muss die Gelegenheit beim Schopf packen. Und wenn ich nach ein paar Monaten keine Lust mehr habe, ist es auch okay.«

»Du machst es schon richtig.« Robert strich mir über den Kopf, während er aus der Küche ging. Gleich darauf kam er mit der Post zurück.

»Hier, für dich.« Er hielt mir eine Postkarte hin, auf der ein Palmenstrand zu sehen war. Wer schickte mir so eine Postkarte? Ich drehte sie um; die Handschrift kam mir nicht im Geringsten bekannt vor.

Liebe Karen, bin hier zu Katalogaufnahmen. Ist ziemlich irre, alle sind nett und lustig. Ständig Partys, Drinks und so. Morgens ist man immer todmüde und hat auf den Fotos verquollene Augen. Ich melde mich bei dir, wenn ich wieder da bin! Grüße und Bussis von Edda

Mein Gott, Edda! Die hatte ich ja völlig vergessen! Kurzentschlossen griff ich zum Hörer, wahrscheinlich war sie längst von ihrem Traumstrand zurückgekehrt. Es dauerte eine Weile, bis sich eine völlig verschlafene Stimme meldete.

»Hallo, Edda, ich bin's, Karen.«

»Ach, hallo.« Sie klang nicht gerade begeistert.

»Hab ich dich geweckt?«

»Ja. Macht aber nichts.« Sie räusperte sich. »Ich war

gestern noch aus. He!« Ganz plötzlich schien sie auf-
zuwachen. »Hast du heute vielleicht Zeit?«

»Ja, schon.« Eigentlich wollten Robin und ich den
Tag miteinander verbringen, aber ich musste Edda
unbedingt fragen, wie es ihr ergangen war. Und das
am besten von Angesicht zu Angesicht.

»Wir könnten im Café frühstücken. Oder noch
besser: Wir machen ein Picknick im Stadtpark. Jede
bringt was mit.«

Wir verabredeten uns für zwölf am Wasserturm,
dann rief ich Robin an, um ihm zu sagen, dass wir uns
erst später treffen könnten. Irgendwie schien er gar
nichts dagegen zu haben, im Gegenteil, er war so liebevoll wie schon lange nicht mehr und fragte mich,
ob ich um sechs mit ins Kino käme. Gut – das war
also auch geregelt.

* * *

Kurz nach zwölf kam Edda völlig aufgekratzt ange-
fegt. Obwohl es schon herbstlich kühl war, trug sie
einen rot-weiß karierten Minirock, dazu ein bauch-
freies T-Shirt mit einem silbernen Herz über der
Brust. Sie fiel mir um den Hals, als sei ich seit vielen
Jahren ihre beste Freundin.

»Super, dass es geklappt hat!«, sagte sie und strahlte.

Gemächlich stiefelten wir durch den Park und
suchten uns ein sonniges Plätzchen, von wo aus wir
weit über den Ententeich schauen konnten. Während

wir unsere Decken ausbreiteten, erzählte mir Edda ausführlich von ihrem Shooting, das geradezu bombastisch gewesen sein musste. Noch nie in ihrem Modelleben habe sie so viele Komplimente bekommen, bei keiner Produktion so viel Spaß gehabt. Mir kam die ganze Sache reichlich merkwürdig vor und ich vermutete Koks, Alkohol, vielleicht auch nur Jungs dahinter.

»Was hast du zu essen mit?«, fragte sie neugierig.

»Ein Stück Camembert, einen Rest Nudelsalat von gestern, zwei Brioches, ein Baguettebrötchen, Nektarinen und Apfelsaft.«

Edda fing an zu lachen. »Bei mir sieht es so ähnlich aus.« Sie holte Weintrauben, Käse und ebenfalls einen selbst gemachten Nudelsalat aus ihrer Tasche.

Wir stellten unsere Teller auf die Decke, zwei Gläser dazu, dann aßen wir.

»Du willst bestimmt wissen, wie ich mich entschieden habe«, sagte Edda kauend.

»Ja.« Mir war auf einmal ganz mulmig zumute.

»Montag ist der Termin.«

»Wie?«

»Ich lasse es wegmachen.« Edda sah so unbeteiligt aus, als habe sie mir gerade erzählt, sie müsse noch Toilettenpapier besorgen.

Ich sagte nichts und biss in eine Nektarine. Der Saft lief mir über die Finger.

»Mit Baby wäre meine Karriere zu Ende«, erklärte Edda dann leise. »Jetzt, wo alles gerade so gut läuft . . . Ich möchte mir nicht mein Leben verbauen.«

»Du musst das ganz allein entscheiden.« Auf keinen Fall wollte ich Edda ein schlechtes Gewissen einreden.

»Natürlich will ich auch Kinder.« Edda angelte sich eine Weintraube. »Aber später. Ich würde das jetzt nicht packen . . .«

»Du brauchst dich nicht zu rechtfertigen. Wer weiß, was ich in so einer Situation machen würde. Trotzdem . . .«, ich sah in Eddas helle Augen, die einen wunderbaren Kontrast zu ihren schwarzen Haaren abgaben, ». . . ist es irgendwie schade.«

»Ja.«

Am Himmel zogen Wolken auf; Edda hatte eine Gänsehaut.

»Willst du dir die Decke umlegen?«, fragte ich.

»Nein, es geht schon.« Sie sah plötzlich wie ein Häufchen Elend aus.

»Mir graut davor«, gab sie dann zu. »Kannst du nicht vielleicht mitkommen?«

»Tut mir Leid. Ich habe am Montagvormittag einen Termin in der Agentur.«

»Es ist erst am Nachmittag.«

»Okay. In Ordnung.«

Ich warf den Rest der Nektarine ins Gebüsch. Mir war der Appetit vergangen. Wenn ich mir das vorstellte, ich brachte Edda mit einem Embryo im Bauch hin und eine Stunde später würde da nichts mehr sein . . .

Immerhin wurde der Abend mit Robin ganz schön. Wir sahen uns einen amerikanischen Herz-

Schmerz-Film an und später liebten wir uns in seinem Bett. Ich erzählte ihm nicht von Edda, ich wollte ihn nicht noch mit den Problemen meiner Freundinnen behelligen.

Gegen elf fuhr ich nach Hause. Ich legte mich sofort ins Bett, konnte jedoch nicht einschlafen. In gewisser Weise hatte auch ich Montag einen *Eingriff* vor und laut Agentur sollte er mein Leben erheblich verändern. Irgendwie war mir mulmig zumute. Platinblond. Ich hörte bereits die Kommentare in der Schule . . . Gerade hatte man sich beruhigt und schon gab ich ihnen wieder einen Grund zum Lästern.

In der Nacht auf Montag bekam ich kaum ein Auge zu, und als der Wecker klingelte, war ich wie gerädert. Immerhin war es kein Problem, heute freizumachen. Montags hatten wir sowieso nur vier Stunden. Zwei Stunden Englisch fielen wegen Krankheit aus und die Doppelstunde Sport konnte ich mühelos schwänzen.

Auf dem Weg ins Studio fühlte ich mich so matt, dass mir plötzlich alles egal war. Ohne mit der Wimper zu zucken ließ ich dann die Prozedur über mich ergehen. Die Haare wurden noch ein Stück gekürzt, und als ich strohblond als neue *Kären* (man sprach meinen Namen jetzt plötzlich englisch aus!) aus der Versenkung auftauchte, wunderte ich mich nicht mal groß über meine Verwandlung.

Anschließend wurde ich geschminkt, helle Grundierung, schwarz umrandete Augen, tiefroter Lippen-

stift – erste Schwarzweißfotos. Ich sollte lasziv gucken, frech grinsen – es machte mir mittlerweile
kaum noch etwas aus, auf Kommando eine bestimmte Rolle einzunehmen.

Später tauchte Peter im Studio auf. »Du siehst
wunderbar aus«, schwärmte er. »Genauso habe ich es
mir vorgestellt.«

»Ja?«, fragte ich unsicher und schaute noch einmal
in den Spiegel, wo mir eine Frau entgegenblickte, vor
deren Coolness ich im wirklichen Leben bestimmt
zurückgeschreckt wäre.

»Ja, wirklich – du bist die ganz große Nummer!«

Beim Durchschauen der Polaroids brach Peter
dann regelrecht in Stürme der Begeisterung aus. Das
sei genau die richtige Entscheidung gewesen. Er würde jetzt alle Hebel in Bewegung setzen, damit ich
endlich an die richtigen Editorialjobs käme.

»Kann ich auch mal sehen?«

Da Peter seinen Blick nicht von den Fotos lösen
konnte, riss ich sie ihm einfach aus der Hand. Sie waren in der Tat sensationell. Niemals hätte ich geglaubt, dass eine andere Haarfarbe und das richtige
Make-up so viel bewirken konnten. Ich sah auf den
Fotos atemberaubend schön aus, irgendwie geheimnisvoll, aber auch wesentlich älter. Der Hintergrund
war dunkel, das Gesicht so ausgeleuchtet, dass Augen
und Mund und meine sonst gar nicht so auffälligen
Wangenknochen in den Vordergrund traten.

Von einem Moment zum anderen war es da – dieses Gefühl von Glück und Stolz, ja Euphorie! Wie

hatte ich nur eine Sekunde daran zweifeln können, dass die Thielen und ihr Tross die richtige Entscheidung für mich trafen!

»Bist du zufrieden?«, fragte Peter.

»Ja«, sagte ich und strahlte.

»Gut, dann macht Kurt noch ein paar Fotos. Die brauchen wir für dein Book.«

Siedend heiß fiel mir Edda ein. »Ich muss in einer Stunde los«, stammelte ich. »Es ist sehr wichtig.«

Schlagartig änderte sich Peters Laune. Er brummte etwas Unverständliches vor sich hin, dann gab er Kurt die Order, sich zu beeilen.

»Gute Fotos brauchen Zeit«, entgegnete Kurt grantig.

»Jaja«, murmelte Peter und machte sich einfach aus dem Staub.

Also blieb uns nichts anderes übrig als weiterzuarbeiten. Kurt versuchte wirklich sein Bestes, aber so unter Zeitdruck fühlte ich mich verkrampft. Immer wieder sah ich auf die Uhr, was Kurt irgendwann auf die Palme brachte.

»Los, geh schon«, schnauzte er mich schließlich an und eine Entschuldigung murmelnd lief ich noch geschminkt aus dem Studio. Stadtplan raus. Die günstigste U-Bahn-Verbindung überlegen – man gaffte mich an.

Edda stand schon an unserem Treffpunkt. Sie erkannte mich nicht gleich, wie denn auch – gestern noch hatte ich rote Haare gehabt.

Ich rannte direkt auf sie zu, umarmte sie.

»Karen!« Sie lachte. »Das war dein Termin heute Vormittag? Sieht klasse aus!«

»Sorry. Der Fotograf war noch nicht fertig«, sagte ich außer Atem.

Wir gingen zum Eingang der Praxis.

»Du kannst mein Abschminkzeug benutzen. Gleich hast du ja genug Zeit.« Edda hakte mich unter und lächelte wie ferngesteuert. Es war mir ein absolutes Rätsel, wie sie so fröhlich sein konnte! Sie klärte die Formalitäten mit der Sprechstundenhilfe an der Rezeption, dann gingen wir ins Wartezimmer. Niemand da. Edda ließ sich auf einen Stuhl fallen, schnappte sich eine Zeitschrift und blätterte gelangweilt darin herum.

»He!«, sagte ich und stupste sie von der Seite an. »Alles in Ordnung?«

Sie nickte, aber ich konnte sehen, dass sie plötzlich Tränen in den Augen hatte.

»Es ist grauenhaft«, sagte sie leise. »Ich geh jetzt da rein und lass es mir aus dem Bauch reißen.«

»So darfst du das nicht sehen«, sagte ich, obwohl ich mir nicht sicher war, was ich an ihrer Stelle empfunden hätte.

»Manche Frauen können danach nie wieder Kinder kriegen – das haben sie auch gesagt.«

»Der Prozentsatz ist gering.«

»Hättest du es auch gemacht?«

Ich zuckte mit den Schultern und wollte gerade sagen, sie könne es sich ja noch anders überlegen, da winkte die Sprechstundenhilfe Edda rein.

»Toi, toi, toi!«, raunte ich ihr zu, aber Edda lag wohl schon in Gedanken auf dem Stuhl.

Jetzt hieß es warten. Sekunden wurden zu Minuten, Minuten zu Stunden. Ich blätterte eine Zeitschrift durch, las jedoch nur mit den Augen, dann fiel mir ein, dass ich ja immer noch nicht abgeschminkt war. Zu dumm, Edda hatte vergessen mir ihr Abschminkzeug zu geben. Ich wühlte meine Tasche durch, fand eine alte Niveadose und ging damit auf die Toilette.

Als ich mich im Spiegel erblickte, bekam ich einen Riesenschreck. Die halbe Stunde mit Edda hatte bewirkt, dass ich völlig vergessen hatte, was heute Morgen passiert war. Eine dicke Schicht Creme kam ins Gesicht, dann rubbelte ich alles mit Toilettenpapier weg. Ohne Schminke wirkte die Frisur schon nicht mehr so sensationell. Zurück ins Wartezimmer. Nägelkauen. Shit – das darf man nicht als Model. Ich nahm mir eine andere Zeitschrift; mein Magen zog sich schmerzhaft zusammen. Arme Edda . . .

Als nach einer halben Ewigkeit die Tür aufging, zuckte ich zusammen. Es war die Sprechstundenhilfe.

»Ihrer Freundin geht es gut«, sagte sie. »Sie erholt sich noch ein bisschen im Ruheraum. Wenn Sie mitkommen wollen . . .«

Edda lag auf einer Liege und hatte die Augen geschlossen. Sie sah rosiger aus als vor dem Eingriff.

»Hallo Edda . . .«

Sie öffnete die Augen und lächelte matt.

146

»Alles okay?«

»Ich glaub ja. Jetzt geht das Leben wieder weiter.«

Ich setzte mich zu ihr, und während ich ihre Hand streichelte, überlegte ich, ob sie sich nicht vielleicht was vormachte.

Sie richtete sich halb auf. »Kommst du mit zu mir?«

»Klar. Ich koche dir was und du bleibst schön liegen.«

Eine Stunde später nahmen wir uns ein Taxi. Kaum hatte Edda die Praxis verlassen, schien sie aufzublühen und ihr ganzes schlechtes Gewissen mit jedem Meter, den das Taxi zurücklegte, wegzuschieben. Es war eine nahezu unglaubliche Verwandlung. Ich sah Edda nur schräg von der Seite an und hörte ihren Plappereien über ihren Wellensittich Gregor zu, der jetzt bei ihren Eltern war, über Erdbeermilchshakes, die sie am liebsten trank, und über Zigarettenmarken.

Fast wollte ich sagen, hör mal, du hast gerade eine Abtreibung hinter dir, wie kannst du nur so ein Zeug daherreden, aber ich ließ es – vielleicht wollte sie sich nur auf andere Gedanken bringen.

»Du siehst jetzt ziemlich cool aus«, stellte Edda fest, als wir im Schneckentempo die Stufen zu ihrem Apartment hochstiegen.

»So fühle ich mich gar nicht.«

»Tja, jetzt bist du aber Madame Unnahbar und musst das auch verkörpern.«

»Manchmal sehne ich mich nach meinen zotteligen Nullachtfünfzehn-Haaren von früher«, sagte ich.

»Tust du nicht.« Edda schloss ihre Wohnung auf. »Du bist nur sentimental und willst nicht wahrhaben, dass deine Kindheit endgültig vorbei ist.«

Ich sah Edda überrascht an. Auf so einen Gedanken war ich noch nie gekommen. Überraschung Nummer zwei war dann das Innere ihrer Wohnung. Ein Ein-Zimmer-Apartment – chaotisch und mit einfachen Sperrholzmöbeln. Überall lagen Klamotten, Schminkzeug und Zeitschriften herum, auf dem kleinen dreieckigen Tisch vor ihrem Bettsofa standen Brötchenreste, einige Konfitüregläser und Butter.

»Sorry, ich bin nicht mehr zum Aufräumen gekommen.«

Edda griff nach dem Brötchenteller, aber ich nahm ihn ihr aus der Hand, verfrachtete sie aufs Sofa und drückte ihr die Fernbedienung in die Hand.

»Du musst dich jetzt ausruhen.«

Ich brachte die Frühstückssachen in die Küche, dann ging ich erst mal einkaufen. Später machte ich uns einen Salat, den wir vor dem Fernseher aßen.

»Hast du Schmerzen?«, fragte ich sie.

Edda schüttelte erst den Kopf, nickte dann aber.

In Zeitlupe kaute sie auf einer Tomatenscheibe herum. »Ich bin erleichtert. Als hätte man mir einen ganzen Felsbrocken von den Schultern genommen.«

»Dann ist es ja in Ordnung«, sagte ich. Ich wünschte ihr von ganzem Herzen, dass es auch so bleiben würde.

12

Wie Peter vorausgesagt hatte, war ich plötzlich begehrter denn je zuvor. In den Herbst- und Weihnachtsferien brachte ich einige Jobs im Editorialbereich hinter mich, Peter ließ mich gerade noch ruhige Weihnachten feiern, doch kaum wachte ich verkatert nach einer pompösen Silvesterparty in der Agentur auf, meinte er, es sei langsam an der Zeit, dass ich meine ersten Auslandserfahrungen machte. Natürlich hatte ich Lust dazu – Mailand, Paris, Südafrika oder Australien – welches Model träumte nicht davon? –, aber wie sollte ich das bloß mit der Schule regeln?

Aufhören kam für mich nicht infrage. Erstens hatte ich es mir und meinen Eltern versprochen, zweitens misstraute ich der Branche nach wie vor. Was, wenn alles nur ein Strohfeuer war und man mich irgendwann wie eine heiße Kartoffel fallen ließ? Und dann war da noch Robin . . . Er behauptete zwar nach wie vor, ich sei seine große Liebe, aber so ganz glaubte ich nicht mehr daran. Je mehr Aufträge ich bekam, je stärker ich ins Blickfeld der Öffentlichkeit rückte, desto mehr vergrub er sich in seine Schauspielerwelt, übte seine Rollen und gab vor, keine Zeit zu haben. Abgesehen davon hatte er sich mit keinem Wort zu meiner neuen Haarfarbe geäußert. »Ah ja«, kam nur einmal über seine Lippen, dann war er wieder zur Tagesordnung übergegangen. Seitdem überlegte ich immer öfter, wie ich eigentlich zu Robin stand. War ich immer noch in ihn verliebt, liebte ich ihn mittlerweile richtig oder war alles nur mehr Gewohnheit? Ich wusste keine rechte Antwort. Natürlich fand ich es schön, mit ihm zusammen zu sein, wir konnten gemeinsam lachen und auch tiefgründige Gespräche führen, aber wenn Robin seine Weltschmerzanwandlungen bekam, hielt ich mich lieber raus. Robin sah dann alles im schwärzesten Schwarz, was ich einfach übertrieben fand.

»Die meisten Models sind doch dumm«, giftete er eines Abends, aber anstatt mich darüber aufzuregen lachte ich nur, was ihn noch mehr provozierte.

»Guck dir Edda an!« Er hatte sie einmal beim Rumflippen in der Disco erlebt. »Ich kann mir nicht vorstellen, dass die viel im Kopf hat.«

»Na, Hauptsache, du hast genügend Vorurteile in *deinem* Kopf!«

Manchmal konnte er mich wirklich auf die Palme bringen. »Und wenn du glaubst, dass *ich* nichts im Kopf habe, nur weil ich mich fotografieren lasse, musst du eben Schluss machen!«

Ich meinte es absolut ernst; ich ließ mich und meine Freundin nicht so niedermachen.

»Okay, dann erklär mir mal, was daran anspruchsvoll sein soll, sich vor eine Kamera zu stellen und blöd zu grinsen?«

»Und was ist mit der Schauspielerei? Meinst du, es ist vielleicht kreativer, Texte aufzusagen?«

»Weiß nicht . . . Aber ich finde es hohl, seinen Typ völlig umzukrempeln, nur weil es so ein hirnverbrannter Booker verlangt.«

»Ach ja? Schön, dass du endlich mit der Sprache rausrückst!« Ich war so wütend, dass ich kaum noch vernünftige Sätze zustande brachte. »Du würdest dir doch auch eine Glatze rasieren, wenn irgendein großer Regisseur das von dir verlangt.«

»Das wäre ja auch im Sinne der Kunst.«

»Fotos sind ebenfalls Kunst«, antwortete ich.

»Schöne Kunst . . .«

»Du kannst mich mal!« Türenknallend verließ ich sein Zimmer und schoss an seiner Mutter vorbei, die mich aufzuhalten versuchte.

»Karen . . .«

»Wiedersehen«, sagte ich nur und rannte los.

Ab zu Robert und Anna ins Restaurant. Mich ein bisschen ausheulen. Ich setzte mich in die Küche und ließ mir Spaghetti in Sahnesoße servieren. Da Anna und Robert wie immer im Stress waren, plauderte ich ein wenig mit Antonio, der gerade Salat wusch.

»Findest du Modelfotos oberflächlich?«, fragte ich ihn.

»Toll finde ich sie. Besonders, wenn du drauf bist!« War ja klar, dass Antonio so etwas sagen würde, und trotzdem konnte ich das bisschen Selbstbestätigung gut gebrauchen. »Und wenn deine Freundin . . .?«

»Ich wäre stolz wie ein Affe und würde es überall rumposaunen!«

»Wie ein Affe?« Ich musste lachen.

»Ja!« Antonio öffnete sein Hemd und trommelte auf seine behaarte Brust. Tatsächlich sah er ein bisschen wie ein Affe aus. »Hast du Ärger mit deinem Freund?«

»Kann man so sagen«, murmelte ich mit vollem Mund. »Manche Männer haben doch nicht alle Tassen im Schrank! Sorry . . . Ich hätte fast vergessen, dass du auch einer bist.«

»Ja, aber ein anderer.«

Antonio ließ seinen Salat stehen und drückte mir einen dicken Schmatzer auf die Backe. Er konnte es einfach nicht lassen und ich war ihm nie böse.

»Lass das!« Ich boxte Antonio in die Seite. »Erst kommen die Jungs einem mit solchen Schmeicheleien, aber wenn man dann sein eigenes Ding durchziehen will, ist plötzlich nichts mehr mit Traumfrau.« Ich wischte die Sahnesoße mit dem Finger auf. »Traumfrauen sind lieb und nett, sie halten sich dezent im Hintergrund, sie beten ihre Typen an, basteln an deren Karriere mit, aber sie begehen nicht den Fehler, eine eigene Karriere anzupeilen.«

Antonio kicherte und drückte mir jetzt ein Küsschen auf den Mund. Das ging zwar entschieden zu weit, machte aber, wenn ich ehrlich war, ziemlich viel

Spaß. Vielleicht war es das, was ich mir zulegen sollte: einen kleinen Flirt, der mich von meinen Problemen mit Robin ablenkte. Es war zwar nicht gerade
die feine Art, aber ich hatte momentan keine große
Lust auf Problemewälzen, Heulen und Liebeskum-
mer.

13

Drei Wochen später saß ich in aller Herrgottsfrühe im Flieger nach München.

Ich war für eine Fotostrecke in der deutschen *Marie Paule* gebucht – mein erster Job bei einer erstklassigen Frauenzeitschrift. Es war alles sehr schnell gegangen. Ein Anruf bei meiner Agentur, das Ticket wurde gebucht, ich hatte nicht lange gefackelt und mit meinem Tutor in der Schule gesprochen, um mir freizunehmen. Ein Tag München würde meiner schulischen Laufbahn schon keinen Abbruch tun. Anna hatte mir ihren Segen gegeben, Robert skeptisch geguckt und Robin . . . ach, der konnte es eben einfach nicht verstehen . . .

Mit einem merkwürdigen Gefühl zwischen Traurigkeit und nervöser Vorfreude saß ich jetzt also im Flugzeug und beobachtete, wie es über den Wolken Tag wurde. Ich war hundemüde, kriegte kaum die Augen auf und war gleichzeitig so durcheinander, dass ich das Gefühl hatte, mein Herz würde aus mir rausspringen. In der Nacht hatte ich kein Auge zugetan, immerzu nur gedacht, du musst jetzt einschlafen, damit du morgen nicht verquollen aussiehst, was exakt das Gegenteil bewirkt hatte. Jede Viertelstunde hatte ich auf die Uhr geguckt, und als der Wecker klingelte, glaubte ich überhaupt nicht geschlafen zu haben.

In München sprang ich gleich ins Taxi; eine gute halbe Stunde dauerte die Fahrt zum Studio – 55 Euro weg. Zum Glück würde ich es später abrechnen können.

Obwohl ich im Modeln nun schon einige Erfahrung hatte, bekam ich doch weiche Knie, als ich beim Studio klingelte. Waren Moderedakteurinnen und Stylisten bei großen Zeitschriften anders? Biestig und arrogant? Vielleicht hatten sie sich ein ganz anderes Mädchen vorgestellt und bedauerten im Nachhinein die Katze im Sack gebucht zu haben. Dann beruhigte ich mich einigermaßen und sagte mir, dass meine Fotos gut waren – Book und Sedcard sprachen für sich.

Die Tür ging auf, ein paar Menschen liefen hektisch hin und her, andere standen im Pulk zusammen und stritten sich. Ich ging zielstrebig zu meinen Kolleginnen. Sie saßen auf einer Ledercouch und waren zum Teil schon geschminkt – zwei von ihnen hatten Lockenwickler in den Haaren.

»Hallo«, sagte ich und fragte mich, ob ich etwa zu spät kam.

»Hallo«, antwortete eine Braunhaarige mit einem breiten Mund.

Die anderen sahen nicht mal hoch. Ich trank einen Orangensaft und wartete, was passieren würde. Natürlich passierte erst mal gar nichts. Wie immer hieß es elendig lange ausharren.

Noch ein Glas O-Saft, ein bisschen Obst, Kaffee. Als ich gerade aufs Klo gehen wollte, hieß es dann plötzlich, wir würden die Location wechseln, es habe nun doch mit dem Hochhaus geklappt.

»Was für ein Hochhaus?«, fragte ich einen kleinwüchsigen Mann mit Pferdeschwanz, bekam aber keine Antwort.

Alle packten in Windeseile ihre Sachen zusammen, schon wurden wir nach draußen geschoben. Erst als wir zusammengepfercht in einem Kleinbus saßen und durch die Stadt gondelten, wurde mir klar, wie dringend ich zur Toilette musste. Um mich abzulenken, fragte ich die Blonde mit den Lockenwicklern neben mir, ob sie wüsste, wohin wir führen. Sie zuckte nur die Schultern.

»Die wollten das Dach eines Hochhauses mieten«, meinte der Fahrer. »Aber dann war's denen zu teuer. Jetzt hat da irgendwer irgendwen bestochen.«

»Ich bin nicht schwindelfrei«, sagte die Blonde.

»Und ich muss mal!«

Der Fahrer drehte sich um und grinste. »Pipi oder . . .?«

»Sehr witzig«, murmelte ich böse.

»Keine Angst, wir sind gleich da.«

Aus *gleich da* wurde eine geschlagene halbe Stunde, und bis wir einen Parkplatz ergattert hatten, dachte ich wirklich, ich würde im nächsten Moment in die Hosen machen.

»Ich komme gleich«, sagte ich und sprang als Erste aus dem Bus.

»Hausnummer 24!«, rief der Typ mit dem Pferdeschwanz mir nach.

Ich rannte, was das Zeug hielt. Hausnummer 24 war tatsächlich ein anonymes Bürohochhaus; keine Ahnung, wie sie auf die Idee gekommen waren, ausgerechnet hier eine Fotosession machen zu wollen.

Ich schoss einfach am Pförtner vorbei und fuhr mit dem Fahrstuhl in den ersten Stock. Irgendwo würde schon ein Klo zu finden sein. Eine Frau im Tweedkostüm kam mir entgegen und fragte, ob sie mir helfen könne.

»Ich suche die Toiletten«, sagte ich verzweifelt.

»Da vorne links, die erste Tür.«

»Danke!«

Endlich geschafft! Erleichtert ließ ich mich auf die Klobrille sinken.

Als ich fünf Minuten später wieder unten auf der Straße stand, war von unserem Tross niemand mehr zu sehen. Das durfte ja wohl nicht wahr sein! Also ging ich wieder rein und fragte den Pförtner, wie ich aufs Dach käme.

»Zur Modeproduktion?«

»Ja.«

Es folgte eine derart komplizierte Beschreibung, dass ich ihn irgendwann unterbrach und sagte, ich würde es schon finden. *Auf dem Dach* war eben oben, was sollte da schon schief gehen? Ich fuhr mit dem Fahrstuhl in den zwölften Stock, stieg dann eine kleine Treppe nach oben und landete auf einem Dachboden – Fehlanzeige. Wieder zurück auf den Flur. Wo war nur der Zugang nach oben? Ich suchte und suchte, konnte aber keine weitere Tür finden. Langsam wurde mir mulmig zumute. Wenn ich das Dach nun nicht finden würde? Aus lauter Verzweiflung ging ich noch einmal auf den Dachboden und öffnete eine Luke. Tatsächlich hörte ich Stimmen und klappernde Geräusche.

»Hallo!«, rief ich.

Nichts rührte sich.

»Hallo! Hallo!«

Endlich näherten sich Schritte, ein paar blaue Augen erschienen an der Luke.

»Zur Modeproduktion?«

»Ja! Ich weiß nicht, wie ich aufs Dach komme!« Bestimmt hatte meine Stimme einen hysterischen Klang.

»Du musst im elften Stock aussteigen und dann eine kleine Wendeltreppe nehmen!« Lachfältchen erschienen rund um die Augen – ziemlich sympathisch.

Zum Glück fand ich die Treppe auf Anhieb und dreißig Sekunden später stand ich auf dem Dach. Sofort holte mich eine völlig hysterische Visagistin – immerhin war ich das einzige Mädchen, das noch nicht geschminkt war – und bestrafte mich fortan mit Schweigen.

Während ich auf bleich und ziemlich androgyn geschminkt wurde, schaute ich mich verstohlen nach den blauen Männeraugen um. Seltsam. Sie schienen keinem der hier Anwesenden zu gehören. Blaue Augen mit hellen Augenbrauen passten normalerweise

zu hellen Haaren, aber die Männer, die hier rumlie-
fen, hatten allesamt dunkle Haare.

Vielleicht war der Typ nur eine Erscheinung gewesen – mein Schutzengel im Dschungel der Modepro-
fis.

Gott sei Dank war der Hairstylist freundlicher als
die Visagistin. Er redete in einer Tour und klärte mich
auf, dass wir nur bis zum Mittag Zeit hätten, danach
müsste das Dach geräumt werden. Deshalb also diese Hektik.

»Und warum ausgerechnet hier oben?«, fragte ich.

»Das gibt dem Ganzen so einen Touch von Groß-
stadt. Der bleierne Himmel über den Dächern, Abgase und der Nervenkitzel, ob ihr bei den Aufnahmen
vielleicht runterfallt.« Er lachte.

»Ah ja«, sagte ich nur und sah ihm dabei zu, wie er
mir einen tiefen Seitenscheitel verpasste, dann die
Haare gelte und mit beiden Handflächen eng an den
Kopf legte. Für meinen Geschmack war der ganze
Aufwand übertrieben. Eine andere Kulisse hätte es
ebenso getan. Jetzt wurde mir langsam klar, warum
man ausgerechnet mich gebucht hatte. Natürlich
passte ich mit meinen weißblonden Haaren und den
schwarz umrandeten Augen wunderbar in so ein
morbides Ambiente.

Gemeinsam mit den anderen Mädchen musste ich
mich in freier Dachlandschaft in bunte BHs quetschen, dazu trugen wir kurze Pepitaröcke und Lack-
stiefel bis zum Knie.

»Bei ihr müssen wir noch ausstopfen!«, sagte eine

Frau, die sich uns als Moderedakteurin vorgestellt hatte.

Na klar. Wieder das alte Thema. Ein Minibusen machte sich eben nicht gut auf Fotos. Wohl oder übel ließ ich die Prozedur über mich ergehen. Bevor das Shooting losging, war für uns Mädchen erst mal Kaffeepause angesagt. Man packte uns in dicke Bademäntel – schließlich sollten wir uns nicht erkälten –, und während ein paar Leute ein weißes Ledersofa aufs Dach schleppten, durften wir frühstücken.

Doch kaum hatte ich ein paar Krümel in meinen Magen befördert, mussten die Blonde, die Rothaarige und ich zu den ersten Testfotos antreten. Ich begann zu frösteln, als ich den Bademantel auszog. Im BH Fotos zu machen war bei diesen Temperaturen der helle Wahnsinn. Rauf aufs Sofa: Die Rothaarige kam in die Mitte, die Blonde und ich ließen unsere Beine links und rechts von ihr über die Lehnen baumeln.

»Wo ist Hans?«, rief jemand.

Ich zitterte vor Kälte und auch meine Kolleginnen legten sich schützend ihre Arme um den Körper.

Dann kam er. Er – das war der Mann, zu dem die blauen Augen gehörten. Er sah einfach umwerfend aus, meine Güte, wenn ich jetzt auch noch dem Klischee verfiel, Model verliebt sich in Fotografen . . . Nein, das würde ich ganz sicher nicht tun. Erstens war ich mit Robin zusammen, zweitens sagten ein Paar blaue Augen gar nichts über einen Menschen aus und drittens hüpften Fotografen wie Grashüpfer durch die Betten der Models. Also machte ich einfach auf cool – das war sowieso die Rolle, die ich hier zu spielen hatte.

»Hallo, Mädels. Ich bin Hans«, sagte er, verschob uns dann um ein paar Zentimeter auf dem Sofa, bevor er loslegte.

Natürlich hatten wir alle ein Interesse daran, dass dieses Shooting schnell über die Bühne ging. Nach wie vor klapperten wir Mädchen vor Kälte mit den Zähnen und die Crew hatte das Dach ja nur bis zum Mittag gemietet. Trotzdem gab es ein paar Probleme: So wie das Sofa jetzt stand, war zu viel Himmel im Hintergrund und zu wenig von der Skyline zu sehen. Also wurde das Sofa näher an den Rand des Daches geschoben, woraufhin die Blonde hysterisch zu heulen anfing. Sie hatte wirklich entsetzliche Höhenangst. Hans ging zu ihr rüber, nahm sie in den Arm und sprach beruhigend auf sie ein, aber es war nichts zu machen. Sie heulte und heulte, so dass ihr Makeup verlief. Die Moderedakteurin kam angerast, völlig aufgebracht, während die Visagistin verzweifelt mit Kosmetiktüchern in ihrem Gesicht herumtupfte.

»Dann müssen wir das Sofa eben wieder umstellen«, beschloss Hans, und während er das sagte, lächelte er mich schräg von der Seite an. Im selben Moment plumpste ein Stein direkt in meinen Magen. O nein! Bitte das nicht.

Gott sei Dank ging es sogleich mit der Arbeit weiter. Das Sofa kam wieder an seinen ursprünglichen Platz, die Blonde wurde überpudert, der Lippenstift nachgezogen und dann legte Hans los.

Er war ein fantastischer Fotograf. Zwar sagte er klipp und klar, was er sich vorstellte, aber er ging dabei sehr behutsam vor und verlangte nie das Unmögliche. Ich war dermaßen fasziniert, dass ich Mühe hatte, meinen Job zu tun, und mich immer wieder dabei ertappte, wie ich ihn bei der Arbeit beobachtete. Bildete ich es mir nur ein oder schaute Hans mich dabei öfter an als die anderen Mädchen?

Nur die Moderedakteurin war schlechter Laune. Sie stand mit verkniffenem Gesicht herum und ereiferte sich darüber, dass man sich demnächst beim Buchen der Models auch noch erkundigen müsse, ob sie schwindelfrei seien.

»Mach dir keine Gedanken«, flüsterte ich der Blonden zu, als Hans das Objektiv wechselte. »Sie sind doch selbst schuld, wenn sie uns auf so ein Dach jagen.«

»Shit!« Das Mädchen war immer noch völlig aufgelöst. »So was ist mir noch nie passiert.«

Ich drückte ihr kurz die Hand. Mittlerweile nieselte es und ein kalter Wind pfiff uns um die Nasen. Wenn das so weiterging, fing ich trotz Hans' Anwesenheit auch gleich zu weinen an.

Das Posieren auf dem Sofa dauerte noch eine ganze Weile, dann mussten wir hautenge Hosen anziehen, dazu knappe T-Shirts, um den Hals legten sie uns grelle Federboas. Eigentlich war vorgesehen zumindest mich und die Rothaarige am Rande des Abgrunds zu fotografieren, aber weil sie fürchteten, dass wir möglicherweise auch noch Heulkrämpfe kriegten, sahen sie davon ab. Während die beiden anderen

Mädchen einfach nur schwungvoll über das Dach gehen mussten, kam Hans bei mir auf die Idee, mich im Sprung zu fotografieren.

»Du siehst so gelenkig aus«, sagte er und ich antwortete mit wahrscheinlich hochrotem Kopf, dass das wirklich nur so aussehe. »In Sport bin ich eine Niete«, fügte ich beschämt hinzu. Natürlich wollte ich Hans nicht enttäuschen und gab mir alle Mühe, aber mit Sicherheit sah mein Gehopse vollkommen albern aus.

Bevor wir wieder die Klamotten wechselten – schlichte Kleider im Sixties-Stil –, fragte mich Hans, ob wir am Nachmittag in seinem Studio einen Titel probieren könnten.

»Da muss ich erst mit meiner Agentur telefonieren«, stotterte ich, während ich ein zweites Mal rot wurde. Himmel noch mal! Der Titel der *Marie Paule*! Das war doch schier unmöglich! Und was, wenn dieser Hans nur mit mir ins Bett wollte? Man hörte doch ständig solche Geschichten.

Will er nicht, beruhigte ich meine Nerven. Der sieht jeden Tag tausend schöne Mädchen. Wenn das seine Masche ist, würde er bestimmt nicht für die *Marie Paule* arbeiten.

Ich holte mein Handy und rief Peter an.

»Klar machst du das«, sagte er. »Dann nimmst du eben den letzten Flieger.«

»Und wenn's länger dauert?«

»Wir reservieren dir vorsichtshalber ein Zimmer. Ruf mich bitte später noch mal an.«

Mist. Ich hatte Robin versprochen, dass wir am Abend ins Kino gehen würden.

Der letzte Teil der Fotosession ging relativ ruhig über die Bühne. Zum Glück hatte es aufgehört zu regnen, und obwohl mir in meinem ärmellosen Kleid kalt war, fühlte ich mich nicht mehr ganz so nackt und steif.

Dann war Schluss. Umziehen – das Make-up sollte ich drauflassen.

»Wir gehen jetzt etwas essen und fahren dann in mein Studio.«

»Wie bitte?«, fragte ich unsicher und guckte dabei so verschreckt, dass Hans gleich hinterherschob, die Visagistin und der Hairstylist würden mitkommen.

Wir aßen bei einem Italiener. Während ich ausgehungert über meine Lasagne herfiel und ab und zu einen Blick in Hans' blaue Augen riskierte, unterhielt der sich in erster Linie mit den beiden anderen. Es ging um irgendein ominöses Shooting, das in drei Tagen stattfinden sollte.

Als wir später aufbrachen, berührte mich Hans kurz an der Schulter. »Wieso warst du eigentlich auf diesem Dachboden?«, fragte er.

»Ich hatte mich verlaufen.«

»Aber wir sind doch alle zusammen raufgegangen.«

O mein Gott – warum musste er nur auf diesem Thema herumreiten!

»Ich war noch auf der Toilette . . .«, sagte ich und guckte schräg an ihm vorbei auf sein Ohrläppchen.

Statt zu antworten fing er einfach an zu lachen.

»Das ist nicht lustig«, platzte es aus mir heraus. »Auch Models müssen mal aufs Klo.«

»Sorry.« Er wurde auf der Stelle ernst und sah mich eine Sekunde zu lang an.

Schon war's um sie geschehen . . ., sang es irgendwo in meinem Kopf – und ich fragte mich, ob es wirklich so einen Schlager gab.

Die Autofahrt zum Studio verlief schweigend. Hans konzentrierte sich auf den Verkehr, der Hairstylist feilte sich auf dem Beifahrersitz die Fingernägel und ich saß hinten neben der Visagistin, die stur nach draußen guckte.

Irgendwie sehnte ich mich plötzlich nach Robin, nach meinen Eltern, von mir aus auch nach Lena und den anderen Mädels. Die durften jetzt fernsehguckend auf dem Bett liegen, Eis essen oder ins Kino gehen, während ich hier in einem fremden Auto in einer fremden Stadt saß.

Hans' Studio lag mitten in der City in einem stillgelegten Fabrikkomplex. Ziemlich beeindruckend. Keines meiner bisherigen Shootings hatte in einem so riesigen Studio stattgefunden.

Während Hans seine Anlage aufbaute, wurde mein Make-up nachgebessert, dann tauchte auch die Moderedakteurin wieder auf, um neue Anweisungen für die Frisur zu geben.

»Das Gel muss raus«, ordnete sie an. »Das Mädchen soll weiblicher rüberkommen.«

Erst setzte die Agentur alles dran, einen halben

Jungen aus mir zu machen, und nun, wo es um die Wurst ging, war das auch wieder nicht richtig.

Statt meine Haare zu waschen wurde das Gel einfach ausgebürstet. Jetzt standen sie wie auf einer Schuhbürste ab.

»Lass dir was einfallen, Piet«, sagte die Moderedakteurin zu dem Hairstylisten, verschwand dann, um draußen eine Zigarette zu rauchen.

Piet feuchtete seine Hände an und drückte meine Haare so lange an den Kopf, bis ich eine Pilzfrisur wie ein Beatle hatte. Dann teilte er rund um meinen Kopf Strähnen ab, griff erneut in den Geltopf und arbeitete vorsichtig geringe Mengen Gel ein. Danach sah ich aus wie ein Beatle mit fettigen Haaren, aber Piet war von seiner Kreation ganz begeistert.

»Ein pastelliger Lippenstift wäre schön«, meinte er schließlich, woraufhin die Visagistin angehastet kam und meine Lippen umschminkte.

»Was ziehe ich an?«, fragte ich die Moderedakteurin, nachdem sie ihr Okay für Frisur und Make-up gegeben hatte.

»Nichts. Wir brauchen nur deinen nackten Hals und den Ansatz deiner Schulterblätter. Es reicht, wenn du die Träger deines BHs runterlässt.«

»Ich trage keinen BH«, sagte ich leise.

Während Piet kicherte, kriegte die Redakteurin einen Tobsuchtsanfall. Jedes Profimodel wisse doch, dass es einen BH dabeihaben müsse, brüllte sie, woraufhin ich sagte, bislang hätte man mir die Garderobe immer zur Verfügung gestellt.

Kopfschüttelnd lief sie los und kam kurz darauf mit einem Bademantel zurück. Ich zog ihn rasch über, dann ab vor die Kamera. Ich hätte heulen mögen! Auf einmal wusste ich nicht mehr, wie man sich vor einer Kamera zu bewegen hatte. Gleichzeitig war mir klar, dass Hans genau das von mir verlangte. Er wollte ein Model mit Mut zum Experiment, kein Häschen, dem er noch die Knickebein-Stellung beibringen musste.

Der Fotograf und das Model – was für eine alberne Geschichte aus dem Groschenheft! Ich dachte an Robin und wie er mir am Anfang gesagt hatte, ich sei sein Mädchen fürs Leben. Jetzt stand ich hier und sah einen Mann mit verknalltem Blick an. Wie irgendein x-beliebiges Dummchen. Dabei hatten mich ältere Männer noch nie interessiert. Hans war bestimmt schon vierzig, über zwanzig Jahre älter als Robin. Er hätte mein Vater sein können!

»Du musst den Bademantel etwas mehr runterlassen«, sagte Hans.

Ich bekam eine Gänsehaut und tat, was er sagte. Obwohl er vorhin fast alles von mir gesehen hatte, schämte ich mich plötzlich für jeden Quadratzentimeter Haut. Die Visagistin kam angehechelt, um mir auch die Schultern abzupudern.

Nach den ersten Testfilmen meinte Hans, das mit dem Bademantel ginge so nicht, ich würde mich derart an ihm festkrallen, dass wir niemals lockere Bilder zustande bringen würden. Ob ich nicht irgendetwas anziehen könnte, am besten etwas Schwarzes mit

Rundausschnitt. Stumm folgte ich der Moderedakteurin, die mich in ganz normale Jeans und einen kleinen schwarzen Pulli steckte. So fühlte ich mich schon um einiges wohler.

»Stell dir einen Ort vor, an dem du jetzt am liebsten wärst«, sagte Hans und linste um seine Kamera herum.

In deinen Armen, war das Einzige, was mir einfiel, und ich musste automatisch grinsen.

»Ja, sehr schön«, meinte Hans prompt und drückte ab. Beim Filmwechseln wollte er wissen, woran ich denn eben gedacht hätte.

O Gott, frag doch nicht so, schoss es mir durch den Kopf, während ich wieder rot anlief. Ich antwortete nicht und Hans war so taktvoll nicht weiter in mich zu dringen.

Nach einer kleinen Pause zog ich eine schlichte weiße Hemdbluse an und bekam noch mehr Gel in die Haare. Hans stellte einen Barhocker in die Kulisse, auf dem ich dann nach Belieben herumturnen sollte. Mich zu bewegen oder herumzutollen fiel mir eigentlich nicht schwer. Abgesehen davon, dass ich Make-up im Gesicht hatte und ein gut aussehender Mann mit seiner Kamera dabeistand, war es doch kaum anders als zu Hause, wenn Robin und ich herumalberten.

Zehn nach acht waren wir fertig; einen Flieger würde ich nun nicht mehr kriegen. Ich schminkte mich ab und zog mich um, dann rief ich Peter an.

Er nannte mir ein Hotel und sagte, ich solle im Taxi hinfahren.

»Ich kann dich mitnehmen.« Hans stand plötzlich hinter mir. »Es liegt praktisch bei mir um die Ecke.«

Meine Knie fingen an zu zittern. Sollte ich mich zu diesem Mann ins Auto setzen?

»Keine Angst«, sagte Hans, als er mein Zögern bemerkte. »Ich fahre sehr anständig!«

Ich lächelte. Klar, genau das hatte ich wissen wollen!

»Also?«

»In Ordnung.« Ich schnappte mir meine Tasche und dachte, gut, jetzt ist es eben Schicksal. Als wir im Auto saßen, fiel mir beim besten Willen kein Gesprächsthema ein. Hans sagte auch nichts. Ob es ihm wie mir ging? Nachdem wir Minuten des Schweigens hinter uns gebracht hatten, hielt ich es nicht mehr aus und fragte Hans, wie überhaupt die Chancen für das Cover stünden.

»Letztendlich hängt es von der Chefredaktion ab. Aber ich glaube, die Fotos sind sehr schön geworden.« Er guckte mich kurz von der Seite an. »Du stehst noch ziemlich am Anfang, oder?«

Ich nickte und verfärbte mich wieder schweinchenrosa. Sah man es mir etwa an der Nasenspitze an, dass ich kaum Erfahrungen hatte?

»Woran hast . . . du das gemerkt?« Bislang hatte ich die direkte Anrede vermieden und auch jetzt ging mir das Du nur schwer über die Lippen. Andererseits wäre es albern gewesen, ihn zu siezen. Kein Mensch siezte sich in dieser Branche.

Hans schaute wieder kurz zu mir rüber. »Du benimmst dich nicht wie die große Diva. Du siehst frisch und unverbraucht aus . . .« Er lächelte. »Nimm's mir nicht übel, es ist nur positiv gemeint: Auch mit deiner coolen Haarfarbe und entsprechendem Make-up scheint immer noch die Unschuld vom Lande durch – das macht vielleicht den Reiz an deinem Gesicht aus.«

Unschuld vom Lande! In meinen Ohren klang das nicht gerade schmeichelhaft.

»Mir hat die Arbeit mit dir jedenfalls sehr gefallen. Ich wünschte, wir könnten noch mal zusammen eine Produktion machen. Wo arbeitest du hauptsächlich?«

»Hamburg. Bald soll ich ins Ausland.«

»Gehst du noch zur Schule?«

»Ja, das ist eben das Problem.«

»Mach dein Abi, und wenn es zwischendurch die Zeit erlaubt, reise auch mal ins Ausland, aber werde bloß nicht größenwahnsinnig und hör mit der Schule auf.«

»Nein, ganz bestimmt nicht.«

Hans hielt plötzlich auf einem Parkstreifen – mein Herz flatterte. »Wir sind jetzt gleich da. Wenn du willst, können wir zusammen noch was essen gehen.«

»Ja«, sagte ich verunsichert.

»Da drüben ist ein Afrikaner.«

Ich nickte. Natürlich war ich als Unschuld vom Lande noch nie bei einem Afrikaner gewesen.

Hans fuhr lächelnd fort: »Meine Frau und meine Tochter sind bei der Oma. Da hocke ich eh nur alleine zu Hause rum.«

Seine Frau und seine Tochter? Mir war plötzlich ganz komisch zumute. Aber was hatte ich denn erwartet? Dass er mich zum Essen ausführte, um mir einen Heiratsantrag zu machen? Dann fiel mir ein, dass es vielleicht seine Masche war. Er erzählte von seiner Familie, der Jagdtrieb erwachte und schwups, hatte er die Mädchen im Bett.

In dem afrikanischen Restaurant bestellte ich irgendetwas mit Gemüse, dann ging ich raus, um meine Eltern und Robin anzurufen.

Anna und Robert machten sich gleich Sorgen, weil ich nun den Abend ganz alleine in einer fremden Stadt verbringen musste, und als ich ihnen sagte, dass der Fotograf auf mich *aufpassen* würde, waren sie auch nicht beruhigter. Verständlich. Ich war es ja auch nicht. Bei Robin rief ich wieder mal umsonst an. Seine Mutter richtete mir aus, er sei ins Kino gegangen. Merkwürdig, wo er doch eigentlich damit gerechnet hatte, dass ich am Abend kommen würde.

Als ich an den Tisch zurückkehrte, fragte Hans mich nach der Schule aus. Obwohl ich mir dabei ziemlich albern vorkam, erzählte ich folgsam. Von meinen Klassenkameradinnen, von meinen Lieblingsfächern und auch, dass ich vielleicht Kunstgeschichte studieren würde. Oder Amerikanistik. Oder auch Touristik.

»Na, das ist ja ziemlich viel auf einmal.«

»Ursprünglich waren es noch mehr Fächer«, log ich. »Dies ist nur die engere Auswahl.«

Hans lachte. »Ich finde es gut, wenn du nach dem

Abi studierst. So wie ich dich einschätze, wird dir Modeln nicht ausreichen.«

Schmeichel, schmeichel – ich hockte da auf meinem Stuhl, genoss jede Sekunde und hatte gleichzeitig Angst, dass es bald vorbei sein würde.

Dann kam das Essen. Hans hatte Rindfleisch mit verschiedenen Gemüsen und Fladenbrot, auf meinem Teller lagen diverse Gemüsepasten. Ich hatte einen Bärenhunger und fing gierig an zu essen.

Hans beobachtete mich.

»Endlich mal ein Model, das ordentlich reinhaut.« Seine Augen hatten im Kerzenlicht einen wahnsinnig schönen Blauton.

»Ich kann so viel essen, wie ich will, ich bin und bleibe so dünn wie eine Bohnenstange.«

»Was meinst du, wie oft ich es mit magersüchtigen Mädchen zu tun habe, die täglich nur einen Apfel und ein halbes Knäckebrot zu sich nehmen.«

»Tatsächlich?«, fragte ich. Es war mir ein absolutes Rätsel, wie man mit so wenig Nahrung überleben konnte.

»Und bist du dir sicher, dass du nicht gleich aufs Klo rennst und dir einen Finger in den Hals steckst?«

»Wie bitte?«

»Bulimie.«

»Quatsch!«, sagte ich barsch. Dass Hans so etwas von mir glauben konnte!

»Entschuldige. War nicht persönlich gemeint.« Hans tupfte sich den Mund ab. »Aber so was kommt eben immer wieder vor.«

Für einen kurzen Moment war die Stimmung dahin. Wir aßen schweigend, dann fragte ich Hans, wie er Fotograf geworden war.

»Ach, reiner Zufall!« Er riss ein kleines Stück Fladenbrot ab und wischte damit auf dem Teller herum. »Nach dem Abitur habe ich erst mal eine Weile Soziologie studiert, und weil es mir an der Uni zu langweilig war, bin ich um die Welt gereist. Eines Tages sollte ich Fotos für eine Hotelpräsentation machen. Mit meinem Touristenapparat.«

Hans machte eine kleine Pause, erzählte dann weiter, dass dieser Hotelprospekt so eine Art Auslöser war. Von da an fotografierte er alles Mögliche und bot die Fotos deutschen Zeitungen und Fotoagenturen an.

Ich hatte aufgehört zu essen und beobachtete Hans beim Sprechen; seine Lachfältchen, seine schönen Zähne . . .

»Noch ein Glas Wein?«

»Nein danke.« Ich hatte nach den paar Schlucken sowieso schon einen kleinen Schwips.

»Wann musst du morgen aufstehen?«

»Früh. Ich nehme den ersten Flieger.«

»Dann sollten wir langsam mal aufbrechen . . .«

»Ja«, sagte ich und fühlte einen Kloß im Hals.

Hans bezahlte. »Das geht auf meine Rechnung«, sagte er, und als wir draußen waren, bot er mir an mich zum Hotel zu begleiten.

Natürlich widersprach ich nicht. Wir gingen die paar Meter dicht nebeneinanderher, redeten aber nicht. Die Luft zwischen uns knisterte vor Spannung. Was würde er tun? Was wollte ich, dass er tat?

Dann standen wir auch schon vorm Hoteleingang. Hans drehte sich zu mir; er sah in der Beleuchtung ziemlich bleich aus.

»Es war ein tolles Shooting«, sagte er. »Ich hoffe wirklich, dass wir bald wieder zusammenarbeiten können.«

Er beugte sich vor, gab mir ein Küsschen auf die Wange, um dann sofort in der Dunkelheit zu verschwinden.

Ziemlich benommen ging ich rein, nannte meinen Namen und ließ mir den Zimmerschlüssel geben.

Ich war erleichtert – sehr sogar – und dann auch wieder traurig. Zwar war es ein Glück, dass ich an einer Sache mit Hans vorbeigeschrammt war, andererseits fragte ich mich, ob ich mir diese Blicke eingebildet hatte. War ich tatsächlich nur ein ganz normales Fotoobjekt für ihn gewesen oder hatte er mich auch als Frau gesehen?

Ein Blick auf die Uhr: Schon fast Mitternacht und morgen musste ich in aller Herrgottsfrühe aufstehen. Ich hatte noch nie allein eine Nacht in einem Hotel verbracht. Minibar, Fernseher, lederne Sitzecke – wo ich sonst mit meinen Eltern übernachtete, war alles sehr viel einfacher. Ich machte den Fernseher an, schaltete ein wenig hin und her und überlegte, ob ich bei meinen Eltern anklingeln sollte. Unsinn, rief ich mich zur Vernunft. Dies hier ist dein Job, du wirst langsam erwachsen, du kannst nicht überall, wo du hinkommst, nach Mamis Rockzipfel rufen.

Also schaltete ich den Fernseher wieder aus und schloss die Augen. Bilder vom Tag sausten durch meinen Kopf. Hans. Immer wieder Hans!

Mit bleiernen Gliedern schlüpfte ich am nächsten Morgen aus dem Bett und dachte mit Grauen daran, dass ich einen ganz normalen Schultag vor mir hatte.

Duschen, Zähne putzen und anziehen – alles führte ich in einer Art Halbschlaf aus. Zum Frühstücken blieb dann keine Zeit mehr; ich ließ mir sofort ein Taxi rufen. Eine Dreiviertelstunde Fahrt zum Flughafen. Warten, einchecken, wieder warten, einsteigen, fliegen, landen . . .

Gott sei Dank holte mich Anna ab. Sie hatte meine Schultasche gepackt und schleifte mich zu unserem Auto. Bestimmt sah ich wie ein Häufchen Spucke aus. Ich hätte zu gerne mal eine Runde geweint.

»Du hast Schatten unter den Augen«, stellte Anna fest.

»Kein Wunder«, antwortete ich. »Hab kaum geschlafen.«

»Ob das der richtige Job für dich ist . . .« Anna hatte die Worte nur so dahingemurmelt, aber ich hatte sie natürlich verstanden.

»Ich weiß auch nicht, Mama.«

»*Mama*? Das ist ja ein ganz schlechtes Zeichen.« Sie sah zu mir rüber und streichelte mir kurz die Wange. »Willst du heute lieber zu Hause bleiben?«

»Nichts lieber als das. Aber wir schreiben nächste

Woche Mathe. Und heute ist die letzte Doppelstunde.«

Anna sah mich mitleidig an, erkundigte sich dann nach meinem Termin.

»War gut«, sagte ich nur. »Nette Leute kennen gelernt.«

»Und die Fotos?«

»Vielleicht springt ein Titel für die *Marie Paule* raus«, verkündete ich stolz.

Wow! Anna guckte so, als habe sie gerade dieses Wort gedacht, sagte aber nichts.

»Wäre jedenfalls super«, fuhr ich fort.

Anna nickte. »Noch einen Kaffee trinken oder gleich zur Schule?«

»Gleich zur Schule. Vielleicht schaffe ich es noch zur Zweiten.«

Natürlich hatte der Unterricht schon angefangen, als ich in die Klasse kam. Englisch bei Herrn Anders. Man starrte mich an, als hätte ich mich über Nacht in einen Schweinskopf verwandelt.

»Endlich – die Diva!«, hörte ich irgendeinen Schwachkopf murmeln.

»Wo kommen Sie jetzt her?«, fragte Herr Anders.

Ich ging erst mal zu meinem Platz, sagte dann ruhig, es wäre mit meinem Tutor abgesprochen, dass ich heute später käme. Es stimmte zwar nicht, aber das war mir egal.

Eine kleine Pause entstand. Ich merkte, wie es in Anders' Kopf ratterte.

»Mir ist nichts dergleichen mitgeteilt worden.«

»Die Diva macht Nacktfotos im Ausland!«, brüllte jetzt Jo, woraufhin die Jungs zu lachen anfingen. Mit versteinertem Gesicht packte ich meine Bücher aus. Kaum zwei Minuten hockte ich auf meinem Platz und schon war ich total genervt.

»Sie können sich ja in der Pause erkundigen«, sagte ich zu Anders und legte in aller Seelenruhe meine Bücher auf den Tisch.

Großartig! Ich war nicht mal rot geworden. Immerhin half mir das Modeln dabei, dass ich etwas selbstsicherer wurde. In der Pause bestürmten mich die Mädels. Alle wollten wissen, was bei der *Marie Paule* gelaufen sei, ob die Fotografen da toller seien als bei anderen Zeitschriften und überhaupt; wie die Atmosphäre sei, ob es Kaviar zum Frühstück gäbe und Champagner in den Pausen . . .

Die haben Vorstellungen, dachte ich und erzählte ziemlich detailgetreu und ohne die Miene zu verziehen vom Shooting. Was für Sachen ich tragen musste und wie ich vor Kälte schlotternd auf dem Hochhausdach herumgeturnt war. Hans ließ ich aus, das ging sie nichts an, stattdessen gab ich ein allgemeines Statement zum Thema Fotografen ab.

»Das sind auch nur Menschen, und meistens ziemlich eklige«, sagte ich. »Sie denken, sie sind die Größten, sie sprechen falsches Englisch und manche tragen sogar Kettchen um den Hals.«

»Und wie viel hast du jetzt kassiert?«, fragte Lena.

»Nicht so viel. Je renommierter das Blatt ist, desto schlechter die Bezahlung. Wenn man Katalogaufnahmen macht oder Waschmittelwerbung – okay, da sieht es schon besser aus.«

»Und was heißt *nicht viel?*«, hakte Lena nach. »10 000 Euro? 5000? 2000?«

»Weniger.«

Die Mädchen starrten mich an; ich kam mir ganz komisch vor. Einerseits wollte ich zu ihnen gehören, andererseits hatte ich Dinge erlebt, von denen sie nicht den geringsten Schimmer hatten. Nicht dass ich mich überlegen fühlte, aber die Art, wie sie mit offenen Mündern dastanden und naive Dinge fragten, nervte mich. Irgendwie war mir Edda mit ihrer aufgedrehten Art plötzlich viel näher. Und dann schämte ich mich auch. 2000 Euro! Mein Gott, was mussten sie denken, wo sie – wie ich noch vor kurzem – bestimmt nicht mehr als 50 Euro Taschengeld im Monat bekamen.

Kaum war ich zu Hause, bimmelte das Telefon. Peter.

»Wieso meldest du dich nicht? Es ist gleich halb drei!«

Bin ich etwa versklavt, dachte ich, sagte aber, ich wäre gerade völlig ausgehungert nach Hause gekommen und wollte nur schnell was essen.

»Und? Wie war's?«

»Gut«, sagte ich. »Mit ein bisschen Glück komme ich auf den Titel.«

Statt mich zu loben meinte Peter bloß: »Fein. Dann hatten wir also Recht mit unserer Prognose.«

Idiot. Als ob allein die Agentur mit ihren *Prognosen*

etwas damit zu tun hatte! Schließlich war ich, Karen Coroll, doch auch nicht ganz unbeteiligt!

»Neue Termine?«, fragte ich in der geheimen Hoffnung, ein paar freie Tage zu haben.

In nächster Zeit stünden ein paar Katalogaufnahmen an, sagte Peter, dazu kämen jede Menge Castings und Go-Sees, dann verstummte er plötzlich.

»Hallo?«, rief ich ins Telefon.

»Du solltest dir noch einmal die Sache mit der Schule überlegen.« Wieder Pause. Dann: »Außerdem müssen wir dich dringend ins Ausland schicken. Mailand, Paris – da spielt die Musik!«

»Ich will aber mein Abi machen.«

»Sollst du ja auch. Aber vielleicht könntest du ein Schuljahr lang aussetzen . . .«

»Das ist nicht dein Ernst!«, fauchte ich.

»Kannst du wenigstens die Frühjahrsferien durchpowern?«

»Mhm . . . ja«, sagte ich zögerlich. Eigentlich hatten Anna und Robert geplant ihren Laden für eine Woche dichtzumachen und mit mir irgendwohin zu fliegen. Das Geld, das nach und nach mein Konto füllte, lag dort zwar ganz gut, trotzdem war es doch nicht der Sinn des Lebens, dass es sich permanent vermehrte, während ich auf so viele andere Dinge verzichten musste.

»Ich könnte da was für dich arrangieren.«

»Ab und zu muss ich auch was für die Schule tun«, sagte ich leise.

»Versteh schon. Sorry, ich hab einen Termin . . .«

Peter legte auf und ich war heilfroh, dass ich ihn für die nächsten 24 Stunden los war.

Kaum hatte ich mir ein Brot geschmiert, ging das Telefon erneut. Es war Robin. Noch mal die gleiche Leier. Warum hast du dich noch nicht gemeldet? – und so weiter und so fort. Lebte ich denn nur noch in Verpflichtungen und Terminen? Ich fragte ihn, wo er gestern Abend gesteckt hätte.

»Erst habe ich Pizza ausgetragen und danach war ich mit Leuten vom Schauspielkreis im Kino.« Seine Stimme klang neutral, dann fragte er auf einmal eine Spur zärtlicher. »Kann ich dich sehen?«

»Ja. Von mir aus«, erwiderte ich tonlos. Warum spukte nur immerzu Hans in meinem Kopf herum?

»Kann ich sofort vorbeikommen?«

»Ja. Bis gleich.«

Ich legte auf und sprang schnell unter die Dusche. Plötzlich hatte ich das dringende Bedürfnis, alles, was mit München und mit Hans zu tun hatte, gründlich abzuspülen. Lächerlich, wo doch gar nichts vorgefallen war. In aller Eile zog ich Jeans an, irgendein T-Shirt, dann packte ich meine Tasche aus und machte Ordnung im Zimmer. Eigentlich konnte ich Robin jetzt nicht gebrauchen. Ich musste Hausaufgaben erledigen, für Mathe lernen . . .

Robin klingelte exakt zwanzig Minuten später. Ich hatte es nicht mal geschafft, meinen Kopf zu sortieren. Er sah süß aus, wie er da so unbeholfen in der Tür stand und kein Wort über die Lippen brachte.

»He, willst du mich nicht begrüßen?«, fragte ich und freute mich plötzlich doch, dass er da war.

Er küsste mich auf die Nase, erkundigte sich dann nach meinem Fototermin. Mit einem mulmigen Gefühl im Bauch erzählte ich ihm von der Sache mit dem Titel.

»Ist ja toll«, sagte er.

»Meinst du das wirklich so?«

»Ja, klar. Das ist doch was, wenn man so am Kiosk ausgestellt wird.«

Ich guckte ihn skeptisch an, wusste beim besten Willen nicht, ob er irgendwie ironisch geklungen hatte. Entweder verkaufte er mir um des lieben Friedens willen eine völlig neue Theorie oder er hatte sich eben mal über Nacht gewandelt.

Ich zog ihn in mein Zimmer und fragte ihn, ob er etwas trinken wolle.

»Ja, gerne«, sagte er und fing an mich zu küssen, während er mich gleichzeitig aufs Bett bugsierte.

Daher wehte also der Wind. Auch wenn ich wirklich froh war, dass er jetzt neben mir saß, wollte ich nicht unbedingt mit ihm schlafen. Also stand ich auf und ging raus, um Kaffee zu kochen. Als er fast durchgelaufen war, kam Robin nach.

»Möchtest du ein paar Kekse?«

Robin antwortete nicht. »He!« Ich drehte mich nach ihm um.

»Das war Mist, was ich neulich gesagt habe.« Es kam so kleinlaut über seine Lippen, dass ich beinahe lachen musste. »Ich mache das, was ich für richtig halte, du machst das, was du für richtig hältst, und basta.«

»Ich will nicht, dass du Ja und Amen sagst, wenn du doch anderer Meinung bist. Du sollst nur meinen Job ein bisschen verstehen!«

»Aye, aye, Sir.« Robin stand jetzt vor mir und presste seinen Unterkörper gegen mich. »Vielleicht bin ich auch nur eifersüchtig.«

Kaum hatte Robin das Wort ausgesprochen, musste ich wieder an Hans denken. Obwohl die Sache überhaupt nicht ernst zu nehmen war, ging mir dieser Mann einfach nicht aus dem Kopf. Wie gut, dass Robin keine Ahnung davon hatte. Es würde all seine Vorurteile nur bestätigen.

Während ich den Kaffee rübertrug, brachte ich das Thema auf seine Vorsprechtermine, worauf Robin kurz ein paar Städte aufzählte, es dann aber vorzog, mich zu küssen.

»Und was ist, wenn du tatsächlich in München oder Berlin oder sonst wo genommen wirst?«, fragte ich in einer Atempause.

»Müssen wir ausgerechnet jetzt darüber reden?«, murmelte Robin und machte sich weiter an meinem Hals zu schaffen.

»Typisch Kerl«, murmelte ich zurück, dachte aber, dann darf er sich auch nicht beschweren, wenn *ich* ins Ausland gehe.

Wir waren gerade mitten beim Sex, als es klingelte.

Ich blieb einfach liegen und kuschelte mich an Robin.

»Nicht aufmachen!«, sagte er in mein Ohr.

»Nein, mach ich nicht.«

Aber dann klingelte es wieder. Und noch einmal.

»Shit!«

Jetzt sprang ich doch auf und zog in Windeseile meinen Bademantel über. »Könnte was Dringendes sein . . .«

»Meistens sind es nur Zeitungsvertreter!«, rief Robin mir noch hinterher.

Ich sah durch den Spion – Edda! Edda musste ich reinlassen, bei ihr wusste man nie, ob gerade Himmel oder Hölle angesagt war.

»Hi, Süße!« Sie fiel mir um den Hals und strahlte – sah also eher nach Himmel aus. »Störe ich?«, fragte sie, aber anstatt meine Antwort abzuwarten stürzte sie voraus in mein Zimmer. Ich kam kaum hinterher, hörte nur ein kurzes »Oh!« und dann redete sie schon auf Robin ein.

»Du bist also der Glückliche«, sagte sie, »mit deiner Freundin hast du den ganz großen Fang gemacht!«

Robin nickte verlegen. Ich blieb im Türrahmen stehen und guckte mir die Szenerie an. Edda schien sich nicht im Geringsten daran zu stören, dass Robin halb nackt im Bett lag.

»Hab ich euch bei irgendwas gestört?«, fragte sie schließlich kichernd.

»Nö, gar nicht«, sagte ich.

Und Robin schoss noch hinterher: »Im Bett liegen ist doch gar nichts.«

Ich weiß nicht, aus welchem Impuls heraus ich Edda fragte, ob sie Hunger habe, jedenfalls sagte sie »O ja!«, und als ich nachhakte, was sie denn essen wolle, fielen ihr ausgerechnet Spiegeleier ein. Robin guckte etwas angesäuert, aber ich gab ihm ein Zeichen, er solle bitte seinen Mund halten. Ich zog sie in die Küche.

»Du kannst mir helfen«, ordnete ich an. »Da vorne sind Teller drin, Besteck ist unten in der Schublade.«

Ich holte sechs Eier aus dem Kühlschrank, zwei für jeden von uns, ein bisschen Butter in die Pfanne, los ging's.

»Brot?«, fragte Edda.

»In dem Holzkasten.«

»Dein Freund sieht nett aus.«

Ich nickte, dann fragte ich sie geradeheraus, ob irgendetwas los sei.

»Was soll schon los sein?«

Ich zuckte mit den Schultern, was Edda dazu veranlasste, von ihren Aufträgen der letzten Zeit zu erzählen. Alles laufe momentan super, neulich habe sie sogar eine Sprechrolle in einem Werbespot ergattert und vielleicht würde sie ja doch noch mal Schauspielerin werden.

Mach dir nicht allzu viele Hoffnungen, dachte ich. Nur weil du mal »Mit Ariel bin ich so eine glückliche Hausfrau!« gesagt hast.

»Und wie kommst du *damit* klar?«

»Womit?«

»Na, du weißt schon ... Denkst du manchmal noch dran?«

Eddas Gesicht verfinsterte sich von einer Sekunde zur nächsten. »Eine Abtreibung ist eine Abtreibung, aber irgendwann hakt man's auch ab. Da muss man doch nicht ständig drauf rumreiten!«

»Nein, aber verdrängen darf man's auch nicht.«

»Lass mich in Ruhe.«

Edda ließ sich auf einen Stuhl fallen und stierte in die Luft. Ich war einigermaßen ratlos. Anscheinend war die Sache doch nicht so spurlos an ihr vorübergegangen.

»Ich hab kein schlechtes Gewissen, falls es das ist, was du meinst«, sagte sie plötzlich kühl.

»Das meine ich auch nicht.« Ich holte noch ein paar Servietten aus dem Schrank. »Nur solltest du vielleicht ab und zu mal drüber reden, um die Sache besser zu verdauen.«

»Reden! Reden! Das ist doch blöde Laienpsychologie. Ich will mein Leben genießen, Spaß haben, verstehst du?«

Die Eier waren fertig, also rief ich Robin. Der zog immer noch ein miesepetriges Gesicht.

»Hab ich etwa behauptet, dass ich hungrig bin?«, fragte er pampig.

»Du musst ja nichts essen, wir schaffen das auch alleine.«

Robin setzte sich. »Ein Ei, bitte.«

Ich füllte auf, dann aßen wir ohne uns groß zu unterhalten. Mich störte das nicht weiter, aber Edda rutschte unruhig auf ihrem Stuhl hin und her und fragte Robin schließlich, was er denn so treibe.

»Ich werde Schauspieler«, erklärte Robin, was für Edda natürlich ein gefundenes Fressen war.

Sie fing sofort von ihrem Werbespot an, woraufhin Robin sie anfuhr, das habe doch nichts mit Schauspielerei zu tun. Um Schauspieler zu werden, müsse man eine Schauspielschule besuchen und danach mehrere Jahre am Theater arbeiten. Alles andere sei Dilettantismus.

Edda verschlug es so gut wie nie die Sprache, aber jetzt saß sie verschüchtert da und kriegte die Zähne nicht mehr auseinander. Schließlich stand sie auf und ging aufs Klo, wo sie auch eine ganze Weile blieb.

»Na, du hast ein Taktgefühl!«

»Ich bin nur ehrlich«, sagte Robin. »All diese Häschen, die glauben, sie sind sofort große Schauspielerinnen!«

»Ich kann dich ja verstehen, aber musst du gleich so schrecklich überheblich sein?«

»Sorry.«

»Das solltest du ihr sagen.«

Als Edda nach einer ganzen Weile zurückkam, war sie wie ausgewechselt. Sie strahlte uns beide an und erzählte schließlich von ihrem letzten Shooting, bei dem sie als weiblicher Osterhase verkleidet abgelichtet worden war. Sie hechelte noch ihre neuen Schwärme durch, dann stand sie auf und marschierte aus der Tür ohne eine neue Verabredung mit mir zu treffen.

»Die wirft doch was ein«, sagte Robin trocken, als ich zurückkam.

»Quatsch.«

»Aber sicher.«

»Woher willst du das wissen?«

»So wie sie aussah, als sie von der Toilette kam!«

»Und was soll sie bitte schön einwerfen? Meinst du, sie hat sich gerade eine Spritze gesetzt?«

»Na, gucken wir eben nach.«

Robin stand auf und schleifte mich aufs Klo, wo es bestialisch stank.

»Nur Shit. Das geht ja noch.« Robin riss das Fenster auf und durchsuchte den Papierkorb. »Ich hätte eher auf Koks getippt. Kannst deiner Freundin sagen, sie soll uns nächstes Mal was abgeben.«

»Danke. Kein Bedarf.« Langsam wurde mir alles, was mit Edda zusammenhing, doch ein bisschen zu viel.

14

Ein paar Wochen später bekam ich die erste Fünf meines Lebens. Mathe – ausgerechnet! Das war nicht gerade das, was ich mir unter den Begleiterscheinungen einer Modelkarriere vorstellte.

Ich sprach mit Peter, er solle mich nicht so oft verplanen, aber schon nach ein paar Tagen packte er mir wieder einen ganzen Batzen Termine auf den Tisch: Katalogaufnahmen in Hamburg, jede Menge Castings, darunter eins für einen Parfümwerbespot, in den Frühjahrsferien ein Shooting in Paris – außerdem nervte er mich aufs Neue damit, dass ich unbedingt nach Mailand sollte, wenn auch nur für ein paar Tage. Und dann rief Hans an. Zwar hätte es mit dem *Marie Paule*-Titel nicht geklappt, aber er wolle mit mir eine Schwarzweißproduktion für einen Fotoband machen. Natürlich war ich wegen des Titelbilds ein wenig traurig, aber dass Hans mich für ein Buch engagieren wollte, ließ mein Herz höher schlagen.

Das einzig wirkliche Problem blieb nach wie vor die Schule. Keine Ahnung, wie ich alles unter einen Hut kriegen sollte. Um nicht Gefahr zu laufen, total abzusacken, hängte ich am schwarzen Brett einen Zettel aus: »Suche Nachhilfelehrer/in. Gute Bezahlung«. Lena meldete sich. Sie könne mir auch so das eine oder andere erklären, unter Freundinnen sei das doch selbstverständlich. Ich fand das nicht unbedingt – schon gar nicht bei Lena. Also schlug ich ihr fünf Euro die Stunde vor plus ab und zu Eis essen gehen, worauf sie sich dann auch einließ.

Die Wochen danach mogelte ich mich so durch. Ab und zu ging ich nachmittags zu einem Termin; das Schuleschwänzen unterließ ich lieber.

Zum Casting für den Parfümspot hatten sie Gott und die Welt bestellt. Am besten gehst du gleich wieder, dachte ich, aber da Peter auf Disziplin bestand, blieb ich brav sitzen. Als ich endlich dran war, musste ich mich einmal um meine eigene Achse drehen und meine Ärmel hochkrempeln, weil sich zwei aufgetakelte Damen genauestens in den Anblick meiner Hautfarbe versenken wollten.

Danach hatte ich endlich ein paar Tage frei und konnte mich intensiv auf die letzten Klausuren vor den Frühjahrsferien vorbereiten. Es klappte alles wie am Schnürchen. Ich lernte mit Lena, schrieb eine Zwei und zwei Dreien und schon standen die Ferien und damit mein Paris-Shooting ins Haus. Ich war so aufgeregt, dass ich vorher zwei Tage nichts essen konnte. Jetzt würde sich also zeigen, wie gut ich wirklich war.

* * *

An einem diesigen Frühlingsmorgen startete ich dann in mein neues Leben.

Paris! Vor drei Jahren war ich auf der Durchreise dort gewesen, nur eine halbe Stunde lang auf dem Bahnsteig. Ich hatte mir vorgestellt, wie es wäre, dort zu bleiben, durch die Straßen zu spazieren, in Cafés zu sitzen und meiner großen Liebe über den Weg zu laufen.

Das dachte ich damals. Heute war ich nicht mehr so naiv. Oder wie sollte ich es sonst finden, dass ich einen tollen Jungen namens Robin aufgegabelt hatte und mich gleichzeitig in einen Mann namens Hans verknallte?

Und nun sollte Paris also ein Arbeitsort sein, nicht mehr und nicht weniger. *Femme Moderne* – Herbstmode. Ein ganz normaler Job. Vielleicht war das Besondere wirklich nur die Location: Seinebrücke, Notre-Dame oder der Eiffelturm – mit ein bisschen Glück würden wir irgendwo draußen arbeiten.

Den Flug hatte ich in einem angenehmen Dämmerschlaf verbracht, jetzt saß ich im Taxi zum Studio und war wahnsinnig stolz, dass ich mit meinem Französisch so gut zurechtkam. Ich schaute nach draußen, ließ die vielen alten Häuser vorüberfliegen, konnte es aber gar nicht richtig genießen, dass ich in dieser Stadt war. Gleich würde ich ein Studio betreten, geschminkt werden und mich trotz der vielen Menschen alleine fühlen . . .

Als das Taxi vor einem unscheinbaren Fabrikgebäude stoppte, hatte ich meine Angst halbwegs im Griff. Ich nahm mir vor stark zu sein und einfach das Beste draus zu machen.

Im Studio herrschte Hochbetrieb. Alle rannten hin und her, redeten in allen möglichen Sprachen durcheinander, während ich mit meiner Reisetasche wie ein begossener Pudel in der Ecke stand und darauf wartete, dass man sich meiner erbarmte. Was erst mal nicht passierte, und auch als ich eine Frau, die vermutlich die Redaktionsassistentin war, in einwandfreiem Französisch ansprach, geschah nichts.

»German? English?«, fragte ich weiter.

»English.«

Also versuchte ich es noch einmal, schwitzend, und nachdem ich meinen Text stockend und wahrscheinlich voller Fehler rausgebracht hatte, wurde ich in eine Ecke bugsiert, wo schon etliche Mädchen herumsaßen.

Fast eine ganze Stunde verging – ich las und schaute und trank Unmengen von Mineralwasser –, dann wurden wir nach und nach geschminkt, alle mit einem gewissen asiatischen Touch, anschließend stand die Anprobe auf dem Programm.

Inzwischen war es Mittag, und als wir alle gemeinsam das Studio zu Fuß verließen, hatte ich großen Hunger. Gegenüber war ein chinesisches Restaurant, davor sollten wir posieren – die Seine und den Eiffelturm konnte ich mir abschminken.

Der Satinanzug zwickte wahnsinnig im Schritt – ein unmöglicher Schnitt –, zudem hatte eine der

Frauen ihn mit Dutzenden von Stecknadeln enger gemacht.

Nach der ersten Fotorunde gab es endlich etwas zu essen (chinesisch), dann hieß es umziehen, erneut vor die Kamera, wieder umziehen – alles in allem ein ziemlich durchschnittlicher Fototermin.

Gegen sieben war Schluss. Schnell abschminken, Peter anrufen, danach ab ins nächste Taxi. Die Crew wollte zwar noch mit uns essen gehen, aber ich hatte keine Lust. Wozu sollte ich mich mit wildfremden Mädchen unterhalten, die morgen vielleicht schon auf der anderen Seite des Erdballs ihr Gesicht vor eine Linse hielten? Immerzu Smalltalk, Smalltalk, Smalltalk!

Das Hotel machte einen ganz passablen Eindruck. Ich schaffte es gerade noch, meine Schuhe von den Füßen zu streifen, da schlief ich auch schon ein. Gegen zwölf wachte ich mit knurrendem Magen wieder auf. Ich packte meine Tasche aus, ging kurz ins Bad und überlegte, was ich jetzt tun sollte. Das Hotel war keins dieser ganz großen, in denen man auch noch nachts etwas zu essen bekam. Jetzt noch rausgehen? Unmöglich. Wahrscheinlich würde man mich an der nächsten Straßenecke überfallen und ausrauben.

Also inspizierte ich die Minibar. Neben vielen Getränken war leider nur ein Schokoriegel drin. Besser als gar nichts. Ich schlang ihn runter, schlurfte dann ins Bad, um mir die Zähne zu putzen. Als ich schließlich wieder im Bett lag, war ich immer noch hungrig und darüber hinaus hellwach. Ich schloss die Augen und zwang mich an etwas Schönes zu denken. Hans. Ich stellte mir den Abend beim Afrikaner vor, wandelte jedoch den Schluss ab. Richtige Küsse statt Küsschen auf die Wange, aber müde machte mich das Ganze auch nicht. Was Robin jetzt wohl tat? Ich stand wieder auf und holte mir ein Mineralwasser aus der Minibar. Es war fast drei Uhr, ich befand mich in der großartigen Stadt Paris und was hatte ich davon? Nichts! Gar nichts!

O nein, dies war kein neues Leben, dies war nur ein anderes Leben, zwar aufregend und ungewohnt, aber auch grausam und einsam. Zu Hause könnte ich jetzt bei Anna klopfen, sie würde sich zu mir in die Küche setzen und ich würde ihr mein Herz ausschütten.

Anna!

Ich hatte plötzlich so furchtbares Heimweh, dass ich zum Handy griff, die Deutschlandvorwahl wählte, dann unsere Nummer. Tut, tut, machte es. Anna würde sich Sorgen machen, wenn ich jetzt anrief, aber auflegen wollte ich auch nicht. Jetzt waren sie sowieso wach.

Robert ging ran.

»Schlaft ihr schon?«, fragte ich, als ob ich nicht wüsste, dass meine Eltern meistens gegen eins, halb zwei ins Bett gingen.

»Ist was passiert?«, fragte Robert noch, aber dann hatte ich schon Anna dran, die mich mit Fragen überhäufte.

»Ich kann nicht einschlafen«, sagte ich und brach in Tränen aus. Zu dumm! Ich wollte eigentlich nicht weinen, jetzt würden sie sich erst recht aufregen. Was Anna dann auch tat. Sie fragte, ob der Fototermin schlimm gewesen sei, ob mir jemand etwas getan hätte. Nein, nein, beteuerte ich immer wieder, es sei einfach nur blöd, hier so ganz alleine in einem öden Hotel rumzuliegen.

»Pass mal auf«, sagte Anna. »Du duschst deine Füße jetzt so heiß du kannst, dann gehst du sofort zurück ins Bett . . . Ich wette, das macht dich ganz schnell müde.«

»Meinst du?«

»Ja.« Ich hörte Anna lachen. »Sollen wir dich morgen wecken?«

»Müsst ihr nicht.«

»Wann stehst du auf?«

»Acht.«

»Bis morgen, Schatz.«

Ich schaltete das Handy aus und wie befohlen stellte ich mich in die Badewanne. Die heiße Fußdusche half tatsächlich. Danach schlief ich ratzfatz ein, und als fünf vor acht das Telefon ging, lag ich immer noch in der gleichen Position, in der ich zu Bett gegangen war.

Anna klang ziemlich schlaftrunken – acht Uhr war nicht gerade ihre Zeit.

Wir redeten ungefähr vier Sekunden, dann schwang ich mich gut gelaunt unter die Dusche. Vielleicht würde ich heute mehr von Paris mitkriegen, alles war möglich. Ohne Frühstück verließ ich kurz nach halb neun mein Zimmer und fuhr mit dem Taxi zum Studio. Genau die gleiche Mannschaft wie gestern – heute begrüßten mich alle sehr freundlich. Eilig aß ich ein Croissant und begab mich anschließend in die Hände des Visagisten.

Das Schminken dauerte diesmal ewig lange. Natur-Look, lautete die Anordnung, aber anstatt mir gar kein Make-up aufzulegen experimentierte der Typ mit unzähligen Beige-Braun-Pfirsich-Tönen, die auf meiner Haut sowieso kaum zu sehen waren. Nach einer guten Stunde kamen die Haare dran. Zuerst wurden sie befeuchtet, anschließend auf große Wickler gedreht, was bei den kurzen Fransen gar nicht so einfach war. Dann noch unter die Trockenhaube – wieder eine halbe Ewigkeit lang. Als die Hairstylistin endlich die Wickler rausnahm, sah ich kaum anders aus als vorher.

Es war schon fast zwölf Uhr, als alle Mädchen fertig geschminkt in einen Minibus verfrachtet wurden. Von wegen Eiffelturm, Seine und Sacré-Cœur! Wir fuhren etwa eine Dreiviertelstunde, hielten dann in einem tristen Industriegebiet, was mich ziemlich an Eddas Erzählungen von Amerika erinnerte. Im Prinzip war es also völlig egal, ob man in Winsen an der Luhe oder in der schönsten Stadt der Welt zum Fototermin bestellt wurde.

Eine dünne rothaarige Frau meinte auf Französisch, das würde eine wahnsinnig originelle Produktion werden, die Fotografin, Annie Bol, sei eine ganz fantastische Frau. Oui, oui, antwortete ich in bestem Französisch und zog meine Jeans aus. Mittlerweile machte ich mir nicht mal mehr die Mühe, es irgendwie umständlich im Bus zu tun, sondern erledigte die Angelegenheit ganz einfach draußen.

Heute steckte uns die Stylistin in schwingende Miniröcke, dazu trugen wir einfache T-Shirts, keine Strümpfe. In unseren Straßenschuhen sollten wir dann vor die Kamera. Bestimmt sah das reichlich merkwürdig aus, weil von Turnschuhen über hohe Riemchenschuhe bis zu dicken Stiefeln so ziemlich alles vertreten war.

Ein kühler Wind pfiff unter unsere T-Shirts; irgendjemand stellte Soulmusik an.

»So, jetzt tanzt euch mal warm!«, rief die Fotografin auf Englisch mit französischem Akzent. Einige Mädchen begannen sich sofort rhythmisch in den Hüften zu wiegen. Ich stand erst mal stocksteif da und überlegte, wie ich an diesem Ort und um diese Uhrzeit überhaupt so etwas wie Hinternwackeln zustande bringen sollte. Augen zu und durch. Ich lief zu den anderen Mädchen und ließ ebenfalls mein Röckchen wippen. Dass ich ausgerechnet die dicken Stiefel angezogen hatte . . . Wie peinlich.

Aber die Fotografin war richtig begeistert und animierte uns zu noch exaltierteren Bewegungen.

Nach ein paar voll geknipsten Filmen kam irgendjemand mit einem Gartenschlauch angelaufen, um aus der hässlichen Industriekulisse eine hässlich verregnete Industriekulisse zu machen. Das war doch verrückt. Normalerweise lechzten alle Fotografen nach Sonne, nur Annie Bol produzierte künstlichen Regen.

Immerhin war sie nett. Keine aufgesetzten Sprüche – eher erinnerte sie mich in ihrer ruhigen und disziplinierten Arbeitsweise an Hans. Nach einer Kaffeepause fragte sie uns, ob wir kurz die Schuhe ausziehen könnten; falls es zu kalt sei, sollten wir sofort Bescheid geben.

Natürlich war es zu kalt und darüber hinaus nass und eklig, aber wir taten es dennoch. Wenn gute Fotos dabei rauskamen, war es die Sache allemal wert.

Dann waren wir so überraschend schnell fertig, dass ich mich entschloss zum Flughafen zu fahren und meinen Flug umzubuchen. Was sollte ich in der schönsten Stadt der Welt, wenn ich sowieso niemanden kannte, mit dem ich etwas hätte unternehmen können? Im Hotelzimmer Fernsehen gucken und die Minibar plündern? Nein danke. Außerdem musste ich nächste Woche schon nach Mailand, da konnte ich ein paar Tage Ruhe zu Hause gut gebrauchen.

Das war sie also gewesen – meine erste Auslandsreise. Ich fühlte mich plötzlich so leer, dass ich nicht mal Lust hatte, die vergangenen Stunden Revue passieren zu lassen. Was war auch schon groß geschehen? Ich hatte chinesisch aus der Wäsche geguckt, kalte Füße bekommen und viel gewartet – that's it.

Das Flugzeug startete, ich schaute nach draußen, und als wir durch die Wolkendecke stießen, flogen wir in ein flammendes Meer aus Watte, so wunderschön, dass ich dachte: Hat sich doch gelohnt, die Reise.

* * *

Zu Hause rief ich als Erstes Anna im Restaurant an. *Mein Gott, Kind, du bist schon da und keiner hat dich abgeholt, willst du nicht herkommen und was essen?* Typisch Anna. Im entscheidenden Moment mutierte sie eben doch zur Glucke.

»Ich hab im Flugzeug gegessen«, sagte ich. »Außerdem bin ich hundemüde und will nur noch ins Bett.«

»Okay«, meinte Anna und kurz darauf ging ich tatsächlich ins Bett. Ohne Robin anzurufen. Ohne mich bei Peter zu melden, was eigentlich meine Pflicht gewesen wäre. Peter! Ziegenbart und lange Haare, bäh! Dann musste er eben mal ohne meine Meldung auskommen; schließlich hatte er mich nicht gepachtet.

Am nächsten Morgen wachte ich mit rasenden Halsschmerzen auf, die Glieder taten mir weh und mein Kopf brummte. Grippe. Ich stand leise auf und wollte mir nur schnell Tee machen, da kam Anna auch schon angeflitzt.

»Karen, was ist mit dir denn los?«, fragte sie entsetzt. Wahrscheinlich sah sie mir meinen Brummschädel schon aus der Entfernung an.

Ich berichtete Anna vom Barfuß-Shooting in Paris, woraufhin sie ihre Stirn wütend in Falten legte und mich ins Bett beförderte.

»Die haben sie ja wohl nicht mehr alle«, schimpfte sie. »Barfuß! Und deinem Peter werde ich mal die Meinung sagen!«

»Bitte, Anna! Ich regle das schon! Wie sieht das denn aus, wenn die Mami anruft.«

»Ganz einfach: nach einer verantwortungsvollen Mutter, die verhindern will, dass ihre noch nicht volljährige Tochter eine Lungenentzündung bekommt.«

Anna rannte hysterisch raus. Ich hatte schon Angst, dass sie tatsächlich Peter anrufen würde, aber nach einer Weile kam sie mit dem Tee und einem Aspirin zurück.

»Du setzt dich nachher ins Taxi und fährst zur Ärztin«, bestimmte sie. »Um zwölf hast du einen Termin.«

»Ja«, sagte ich matt, obwohl ich eigentlich nicht vorgehabt hatte mich stundenlang in ein vermieftes Wartezimmer zu hocken.

»Ich kann heute leider nicht freimachen«, fügte Anna hinzu. »Wir haben mittags eine Geschäftsbesprechung.«

»Ist okay. Ich komme schon zurecht.«

Als Anna und Robert am späten Vormittag aus dem Haus waren, rief ich Peter an. Er schien nicht weiter überrascht zu sein, dass ich schon zu Hause war, und meine Geschichte von den kalten Füßen wollte er nicht hören.

»Ich habe den absoluten Leckerbissen für dich!«, brüllte er so laut in den Hörer, dass mir der Kopf brummte. »Du hast die Parfümwerbung in der Tasche.«

»Ich?«, fragte ich, als ob noch drei andere Leute in der Leitung hingen.

»Ja, du. Dreh ist in Italien.«

»Klasse«, sagte ich, ohne dass ich mich richtig freuen konnte. Vielleicht war ich doch nicht das geborene Model.

»Und für übermorgen habe ich ein Ticket nach Mailand.«

»Übermorgen? Ich dachte, nächste Woche.«

Schweigen. Dann Peters grantige Stimme. »Wir hatten den Zwölften abgesprochen. Steht hier in meinem Kalender.«

»Ich weiß nicht, ob ich das schaffe«, jammerte ich. »Ich liege mit hohem Fieber im Bett!« Im Übrigen war ich mir tatsächlich sicher, dass wir den Siebzehnten festgehalten hatten.

»Komm, Chérie, du gehst jetzt zum Arzt und übermorgen bist du wieder das blühende Leben!«

»Tschüs«, sagte ich und legte auf, weil ich mich nicht in der Lage sah, in meinem Zustand solche Dinge auszudiskutieren. Kaum hatte ich eingehängt, ging das Telefon: Robin. *Waas? Du bist schon seit gestern Abend hier? Und hast nicht mal angerufen?* Tausend Vorwürfe – er ließ mich gar nicht zu Wort kommen.

»Robin, ich bin krank! Ich muss gleich zum Arzt!«, ächzte ich mit letzter Kraft in den Hörer.

»Okay, ich komme mit.«

Eine Viertelstunde später war Robin da. Während wir im Taxi durch die Stadt fuhren, überlegte ich, was ich der Ärztin sagen sollte. Dass ich mich am liebsten ohne Medikamente auskurieren wollte oder dass ich welche brauchte, weil ich übermorgen fit sein musste.

Wenigstens war Robin ein Engel. Er kam mit ins Wartezimmer, reichte mir eine Illustrierte nach der anderen, und erst als er anfing für mich zu blättern, legte ich mein Veto ein. Nach einer geschlagenen halben Stunde kam ich dran, die Ärztin leuchtete mir in den Hals, tastete meine Drüsen ab und dann hörte ich mich sagen, dass ich übermorgen einen wichtigen Termin in Mailand hätte.

»Normalerweise verschreibe ich in Ihrem Fall keine Antibiotika«, meinte sie.

»Ich bin ein Notfall«, erwiderte ich und dann schrieb sie mir – wenn auch widerwillig – die Tabletten auf.

»Aber bitte den Beipackzettel genau durchlesen«, ermahnte sie mich noch, bevor ich ging.

Ja und danke und auf Wiedersehen.

Erst als ich wieder zu Hause im Bett lag und Robin mir den Tee brachte, ging mir auf, wie dämlich ich eigentlich war. Karrieregeil – wie all die anderen Models.

15

Zwei Tage später war ich wieder so weit hergestellt, dass ich nach Mailand fliegen konnte. Anna und Robert hatten zwar gemurrt – das sei unverantwortlich, todkrank ins Ausland zu reisen –, aber da sie sich schon beizeiten entschlossen hatten mir nicht in mein Leben reinzupfuschen, überließen sie mir die Entscheidung.

Und ich? Keine Ahnung, was mit mir los war. Eigentlich hatte ich keine rechte Lust auf Mailand. Eher wollte ich Ferien machen, faulenzen, mit Robin zusammen sein, Katja treffen, weiß-der-Teufel-was tun, aber nicht von Casting zu Casting hetzen, nur fremde Leute um mich herum und eine Sprache, die ich nicht verstand . . .

Dennoch funktionierte ich wie eine Maschine. Aus Ehrgeiz? Oder weil ich zu gut erzogen war und Peter nicht enttäuschen wollte? Ich wusste es nicht. Ich wusste nur, dass ich noch schnell zum Friseur gehetzt war – Ansatz nachfärben – und jetzt wieder mal in einem Flugzeug saß, wieder am Rollband auf mein Gepäck wartete, wieder mit einer fremden Adresse in der Tasche mit dem Taxi durch eine wieder mal fremde Stadt gondelte.

Mailand war laut. Und staubig. Und es schien nicht mal die Sonne. Als Erstes brachte ich mein Gepäck in die Pension, in der Peter ein Zimmer für mich reserviert hatte. Das Taxi hielt in einer engen, dunklen Straße. Ein runtergekommenes Haus, ein alter, zahnloser Mann, der begeistert auf mich einredete und mich in ein winziges Mansardenzimmer im obersten Stock führte.

Sofort riss ich das Fenster auf und holte tief Luft. In was für einer miesen Absteige war ich gelandet. Zwar hatte ich ein hübsches Mädchen über den Gang huschen sehen, aber das war auch alles, was mich an eine angeblich glitzernde Modewelt erinnerte.

Mein Hals schmerzte immer noch, meine Nase war verstopft und ganz wund.

Du bist tough, ein professionelles Model – so weit meine Vorsätze. Als ich mich dann im Zimmer umguckte, überkam mich das heulende Elend. Die Tapete kam in Fetzen von den Wänden und der Vorhang vor der winzigen Duschzelle schimmelte vor sich hin. Angeekelt packte ich meinen Koffer aus und hängte die Sachen in den muffigen Schrank. Wahrscheinlich waren Ratten drin und fette Riesenspinnen! Ich zog mich um, wusch mir das Gesicht, danach ging ich mit einem Stadtplan bewaffnet auf die Straße. Wo war hier nur die nächste Bushaltestelle? Ach! Nahm ich mir eben wieder ein Taxi, spätestens morgen würde ich reichlich Jobs im Angebot und damit genug Geld in der Tasche haben. Auf der nächsten Hauptstraße winkte ich ein Taxi heran und zeigte dem Fahrer die Adresse. Ein wütender Wortschwall prasselte auf mich herab. Ich zuckte nur die Schultern, der Mann fuhr fluchend an und kam nach anderthalb Straßen wieder zum Stehen. Fünf Euro. Kein großes Geschäft für ihn. Also gab ich ihm einfach das Doppelte; ein Strahlen ging über sein Gesicht.

»Signorina! Signorina!«, rief er mir nach und hauchte mir tausend Luftküsschen zu.

Wenigstens waren die Büroräume der Agentur in einem schönen alten Haus angesiedelt. Am Empfang saß ein dunkelhaariges Mädchen, Typ Schneeweißchen und Rosenrot. Warum modelt *die* nicht, fragte ich mich. Die ist doch tausendmal schöner als ich mit meinem Nullachtfuffzehn-Gesicht!

Ich nannte meinen Namen und meine Agentur, dann bat mich das Mädchen auf Englisch ein wenig zu warten, die Chefin werde sich gleich um mich kümmern. Immer dasselbe. Ständig und überall warten! Ich fühlte mich elend, müde, verschnupft und absolut unscheinbar. Dann fiel mir ein, dass ich mich überhaupt nicht geschminkt, mir nicht mal die Nase gepudert hatte. Hektisch kramte ich mein Kosmetiktäschchen raus; tatsächlich sah ich fleckig und verquollen aus und meine Nase war vom vielen Ausschnupfen rot.

»You are Karen?« Wie hergezaubert stand auf einmal eine kleine drahtige Person vor mir.

»Yes«, sagte ich nur, zeigte auf meine Nase und wollte was von meiner Erkältung sagen, aber erstens fiel mir das englische Wort nicht ein und zweitens guckte mich die Frau so seltsam an, als sei ich die hässlichste Person, die sie jemals zu Gesicht bekommen habe.

»Please come with me.«

In derben Stiefeln und in einer weiten Armeehose stapfte sie voraus in ihr Büro und drückte mich dort in einen Korbstuhl. Plötzlich erschien ein Lächeln auf ihrem Gesicht.

»Peter hat mir nicht zu viel versprochen«, sagte sie.

Ich starrte sie an und dachte immer noch beschämt an meine Nase.

Ob ich gut untergekommen sei, lautete ihre zweite Frage.

Ich überlegte kurz, ob ich etwas von Ratten und Riesenspinnen sagen sollte, die sich möglicherweise in meinem Schrank aufhielten, aber da kam mir in den Sinn, dass es wohl nicht gut ankam, gleich mit dem Meckern zu beginnen. Also nickte ich und damit war unser Gespräch auch schon beendet. Zurück in das Riesenbüro, wo etliche Booker hinter ihren Computern saßen.

»Ecco – Karen Coroll«, sagte die Frau zu einem rothaarigen Mann mit Locken.

Er grinste freundlich, fragte mich dann ebenfalls auf Englisch, ob ich sofort anfangen könne. Und ohne meine Antwort abzuwarten fügte er hinzu: »Vier Casting-Termine schaffst du doch locker bis heute Abend.«

»Okay«, sagte ich mit belegter Stimme und fragte

mich, ob ich vielleicht gerade einen völlig verkrampften Eindruck machte. Ich war hundemüde, nicht besonders gut gelaunt und die Vorstellung, jetzt durch eine fremde Stadt von Termin zu Termin zu hetzen, nur um mich von irgendwelchen gelangweilten Fatzkes angaffen zu lassen, beglückte mich nicht gerade.

Der Rothaarige – er hieß Franco – drückte mir die Adressen und Uhrzeiten plus Stadtplan Nummer zwei in die Hand, alle Termine könne ich von hier aus zu Fuß erledigen.

Dann stand ich schon wieder draußen und versuchte den Mailänder Hieroglyphenstadtplan zu entziffern. Es war zum Verzweifeln. Ich konnte nicht mal die Straße finden, in der ich mich gerade befand.

Ich ging ein paar Meter, stinkende Mofas bretterten an mir vorbei, frustriert steuerte ich die nächstbeste Bar an – ich hatte noch eine halbe Stunde Zeit.

»Un cappuccino.« Das brachte ich dank Antonios Einweisung gerade noch auf Italienisch über die Lippen. Ich stellte mich an die Bar und schlug wieder diesen verfluchten Stadtplan auf.

Diesmal gehst du ganz systematisch vor, erst schlägst du im Index die gesuchte Straße nach und machst ein Kreuzchen, anschließend kommt die zweite Straße dran, du machst ebenfalls ein Kreuzchen und jetzt verbindest du die beiden Kreuzchen durch ein paar Linien. Grundschule, zweite Klasse. Ich trank meinen Cappuccino aus, dann übte ich mich in freier Wildbahn im *Linien-auf-Stadtplänen-*

Nachgehen. Irgendwie war es plötzlich sehr viel einfacher. Nur einmal bog ich in eine falsche Straße ein, schon bald hatte ich mein Ziel erreicht. Tief durchatmen und reingehen.

Mein erstes Casting in Mailand. Nichts Besonderes. Wie immer hieß es ewig lange warten, warten und noch mal warten – nur dass die Mädchenschar hier um einiges größer war und aus aller Herren Länder kam. Ich hatte keine Lust auf Smalltalk, setzte mich daher in eine Ecke, um in meinem Stadtplan schon die weiteren Routen zu markieren. Gesichtsausdruck: Wehe, es wagt jemand, mich anzusprechen.

Tat dann auch niemand. Stattdessen bekam ich ein Gespräch zwischen zwei schwarzen Mädchen mit. Die eine erzählte der anderen, dass es hier in Mailand Models gäbe, die vier Wochen lang zu Castings gehen würden ohne auch nur eine einzige Buchung zu bekommen. Das hörte sich ja viel versprechend an . . . Peter hatte gesagt, ich solle fürs Erste eine Woche in Mailand bleiben. Also waren die Aussichten wohl gar nicht so rosig, dass ich in dieser Zeit überhaupt einen Job ergattern würde. Und alle Kosten musste ich zudem selbst tragen.

Als ich endlich drankam, war es schon halb fünf. Ein Mann um die fünfzig taxierte mich von oben bis unten, er sah sich kurz mein Book an, bedankte sich, schwups, war ich wieder draußen.

Rushhour. Knatternde Mofas, hupende Autos, ich verlief mich zweimal und kam prompt so spät zu meinem zweiten Termin, dass ich Angst hatte, vor verschlossener Tür zu stehen.

Glück gehabt: Als ich den Summer drückte, sprang die Tür auf, schon irrte ich durch das Gängelabyrinth einer alten Fabrik, bis ich schließlich von einem Mann mit Pförtnermütze begrüßt und in eine Halle geschoben wurde. Hier warteten nur ein paar Mädchen, und die Frau, bei der ich mich nach einer Viertelstunde vorstellte, war sehr freundlich, aber auch unverbindlich. Wir wechselten ein paar belanglose Sätze, dann rauschte ich ab zu meinem dritten Termin. Mittlerweile hatte ich beißenden Hunger, doch das einzig Essbare in meiner Tasche war ein winziger Pfefferminzbonbon.

In der Tat wunderte ich mich, dass ich es überhaupt hinkriegte, auch noch die beiden anderen Termine durchzustehen. Ohne etwas im Magen. Ohne eine Mami an meiner Seite. Kurz vor neun war ich endlich fertig.

Den Weg zurück zur Pension fand ich mittlerweile auch ohne die berühmten Kreuzchen im Stadtplan. Unterwegs kaufte ich mir in einer Bäckerei zwei Pizzabrote, ein Brötchen und ein süßes Teilchen, in einem Lebensmittelladen Mineralwasser, ein Stückchen Parmesan und ein bisschen Obst.

Picknick in meinem wunderschönen Zimmer. Ich breitete das Essen auf einem Handtuch aus und aß alles in einem Rutsch auf. Als ich mich bettfertig machte, kam wieder die Angst vor Spinnen und anderem Ungeziefer hoch. Auf Knien robbte ich durchs ganze

Zimmer und suchte in jeder Ecke, aber zu meinem Erstaunen war doch alles sauber. Endlich schlafen.

Um sieben riss mich der Wecker brutal aus dem Schlaf. Dusche, anziehen, Cappuccino und Hörnchen in einer Bar. Punkt neun stand ich in der Agentur auf der Matte. Franco stürzte auf mich zu, besorgt, Peter sei mehrmals auf dem Anrufbeantworter, er wolle wissen, was denn los sei, ich hätte mich gestern nicht bei ihm gemeldet und meine Mailbox sei nicht angesprungen.

»Wann denn?«, fragte ich. »Bei den vielen Terminen!«

Franco hielt mir nur vorwurfsvoll den Hörer hin und nannte mir die Vorwahl von Deutschland. Dann hatte ich Peter dran, der mir noch mal dieselbe Standpauke hielt. Ich hätte gefälligst anzurufen, er sei in gewisser Weise für mich verantwortlich, wenn nun etwas passiert wäre und so weiter und so fort.

»Ich hatte einfach keine Zeit«, erwiderte ich.

»Ab jetzt siehst du zu, dass du dich jeden Abend an dein Handy hängst und Bericht erstattest«, fauchte Peter.

Was für ein fantastischer Start in den Tag! Ich legte auf und Franco ging wortlos zur Tagesordnung über.

Heute standen wieder etliche Termine auf dem Plan. Zu einer Reihe Castings kamen auch noch Go-Sees bei einigen Redaktionen.

Unverzüglich machte ich mich auf den Weg. Ich hetzte durch die Stadt, fand Mailand immer noch laut und staubig und träumte davon, mal eine Stunde freizuhaben, um in der Passage, von der mir Antonio vorgeschwärmt hatte, flanieren zu können. Ein bisschen italienische Luft schnuppern, die mehr war als Abgase und Hektik. Mittags aß ich in einer Bar einen Teller Makkaroni mit Gorgonzolasoße, danach ging die Rennerei sofort weiter. Gegen sieben rief ich brav Peter an, dann dämmerte ich einsam und geschafft in meinem Spinnenzimmer dem neuen Tag entgegen. Nur noch drei Tage. 72 Stunden.

Als ich am dritten Tag in die Agentur kam, hatte Franco endlich eine Buchung für mich. Ein Shooting für die Zeitschrift *Franca* bei einem ziemlich bekannten Fotografen, dessen Namen ich aber noch nie gehört hatte. Giorgio M. Trotzdem musste ich wieder in den sauren Apfel beißen und den ganzen Tag von Termin zu Termin hetzen – das Shooting war erst für den Folgetag angesetzt. Also hieß es zum x-ten Mal Stadtplan lesen, Schweißflecken kaschieren, Book vorzeigen, lächeln, irgendwo einen Happen essen . . . Es war mir mittlerweile ein Rätsel, wie die Topmodels es über die Jahre hinkriegten, bei diesem verfluchten Stress immer großartig und vor allem relaxed auszusehen.

Schönheitsschlaf im Spinnenzimmer. Ich aß mein obligatorisches Pizzabrot, ein bisschen Obst und legte mir dann, bevor ich schlafen ging, Gurkenscheiben aufs Gesicht. Ich wollte morgen gut sein. Sehr gut sogar. Peter war zuckersüß am Telefon zu mir gewesen. Natürlich! In dem Moment, wo ich einen tollen Job

an Land zog, war wieder Süßholzraspeln angesagt.
Mein Erfolg brachte ihm Geld, Ruhm und Ehre und
nährte unser beider Hoffnung, dass ich irgendwann
einmal in den Modelhimmel aufstieg . . .

* * *

Obwohl ich mir immer wieder vorbetete, dies ist
nicht dein erster Job, du hast schon einige Erfahrung,
war ich trotzdem aufgeregt. Besonders weil die Mär
ging, der Fotograf sei ein ganz Großer, er habe schon
Gott und die Welt vor der Linse gehabt. Gott und die
Welt – und dann mich. Karen Coroll aus Hamburg.
Lang und dünn und alles in allem nichts Besonders.
Oder vielleicht doch?

Giorgio M. schien wirklich ein großartiger Mann
zu sein. Absolut professionell, trotzdem hatte er sich
seine Freundlichkeit und Wärme bewahrt.

Das Shooting dauerte bis neun Uhr, danach ging
die ganze Crew zusammen zu Abend essen. Obwohl
ich hundemüde war und einfach nur noch in mein
Spinnenzimmer wollte, schloss ich mich ausnahmsweise an, nicht ohne vorher Peter anzurufen.

»Alles klar?« Er klang nach bester Bierlaune.

»Ja, super hier«, antwortete ich stereotyp.

»Pass mal auf. Dein Parfümspot hat sich verschoben. Du kannst von Mailand gleich nach Neapel
weiterfliegen.«

»Waas? Und wann soll ich meine Sachen waschen?«

»Ist das das Einzige, was dir zu deiner großen Chance einfällt?«

Ich nickte vor mich hin ohne überhaupt zu merken, was ich tat.

»Karen?«

»Ja?«

»Ich gebe dir einen Tipp. Kauf dir ein paar Klamotten. Wir telefonieren morgen wieder.« Peng. Aufgelegt.

Ich kehrte zu den anderen zurück ins Restaurant und orderte eine Pizza Frutti di Mare, dann ging ich noch einmal raus, um meine Eltern und Robin anzurufen.

Antonio nahm ab. Er schickte mir tausend Küsschen durchs Telefon, schließlich hatte ich Anna dran. Ohne weitere Einführung redete ich mir meinen ganzen Kummer von der Seele und ließ mich nicht eine Sekunde lang unterbrechen.

»Ach, Karen!«, seufzte sie. »Wenn ich daran denke, dass du gerade die große weite Welt erlebst, während deine Freundinnen . . .«

Sie stockte.

»Mama?«

»Was ist, Kleines?«

»Ich vermisse euch. Und mein Bett. Und . . . ach, Mist . . .«

»Schmeiß den Job hin und komm sofort nach Hause.«

»Das geht nicht mehr so einfach. Ich stecke viel zu tief drin.«

Bevor ich zu heulen anfing, legte ich besser auf.

Robin anrufen. Die Nummer drei heute. Es dauerte eine ganze Weile, bis er ranging. Miese Stimmung. Ich erzählte ein bisschen von Mailand und versuchte aus ihm rauszukriegen, was los war. Kein Ton kam über seine Lippen.

»Hör mal, ich muss gleich wieder rein!«

»Okay«, sagte er. »Ich fange eine kaufmännische Lehre an.«

»Warum denn das?«

»Was ich mir vorstelle, klappt ja doch nicht! Und irgendwas muss ich ja schließlich tun.«

»Robin, du hast noch viele Jahre Zeit.«

Stille in der Leitung. Dann klickte es; die Handykarte war abgelaufen.

Ziemlich frustriert kehrte ich ins Restaurant zurück, wo die Pizza schon auf meinem Platz stand. Heißhungrig fiel ich darüber her; Giorgio M. schob mir seinen Salat rüber.

»Du brauchst Vitamine«, sagte er auf Englisch. Anders als die Italiener, die ich bisher kennen gelernt hatte, sprach er wirklich perfekt. »Sonst vergeht deine Schönheit!«

Ich bedankte mich und angelte mir ein paar grüne Blätter. Vor lauter Gier bekam ich erst gar nicht mit, dass man über mich redete. »Wenn die Kleine in allen Lebenslagen so einen Appetit hat . . .«, drang es plötzlich in mein Ohr. Der Visagist und Giorgio M. lachten. Ich reagierte, indem ich nicht reagierte und einfach weiteraß.

»Mach dir nichts draus«, flüsterte Giorgio M. mir beim Nachtisch zu. »Der Ton ist manchmal eben etwas . . . anders.«

Ich nickte ihm zu, dann schlug er mir vor mich nach dem Espresso mit zur Pension zu nehmen, er fahre sowieso daran vorbei.

»Okay«, sagte ich erleichtert. Ich war wirklich nicht scharf darauf, noch mutterseelenallein durch Mailand zu stapfen. Kurz vor Mitternacht brachen wir auf, zehn Minuten später hielt Giorgio M. vor der Pension. Er bedankte sich noch einmal bei mir, mit mir könne man wirklich fantastisch arbeiten.

Ich wollte gerade die Beifahrertür öffnen und »Good night« sagen, da fasste mich Giorgio M. am Arm und sagte: »We could also drive to my hotel.«

»Pardon?«

»I would like to make love with you.«

»No, thank you«, sagte ich geistesgegenwärtig und stieg schnell aus dem Wagen.

Ohne mich umzudrehen rannte ich zum Pensionseingang. Hatte ich mir diese Szene eben etwa nur eingebildet? Wunschtraum einer blöden Göre mit Starallüren? Nein, er hatte es laut und deutlich gesagt: »I would like to make love with you.« Ganz sachlich, als ob er mir mitteilen wollte, er müsse noch mal schnell ein anderes Objektiv aufschrauben. Das war also der große Giorgio M. Ekelhaft! Widerlich! Ob er das bei allen Mädchen so versuchte?

Während ich die Stiegen nach oben hastete, raste mein Herz immer noch. Was, wenn er nachkam und über mich herfiel? Nein, das würde er nicht tun. Dazu war er in der Öffentlichkeit zu angesehen, das konnte er sich wirklich nicht erlauben. Trotzdem schloss ich zweimal ab und lauschte ungefähr noch fünf Minuten an der Tür. Nichts zu hören. Dann öffnete ich das Fenster und spähte vorsichtig auf die Straße. Die Luft war rein. Völlig ermattet ließ ich mich aufs Bett plumpsen. Geiler alter Bock! Ob ich Peter davon erzählen sollte? Oder besser nicht? Warf das etwa ein schlechtes Licht auf meine Person? Plötzlich machte ich mir Vorwürfe, vielleicht hätte ich nicht so vertraulich sein und von seinem Salat essen sollen . . .

Ach, Unsinn! Nur weil man mit der Gabel in der Salatschüssel eines Fremden herumpickte, gab es diesem Fremden noch lange nicht das Recht zu glauben, dass man mit ihm ins Bett wollte.

Ich war so aufgebracht und wütend, dass ich stundenlang wach lag. Immer wieder hatte ich Giorgio M.s Blick vor Augen und dann wurde ich umso wütender.

* * *

Als ich am nächsten Morgen aufwachte, hatte ich einen Kopf wie ein Heißluftballon. Fieber. Mühsam quälte ich mich aus dem Bett, wusch mich notdürftig, dann schlich ich in den nächsten Handyladen, um mir eine Karte zu kaufen. Peter anrufen. Ich sagte ihm, dass ich wieder krank sei.

»Geh zum Arzt. Du *musst* nach Neapel fliegen!«

»Ich bin todkrank!«

»Schon mal was von Antibiotika gehört?«

»Ja, die hab ich gerade erst vor einer Woche eingeworfen. Deinetwegen.«

»Hast du die Packung zu Ende genommen?«

»Nein, nach vier Tagen ging's mir ja besser.«

Brüllen am anderen Ende der Leitung. Das wisse doch jeder Depp, dass man bei Antibiotika immer die ganze Packung nehmen müsse!

Er tobte noch eine Weile und meckerte über die Ärztin, die mich offensichtlich nicht richtig aufgeklärt hatte, dann sagte er, die italienische Agentur würde sich um meine ärztliche Versorgung kümmern.

»Peter?«, fragte ich in einem Anflug von Mut.

»Ja?«

»Giorgio M. wollte mit mir schlafen.«

»Und? Hat er's getan?«

»Natürlich nicht! Ich bin raus aus dem Auto.«

»Na, dann ist es ja gut. Noch was?«

In diesem Moment hakte etwas in meinem Kopf aus. Ich schrie Peter an, es sei doch eine Sauerei, dass sich ein renommierter Fotograf anböte einen zur Pension zu fahren, nur um einen in Wirklichkeit ins Bett zu kriegen.

Peter hörte mir eine Weile ruhig zu, dann sagte er: »Wieso, fragen kann man doch mal.«

»Ciao.« Ich legte einfach auf und stapfte wütend zur Pension zurück. *Fragen kann man doch mal ... Man*, oder meinte er *Mann*? Was für miese Typen!

Ich sehnte mich auf einmal ganz schrecklich nach Robin und nach Edda . . . und nach Hans. Hans hätte so etwas nie getan, der achtete seine Models.

Schnell ging ich aufs Zimmer, um meine Tasche zu holen, und noch während ich die Treppen wieder runterlief, fing ich an zu weinen. Ich weinte den ganzen Weg bis zur Agentur – noch nie in meinem Leben hatte ich mich so gedemütigt gefühlt.

»Was ist denn mit dir los?«, empfing mich die Rotlocke. »War's gestern nicht okay?«

»Doch«, schluchzte ich. Ich hütete mich ein zweites Mal von Giorgio M.s Annäherungsversuch zu erzählen. Wahrscheinlich gehörte das in den Köpfen der Leute einfach zum Geschäft.

»Ich bin krank«, brachte ich mühsam hervor. »Fieber – und morgen muss ich nach Neapel.«

Wenigstens war Franco rührend um mich besorgt. Er ließ mir eine heiße Zitrone zubereiten, dann durfte ich mich mit einer Wolldecke auf das Empfangssofa legen. Er würde einen Arzt rufen, meinte er, und bis morgen früh solle ich mich ausruhen, ich sei ja bestimmt nicht das letzte Mal in Mailand.

Etwa eine Stunde später kam der Arzt. Überaus scharfsinnig diagnostizierte er bei mir einen grippalen Infekt, und als ich ihm mit vielen krummen und schiefen Worten endlich beibringen konnte, dass ich bereits in Deutschland Antibiotika geschluckt, aber die Packung nicht zu Ende genommen hatte, schimpfte auch er mich aus und gab mir eine neue Ladung.

»Das wird dich wieder auf die Beine bringen«,

meinte er. Und in Deutschland solle ich zur Nachkontrolle zum Arzt gehen.

Den Rest des Tages schwitzte ich auf dem Empfangssofa vor mich hin, ich ließ mir Brühe und eine zweite heiße Zitrone servieren, Peter rief ein paarmal an und am frühen Abend war mein Fieber endlich auf 37,6 Grad gefallen. Franco rief mir ein Taxi und mit den Worten, er hoffe mich bald gesund wiederzusehen, entließ er mich.

In der Pension packte ich nur schnell meine Tasche und ging dann sofort ins Bett. Wenn ich daran dachte, dass ich schon morgen halb nackt und in überirdischer Schönheit für ein Parfüm zu erstrahlen hatte – der helle Wahnsinn! Anna durfte ich nichts davon erzählen, sie würde mir das Modeln auf der Stelle verbieten. Womit sie auch Recht hätte – keine Frage. Aber jetzt gab es kein Zurück mehr.

16

Am nächsten Morgen fühlte ich mich zwar immer
noch wie aus dem Horrorkabinett, aber zum
Glück hatte ich kein Fieber mehr. Gegen Mittag landete ich in Neapel, von dort nahm ich ein Taxi in
Richtung Salerno. Leider schlief ich ein, bestimmt
verpasste ich eine wunderschöne Frühlingsland-
schaft, und dann hielt der Wagen vor einem richtigen
Palazzo.

Ich dachte, wir wären noch nicht da, und wollte
die Augen wieder schließen, aber eine junge Frau
stürzte mit flatternden Haaren auf mich zu und be-
freite mich aus dem Auto.

»Hallo, ich bin Elvira. Die Regisseurin.« Sie lächelte. »Schön, dass du da bist.«

»Hallo«, sagte ich schüchtern und dachte immer
noch, ich wäre in einem wunderschönen Traum gelandet, aus dem ich gleich brutal erwachen würde.
Fortsetzung Spinnenzimmer.

Aber irgendwie war dann doch alles ganz real. Elvira beglich die Taxirechnung von gut 75 Euro und
führte mich in das Hotel, das sich *Caruso Belvedere*
nannte und auf der anderen Seite einen atembe-
raubenden Blick auf den Golf von Salerno bot. Ich konn-

te es kaum glauben! Gestern noch mit 39 Grad Fieber im stickigen Mailand, jetzt schien die Sonne, eine sympathische Frau kümmerte sich um mich, und das Zimmer, in dem man mich einquartierte, war auch eine Wucht. Groß und geräumig und mit einem Balkon, der über dem Meer schwebte.

»Um drei ist Lagebesprechung für die Models, bis dahin hast du Zeit, dich auszuruhen. Morgen früh fangen wir um sechs an. Falls du Hunger hast: Snacks kannst du dir aufs Zimmer kommen lassen.«

Ich nickte und schämte mich auf einmal, dass ich mich gestern so angestellt hatte. Tatsächlich hatte ich mit diesem Job das ganz große Los gezogen: Sonne, Wasser und nette Leute und dank der Medikamente fühlte ich mich auch kein bisschen krank mehr. Kaum war Elvira gegangen, setzte ich mich auf den Balkon und genoss einfach nur die Aussicht. Das Meer lag wie ein riesiger blaugrüner Teppich unter mir, ging irgendwo am Horizont in einen königsblauen Himmel über, ich dachte an Spaghetti und Meeresfrüchte und dann war ich plötzlich eingeschlafen. Das wurde mir allerdings erst klar, als ich ein, zwei Stunden später davon aufwachte, dass mir die Sonne auf den Pelz brannte. Ich geriet in Panik. Hoffentlich hatte ich mir keinen Sonnenbrand geholt. Die Leute von dem Werbespot wollten extra ein Mädchen mit heller Haut. Ich lief nach drinnen vor den Spiegel. Zum Glück sah ich genauso blass aus wie immer. Zwei Uhr. Ich wählte eine der auf dem Telefon angegebenen Nummern und brachte nur ein Wort raus:

mangiare. Eine weibliche Stimme sagte etwas auf Italienisch, dann hatte ich einen Mann dran. Ich wiederholte: »Mangiare.«

»Tramezzini?«, fragte die männliche Stimme und ich antwortete einfach »Okay«.

Ein paar Minuten später stand ein dunkelhaariger Junge in meinem Zimmer und überreichte mir schüchtern einen Teller mit Sandwiches. Wie ich es aus Filmen kannte, steckte ich ihm generös ein Trinkgeld zu – grazie und ciao. Dann fläzte ich mich aufs Bett, aß heißhungrig und ließ dazu den Fernseher dudeln.

Mir fiel ein, dass ich mich für die Besprechung vielleicht ein bisschen zurechtmachen sollte. Immerhin war ich so was wie die Hauptperson. Ich kippte meine Tasche aus und zerrte etliche dreckige und verknitterte Teile raus. Ganz unten lag einsam und sauber mein dunkelblaues Leinenkleid – gerettet! Kurz entschlossen zog ich es an und tuschte mir noch die Wimpern, bevor ich nach unten an den Empfang ging.

Dort wartete bereits Elvira. Sie trug jetzt Jeans und hatte eine Schiebermütze auf dem Kopf.

»Deine Nase ist ja ganz rot«, sagte sie lachend.

»Ich bin draußen eingeschlafen«, entschuldigte ich mich und fragte mich, wieso ich das eben vorm Spiegel nicht gesehen hatte.

»Na, macht ja nichts. Die Visagistin kriegt das schon hin.«

Ich nickte, dann gingen wir in einen Konferenzraum, in dem sechs Männer herumsaßen, Espresso tranken und sich angeregt unterhielten.

»Produzent, Assi, Regieassi, der Designer, Location-Scout und dein Kollege Ben.« Die Regisseurin zeigte der Reihe nach auf die Anwesenden. Dann sagte sie laut in die Runde: »Das ist Karen. Unsere griechische Nymphe.«

»But she's blonde!«, sagte mein so genannter Kollege, ein sonnengebräunter Muskelmann.

Elvira ließ die Bemerkung im Raum stehen und begann sofort mit ihren Ausführungen. Sie hätten sich lange überlegt, wo sie diesen Parfümspot drehen sollten, schließlich sei der Location-Scout – sie zeigte auf einen dicklichen Mann mit Stoppelfrisur – auf Paestum gekommen, dessen drei Tempelruinen die großartigsten Reste griechischer Baukunst auf dem italienischen Festland seien, genau der richtige Ort für unseren neuen Duft mit dem Namen »Apollon«. Das Model betrachtete desinteressiert seine Fingernägel, der so genannte Location-Scout grinste selbstgefällig in die Runde, dann umriss die Regisseurin die Geschichte, die wir in knapp drei Drehtagen fertig zu stellen hatten: Ein kleines blaues Fläschchen in der Tempelanlage. Es funkelt und zieht die Aufmerksamkeit eines nur mit Lendenschurz bekleideten Halbgottes auf sich, der zufälligerweise gerade dort herumspaziert und sich natürlich nicht beherrschen kann, das Ding aufmacht und sich einen Tropfen auf seine maskuline Brust tupft. Das macht ihn so wild, dass er weiter durch den Tempel läuft und sich auf eine zu Stein gewordene Nymphe (nämlich mich) stürzt, sie küsst und damit zum Leben erweckt. Cut.

Jetzt hob der Produzent an uns in allen Details zu berichten, wie glücklich er sei, mit uns diesen Spot drehen zu dürfen, es sei sicher, dass er mit allen Beteiligten das ganz große Los gezogen habe, und so weiter und so fort. Alles in allem dauerte die so genannte Besprechung zwei geschlagene Stunden, dann konnte ich mich bis zum Abendessen auf mein Zimmer zurückziehen, während der Muskelmann – da er den Großteil des Werbespots zu bestreiten hatte – noch weitere Anweisungen entgegennahm.

Also ging ich hoch, duschte ewig lange, setzte mich auf den Balkon und sah der Sonne beim Untergehen zu. Wie wollten sie es eigentlich schaffen, mich, die aus Stein gemeißelte Nymphe, zum Leben zu erwecken? Die wichtigen Menschen da unten hatten zwar über alles Mögliche geredet, aber diesen für mich unglaublich wichtigen Teil ausgespart. Das Einzige, was man mir mitgeteilt hatte, war, dass extra ein Bildhauer engagiert worden war, um meine Wenigkeit nach einem Foto in Stein zu hauen. Nicht schlecht. Die meisten berühmten Persönlichkeiten dieser Erde bekamen – wenn überhaupt – erst nach ihrem Tod ihre eigene Büste.

Plötzlich fiel mir siedend heiß ein, dass ich für heute meinen Pflichtanruf noch nicht getätigt hatte. Gott sei Dank lief bei Peter nur das Band.

»Alles okay«, sagte ich kurz und legte schnell auf.

* * *

Das Abendessen war köstlich, aber langweilig. Dummerweise platzierte man mich neben meinen Partner, mit dem ich insgesamt nur drei Sätze wechselte. Er war Amerikaner, 25 Jahre alt und fand es in Italien »really amazing«. Ich fand das auch, und als er sich seinem Tischnachbarn zuwandte, um ihn für den Rest des Abends zu umsäuseln, unterhielt ich mich nur noch mit meinem Essen. Rechts von mir saß niemand, mir gegenüber eine fast taube ältere Dame, von der wohl niemand wusste, welche Rolle sie hier spielte, und meine einzige Ansprechpartnerin, Elvira, hockte am anderen Ende der Tafel.

Immerhin entschädigte mich das fünfgängige Menü für einiges. Ich leerte meinen Teller bei jedem Gang bis zum letzten Bissen, und erst als ich kurz vorm Platzen war, fiel mir ein, dass ich mir morgen in meinem Nymphenkleidchen nicht die kleinste Bauchwölbung erlauben durfte. Meistens hatte ich zwar nach einer Nacht wieder einen platten Waschbrettbauch, aber vielleicht sah das nach fünf Gängen doch etwas anders aus. Also riss ich mich zumindest beim Nachtisch zusammen, trank nur noch einen Espresso und ging, da ich am nächsten Morgen um vier aufstehen musste, frühzeitig zu Bett.

Wieder mal konnte ich nicht einschlafen. Das Essen lag mir wie ein Briefbeschwerer im Magen, der Kaffee hatte mich wach gemacht und immer wieder grübelte ich darüber nach, wie ich es hinkriegen sollte, diesen Ben zu küssen. Mein einziger Trost war, dass er sowieso kein Interesse an Frauen hatte, sich also nicht wahnsinnig ins Zeug legen würde.

Als der Wecker dann um vier klingelte, dachte ich, ich würde die Engel im Himmel singen hören. Wie grausam! Wie absolut fürchterlich! Mit Todesverachtung sprang ich unter die Dusche, und als ich mich nach einem Kaltwasserguss abtrocknete, leuchtete mir eine knallrote Sonnenbrandnase entgegen. Dazu sahen meine Augen verquollen aus, die Haut war vom Schlafen zerknautscht . . . Wenn die Regisseurin mich gleich wieder wegschicken und den Spot mit ihrem Adonis alleine drehen würde – es hätte mich nicht groß gewundert.

Punkt halb fünf ging ich runter. Man drückte mir einen Becher Kaffee und eine Brioche in die Hand, dann zerrte mich die Visagistin in den Toilettenraum des Hotels, wo sie mich, ohne meine Nase auch nur mit einem Wort zu kommentieren, mit ganz viel Make-up zukleisterte, dann kam ein junger Asiate hereingeschneit und mühte sich ab meine raspelkurzen, angefeuchteten Haare auf Lockenwickler zu drehen.

»Was? Bleiben die so?«, fragte ich.

Ich bekam gerade mal ein Nicken zur Antwort. Zwei Minuten später hatte ich meine Frage schon wieder vergessen, da schnauzte mich der Typ plötzlich an: Schließlich sei ich ja gerade wegen meiner Haarfarbe gebucht worden, was er allerdings total daneben fände.

»Ach so«, sagte ich nur und schaute ihm dabei zu,

wie er mir ein Kopftuch um die Lockenwickler band. Jetzt sah ich wie eine Vogelscheuche aus.

Rein in den Bus, wo schon die komplette Crew versammelt war. Die meisten dösten vor sich hin, Ben saß neben mir und rauchte eine Zigarette, wovon mir schrecklich übel wurde.

»Is it okay?«, fragte er, als er meine Blicke bemerkte.

»No«, sagte ich und freute mich darüber, dass ich mich getraut hatte.

Der Typ nahm noch in Seelenruhe ein paar Züge, warf dann die Kippe aus dem Fenster und ignorierte mich von Stund an.

Ungefähr vierzig Minuten brauchten wir bis Paestum, und als ich noch schlaftrunken aus dem Bus taumelte, wurden meine Knie weich. Drei riesige Tempelruinen lagen vor uns und zwischen ihnen ging gerade die Sonne auf. Statt der Ruhe einer antiken Stätte, die ich eigentlich erwartet hätte, wuselten bereits etliche Menschen durcheinander, sie stellten Kameras und Scheinwerfer auf und verlegten Kabel.

»Los, umziehen!«, herrschte mich eine fremde Frau an.

»Wo denn?«

»Hier.« Sie zeigte auf die paar Quadratmeter verbrannte Erde vorm Bus.

Ich war ja mittlerweile hart im Nehmen, konnte es jedoch nicht gerade gutheißen, mich vor einer Horde italienischer Arbeiter auszuziehen. Aber die Stylistin guckte mich so bestimmt an, dass ich keinen Widerspruch wagte. Augen zu und durch. Schnell ließ ich meine Jeans runter, zog Pullover und Sweatshirt aus, dann stand ich klappernd vor Kälte da. Immerhin hatte ich mir nach einigen einschlägigen Erlebnissen angewöhnt *immer* einen BH zu tragen. Heute war es ein blauer. Schon kam die Stylistin mit einem hauchdünnen Flattergewand angeschwebt.

»Der muss weg«, sagte sie und zeigte auf mein blaues Ding. »Wegen der Spaghettiträger.«

Ich nickte nur und ließ auch meine letzte Hülle fallen. Die Typen glotzten, das Kleid passte wie angegossen – immerhin . . .

Wenn es nur nicht so kalt gewesen wäre! Zwar schien die Sonne mittlerweile, aber sie hatte nicht im Mindesten vor die Luft zu erwärmen.

Elvira kam mit Zigarette im Mundwinkel anmarschiert. »Wir drehen erst die Kussszene. Also, du liegst wie hingegossen da, und wenn er dich küsst, öffnest du einfach die Augen. So wie bei Schneewittchen. Klar?«

Ich nickte wieder und dachte mit Grausen daran, wie es wohl sein musste, morgens um sieben einen Typ mit Rauchermundgeruch zu küssen, während ich mir gleichzeitig das Hinterteil abfror.

Vorerst fummelten jedoch wieder jede Menge Leute an mir herum: Meine Lippen wurden nachgezogen. Elvira zupfte mein Kleidchen zurecht und der Haarstylist nahm endlich die Lockenwickler raus. Ich hätte einiges drum gegeben, mich wenigstens einmal im Spiegel zu sehen, aber das war leider nicht geplant.

Nach einer halben Ewigkeit ging es dann endlich los. Barfuß kletterte ich auf die Tempelruine und legte mich quer über die Stufen. Mir war so verflucht kalt, dass ich am liebsten losgeheult hätte, da brüllte der Regieassi: »Probedurchlauf. Änd Äktschn!« Ich hielt die Augen krampfhaft geschlossen, bis irgendetwas Nasskaltes meine Lippen berührte, Augen auf – wie sollte ich diesen Typen nur anhimmeln können?

Da war auch schon Elvira bei uns. Erst korrigierte sie den Adonis, der zu allem Überfluss halb nackt durch die Gegend lief, dann sagte sie mir, es sei schon ganz schön gewesen, allerdings sollte ich die Augen langsamer öffnen. Erstaunt sein, Begehren zeigen – und das alles mit einem Blick.

Sicher – das war ja auch ganz einfach. Besonders da die Uhrzeit unmenschlich war und ich meinen Erwecker einfach nur zum Heulen fand.

Noch zwei, drei Probedurchläufe, dann hatten wir den Kuss so weit drauf, dass wir mit dem Dreh anfangen konnten. Mein Herz klopfte wie verrückt. Wenn man bloß nicht das Auf und Ab meiner Brust sah!

Tat man offenbar nicht. Stattdessen war ein Wölkchen vor die Sonne gekrochen, ein andermal musste Ben niesen, dann flog mir ein Sandkorn ins Auge, ich brauchte ein Taschentuch und, und, und . . . Immer wieder hieß es »Klappe! Änd Äktschn!« – zum Glück war es inzwischen wenigstens warm geworden. Nach etlichen Minuten und Stunden kam Elvira endlich auf die glorreiche Idee, eine kleine Pause einzulegen. Schnell auf die Toilette – »Zerknitter dein Kleid nicht! Bloß nicht hinsetzen!«, brüllte die Stylistin hinter mir her –, danach aß ich ein bisschen Obst und ein Sandwich, was zur Folge hatte, dass die Visagistin sofort wieder zur Stelle war, um meinen Mund nachzupinseln. Mein Erwecker amüsierte sich derweil mit dem italienischen Jungen, der für die Verpflegung sorgte.

Kaum war eine halbe Stunde um, ging es weiter. Das Licht ausnutzen, meinte Elvira.

Noch nie war ich so oft und so seelenlos und vor allem so nikotinhaltig geküsst worden. Das Ganze hatte allein den Vorteil, dass Ben von Minute zu Minute netter wurde und sich schließlich sogar dazu herabließ, ein paar Sätze übers Wetter mit mir zu wechseln.

Am frühen Nachmittag war die Szene endlich im Kasten. Während Ben freihatte, probte die Crew mit mir das Ende des Spots. Nun also zum Leben erweckt musste ich mich ohne Zuhilfenahme meiner Hände erheben und leichtfüßig durch die Tempelanlage gehen, während über mir der Himmel blau leuchtete . . .

Diese Szene war wesentlich leichter zu drehen als die vorige, zumal der Himmel mitspielte und uns wirklich einen wunderschönen Farbton spendierte. Zwar wurde vorher noch etliche Male hin und her probiert, wie ich nun genau aufzustehen hatte, aber als man sich einmal geeinigt hatte, ging die Sache sehr schnell über die Bühne.

Zum Glück. Ich fühlte mich mittlerweile total ausgepowert, meine Glieder schmerzten, außerdem hatte mir die Sonne stundenlang durchs Make-up hindurchgeschienen, so dass ich unter der dicken Schicht bestimmt schon krebsrot war . . .

Später im Hotel bekam ich dann die Quittung. Nach dem Duschen brannte meine Haut wie Feuer; außerdem war mir vor Hunger schon ganz schlecht. Ich rief die Rezeption an und sprach wieder das Zauberwort *mangiare* in den Hörer.

Wenig später klopfte es. Im Bademantel öffnete ich, erwartete wieder diesen süßen Italiener mit Sandwiches, aber es war Elvira. Besorgt fragte sie mich, ob es mir nicht gut ginge, sie habe gehört, ich würde nicht zum Essen runterkommen.

»Sonnenbrand«, antwortete ich. »Tut ziemlich weh.« Dass ich des Weiteren keine Lust hatte, wieder einen ganzen Abend neben meinem Erwecker Ben zu sitzen, verschwieg ich lieber.

»Das tut mir Leid. Soll ich dir eine Salbe besorgen?«

Ich zuckte die Schultern. »Sonnenbrand ist Sonnenbrand – ich fürchte, da ist nichts zu machen.«

»Wir brauchen dich morgen nur noch den halben Tag für das Ende der längeren Kinoversion. Du setzt dich auf eine Schaukel und schaukelst in den Himmel.«

»Und wenn ich überall krebsrot bin?«

»Dann kriegst du Ganzkörperschminke.« Elvira lächelte. »Willst du nicht doch mit uns essen?«

»Danke, nein.«

»Okay, dann bis morgen um halb fünf.«

Beim Rausgehen drehte sie sich noch einmal um. »Du warst übrigens ziemlich gut.«

Dann war Elvira draußen.

* * *

Wieder in aller Herrgottsfrühe aufstehen, mit brennender Haut unter die Dusche – ungeschminkt sah ich kein bisschen aus wie die liebliche Nymphe. Und so sollte ich bald über Kinoleinwände flimmern!

Die Visagistin kriegte ebenfalls einen hysterischen Anfall, als ich auftauchte. Nie wieder würde sie mit diesen hellhäutigen Dingern arbeiten, die keine Sonne vertrügen! Sie fummelte sage und schreibe anderthalb Stunden an allen Teilen meines Körpers herum, die nicht von dem Nymphenkleidchen bedeckt waren, bis ich mit der Gestalt vom Vortag eine gewisse Ähnlichkeit hatte.

Derweil beobachtete ich die Szenerie. Unzählige Arbeiter waren am Werkeln und bauten eine geniale Schaukelkonstruktion in die Ruinenlandschaft.

Als die Visagistin endlich fertig war, sollte ich mich zur Probe auf die Schaukel setzen und ein bisschen hin- und herschaukeln. Ich dachte an frühere Sandkastenzeiten und gluckste vor Vergnügen. Dass ich für so was auch noch Geld bekam!

Dann wurde es ernst. Szene eins: Ich setze mich auf die Schaukel. Cut. Der Regieassi schubst mich an. Szene zwei: Die Nymphe schaukelt. Kein Ben, keine

Nikotinküsse – ich hätte ewig so weitermachen können und dann war die Szene ratzfatz im Kasten. In
der Zwischenzeit traf Ben ein, geschminkt und ge-
spornt; mit ihm alleine sollten jetzt die restlichen
Szenen gedreht werden. Somit war ich also fertig. Elvira verabschiedete sich von mir, Ben gab mir eines
seiner schönsten Erweckungsküsschen, ich winkte
der Crew zu und schon fuhr ich im Taxi zum Hotel,
wo man mir hoffentlich noch für den gleichen Abend
einen Flug buchen würde. Bitte, lass es klappen, dachte ich und biss mir vor lauter Aufregung auf die Lippe. Keine Ahnung, warum ich es auf einmal so eilig
hatte, von diesem traumhaften Ort wegzukommen.

17

Die nächsten Tage verbrachte ich im Bett. Mir ging es so hundeelend, dass Anna zu Hause blieb und unsere Hausärztin kommen ließ. Die schüttelte nur den Kopf und sagte, diese Agenturfritzen sollte man verklagen. Erst schicke man mich mit einer nicht ausgeheilten Grippe nach Mailand und dann setze man mich während einer zweiten Antibiotika-Therapie auch noch stundenlang der Sonne aus – der helle Wahnsinn!

Völlig aufgebracht rief Anna sofort bei Peter an und machte ihm die Hölle heiß. Wenn ich auch keine Einzelheiten verstand, so hörte ich doch, wie hart Annas Stimme klang. Nach ein paar Minuten kam sie zurück und meinte, für den Rest der Ferien dürfe ich gnädigerweise zu Hause bleiben.

Ich wusste ehrlich gesagt nicht, was ich davon halten sollte. Zwar fand ich es ziemlich gemütlich, den ganzen Tag im Bett zu liegen und mich verwöhnen zu lassen, andererseits war ich mittlerweile so an die stressige Arbeit gewöhnt, dass mir beinahe etwas fehlte. Um keine Langeweile aufkommen zu lassen, hing ich ununterbrochen am Telefon oder ließ mir Besuch kommen. Robin, Katja, Lena und Annett – alle waren sie plötzlich rührend um mich besorgt, sie brachten mir Plätzchen und wollten Details von meiner Italienreise wissen.

Einen Tag vor Schulbeginn war ich so weit wieder auf den Beinen, dass ich mit Robin ins Kino gehen konnte. Endlich! Luft schnappen! Raus aus dem Bett-mief!

Doch irgendwie lief alles nicht so, wie ich es mir vorgestellt hatte. Schon bei der Filmauswahl kriegten wir uns in die Haare. Obwohl Robin wusste, dass ich Actionfilme hasste, bestand er ausgerechnet jetzt darauf, dass wir uns einen ansahen. Um des lieben Friedens willen sagte ich schließlich Ja, langweilte mich dann aber derart, dass ich beschloss rauszugehen und im Foyer auf Robin zu warten. Ich ließ mich dort also gemütlich nieder, eine halbe Stunde später kam Robin wutschnaubend an. Ich hätte ihm den ganzen Abend vermiest, im Übrigen sei ich sowieso nicht beziehungsfähig und so weiter und so fort.

Ich – nicht beziehungsfähig? Weil ich einen Job hatte und es sinnvoller fand, dass man in Filme ging, die uns beiden gefielen?

Robin grummelte den ganzen Weg bis zu unserer Wohnung in sich hinein. Als ich die Tür aufschloss, wollte er nicht mitkommen.

»Anna und Robert sind noch nicht zu Hause.«

»Na und? Glaubst du, ich hab's nur *darauf* abgesehen?«

»Nein, aber vielleicht sollten wir uns mal in Ruhe unterhalten.«

Robin folgte mir stumm bis in mein Zimmer; er sah aus wie kurz vorm Heulen.

»Was hast du?«

»Nichts. Es ist nur alles . . . so verkorkst!«

Ich drückte Robin auf mein Bett und nahm ihn in den Arm.

»Was denn?«, flüsterte ich.

»So geht es nicht.«

»Wie meinst du das?«

»Immer bist du weg! Ich halte das nicht aus!«

Robin weinte. Es war das erste Mal, dass ich einen Jungen weinen sah, und auch ich hatte jetzt einen dicken Kloß im Hals.

»Was soll ich denn machen? Etwa alles hinschmeißen?«

Robin antwortete nicht, drückte sich nur an mich. Ich streichelte ihm unbeholfen die Hand.

»Wenn du an irgendeinem Theater spielen würdest, könnte ich doch auch nichts sagen.«

»Der Unterschied ist aber, dass ich nirgendwo Theater spiele. Keine Schule will mich!«

»Du darfst eben nicht aufgeben.«

Wir schwiegen uns eine Weile an und ich überlegte, warum Robin das gesagt hatte – *so geht es nicht . . .* Für mich ging es schon. Ich machte neben der Schule meinen Job und freute mich, wenn Robin zwischendurch für mich da war. Was sollte daran nicht funktionieren?

Gleichzeitig versuchte ich mir vorzustellen, wie es für Robin sein musste. Er hatte die Schule geschmissen, kam mit seiner Schauspielerei nicht weiter, und wenn er seine Freundin sehen wollte, war die gerade in Paris, Mailand oder irgendwo am Meer, um sich von braungebrannten Erweckern küssen zu lassen.

»He!« Ich stupste Robin in die Seite. »Willst du etwa Schluss machen?«

Es war eine rein rhetorische Frage und natürlich wartete ich nur, dass er sagte: »Quatsch, wie kommst du denn darauf, ich liebe dich doch!« Aber er tat es nicht. Er zuckte mit den Schultern und dann hörte ich mich plötzlich sagen: »Geh jetzt bitte«, was Robin dann auch tat.

* * *

Der Schulbeginn war furchtbar.

Irgendwie lebte ich mittlerweile in einer anderen Welt, ich konnte nicht einfach auf meinem Hosenboden sitzen bleiben und so tun, als interessiere mich nichts mehr als physikalische Brennpunkte, die Hackordnung unter Hühnern oder irgendeine angestaubte Kurzgeschichte.

Die Lehrer ließen mich das auch kräftig spüren. Nicht dass sie grundsätzlich Vorurteile Models gegenüber hatten, nur sie waren ja im Recht, wenn sie mir mangelnde Beteiligung am Unterricht vorwarfen und mir nahe legten doch bis zum Abi mit dem Modeln aufzuhören.

Darauf ließ ich mich jedoch nicht ein. Um keinen Preis. Andererseits wollte ich mit dem Modeln auch nicht übertreiben. Ab und zu ein Termin in Hamburg, das ging in Ordnung, aber Katalogfotos am anderen Ende der Welt oder eine Karriere in Mailand aufbauen – solche Dinge waren vorerst tabu. Ich würde mich am Riemen reißen müssen. Brav die Schulbank drücken und mich wieder mit der Normalität des Alltags einer Schülerin abfinden.

Ach, und dann noch Robin. Eine geschlagene Woche ließ er nicht von sich hören. Ich dachte wirklich schon, es wäre aus, doch dann kam Lena eines Morgens in der Schule zu mir. »Dem geht's so dreckig«, flüsterte sie mir vor der Ersten zu.

»Wem?«, stellte ich mich dumm, während mein Puls nach oben schnellte.

»Meinem Cousin. Vielleicht erinnerst du dich noch an ihn. Ich glaube, er heißt Robin.«

Sie grinste, was ich dann auch tat.

»Warum ruft er denn nicht an?«, fragte ich.

»Weil er darauf wartet, dass du es tust.«

Verquere Logik. Da kamen zwei Menschen nicht zusammen, weil alle beide erwarteten, dass der jeweils andere den ersten Schritt tat.

Lena stieß mir ruppig ihren Ellenbogen in die Seite. »Los, ruf ihn schon an. Du vergibst dir nichts.« Und als ich immer noch zögerte, fügte sie hinzu: »Sonst schnapp ich ihn dir weg.«

Sie lachte dabei – ich wusste, es war nicht ernst gemeint.

Also nahm ich meinen ganzen Mut zusammen und griff, sobald ich zu Hause war, zum Hörer. Robin begrüßte mich zwar freundlich, aber sein Tonfall klang merkwürdig. Wir plauderten erst über belanglose Dinge, dann sagte ich wie aus heiterem Himmel: »Solange keiner von uns richtig Schluss gemacht hat, existiert die Beziehung für mich noch.«

»Für mich auch«, antwortete Robin.

Ich war froh, dass er nicht einer von denen war, die in der Liebe immer gleich das Handtuch warfen.

Augenblicklich wechselte Robin das Thema und erzählte mir, er würde jetzt doch weiter vorsprechen gehen.

»Das habe ich gewusst«, sagte ich.

»Das kannst du gar nicht gewusst haben«, erwiderte er.

»Aber klar. Du gibst nicht so leicht auf.«

Erleichtert legte ich nach einer halben Stunde Geplauder auf. Ich hatte nicht für möglich gehalten, dass unsere Beziehung so schnell wieder ins Lot zu bringen war.

Obwohl es mir in Sachen Robin also gut ging, litt ich doch darunter, dass ich meine Karriere nicht vorantreiben konnte. Auf einmal hatte ich das Gefühl, etwas zu versäumen, nicht zur Stelle zu sein, wenn mein Typ gerade gefragt war. Natürlich behielt ich das lieber für mich. Anna und Robert hätten sowieso kein Verständnis dafür gehabt und Peter . . . der hätte seinen Ziegenbart gekrault, genickt und mich postwendend nach Mailand geschickt.

* * *

Edda. Ich hatte sie ewig nicht gesehen. Tausendmal probiert sie anzurufen, aber nie war jemand drangegangen. Ob ihr etwas zugestoßen war? Oder machte sie gerade Karriere im Ausland? Ich rief in ihrer Agentur an und hinterließ eine Nachricht. Sie solle sich doch bitte dringend bei mir melden. Zwei Tage später ging das Telefon.

»Was ist denn? Ist was passiert?« Sie klang panisch.

»Ich wollte dich nur mal sprechen. Wo hast du gesteckt?«

»Och, hier und da . . . Hör mal, können wir uns nicht heute treffen? Ab morgen bin ich in Las Vegas.«

»Klar, gerne.«

Wir verabredeten uns für vier in ihrem Appartement. Als ich dort ankam, verstaute sie gerade ihre Habseligkeiten in zwei riesigen Koffern.

»Willst du auswandern?«, fragte ich spaßeshalber.

»Ja, genau.« Sie grinste mich dabei an.

»Komm, du verarschst mich.«

»Ich hab doch schon am Telefon gesagt, dass ich nach Las Vegas gehe.«

»Ja, für Katalogfotos.«

»Nein. Für immer.«

Im nächsten Moment sackte mir sämtliches Blut vom Kopf in die Zehenspitzen.

»Du spinnst.«

»Nein.«

Sie nahm mich am Arm und zog mich auf ihr Sofa.

»Nicht dass du einen Schreck kriegst. Ich bin wieder schwanger . . .«

»Waas?« Mit Grausen dachte ich an unsere Aktion in der Frauenarztpraxis.

»Ja, aber diesmal ist es anders. Ich hab mich in einen Typen verknallt. Wir wollen heiraten und mit dem Modeln höre ich auf.«

Ich ließ mich zurücksinken und musste erst mal tief durchatmen. Edda konnte ich mir beim besten Willen nicht als Hausfrau und Mutter vorstellen.

»Was ist das für ein Typ?«, fragte ich skeptisch.

»Ein netter. Er hat nichts mit der Modelbranche zu tun. Ihm gehört ein Supermarkt in L. A. Du kommst mich doch besuchen?«

Ich nickte. Plötzlich war ich wie betäubt. Ein Supermarkt in L. A. Das hörte sich mehr als dubios an.

»Hat er was mit Drogen zu tun?«, fragte ich weiter.

»Quatsch. Wie kommst du darauf?«

»Ich dachte, dass du . . .«

»Hör mal, ich hab hin und wieder einen Joint geraucht, das ist alles, ich schwöre!« Sie strich sich über den Bauch. »Und jetzt ist sowieso alles anders!«

»O Edda! Ich wünsche dir so, dass es gut geht!«

»Warum hast du da Zweifel?« Sie lachte mich an und zeigte mir ihre perfekten Zähne.

»Weil du normalerweise Katastrophen anziehst!«

»Mach dir keine Sorgen.« Sie streichelte meine Wange.

»Und mit Modeln ist wirklich Schluss? Für immer?«

»Ich weiß nicht. Aber im Moment hab ich keine

Lust. Mal gucken, wie das wird, wenn das Baby da ist.«

»Da kommst du zu gar nichts mehr«, sagte ich, als ob ich in solchen Dingen die Wahnsinnserfahrung hätte.

Edda packte weiter ihre Tasche und wollte wissen, wie es mir ergangen sei.

Verglichen mit dem, was sie mir gerade offenbart hatte, war mein Shooting in Italien der reinste Pipi-kram. In ein paar Stichworten warf ich ihr meine Par-fümstory hin, woraufhin Edda den Mund aufklappte und ihn nicht mehr zumachte.

»Waaas? Du hast einen Werbespot für ein Parfüm gedreht und das sagst du erst jetzt? Das ist doch der helle Wahnsinn! Darauf warten manche Models jah-relang und kriegen dann doch nie so einen Job.« Sie grinste. »Wie ich zum Beispiel.«

»Was soll so toll dran sein, zigmal einen idiotischen Typen zu küssen und sich ganz nebenbei einen Son-nenbrand zu holen?«

Ich meinte das völlig ernst – no fishing for compli-ments.

»Karen, du wirst berühmt! Was glaubst du, wie vie-le Leute dich im Kino sehen werden! Und erst im Fernsehen! Du hast dir da den dicksten Fisch aller Zeiten an Land gezogen!«

»Ja. Kann sein.« Langsam wurde mir Eddas Schwärmerei peinlich. »Du fängst bestimmt auch wieder an«, prophezeite ich ihr dann.

»Ich weiß nicht.« Edda seufzte. »Dieser Kick, dass

du es geschafft hast, hält ja nie lange vor. Und dann brauchst du einen neuen, besseren Kick.«

»Meinst du wirklich, man wird in dem Job irgendwann größenwahnsinnig?«

»Ein bisschen schon. Oder wie findest du es, dass sich jedes Model zutraut eine Fernsehsendung zu moderieren, in Filmen mitzuspielen . . .«

»Vor einiger Zeit hast du noch ganz anders geredet«, warf ich ein. »Stichwort Schauspielerei . . .«

»Ich glaub, meine Schwangerschaftshormone haben mich ganz schön auf den Teppich zurückgeholt.«

Ich musste lachen. So wie Edda vor mir saß, hatte sie mit einer Schwangeren nicht das Geringste gemein.

Edda holte ein paar Äpfel aus der Küche und biss in einen besonders roten.

»Du hast es gut. Du machst wenigstens dein Abi«, seufzte sie.

In diesem Moment ging mir zum ersten Mal richtig auf, weshalb ich das Abi machte. Nicht für Anna und nicht für unseren Direx, sondern allein für mich und meine Zukunft.

18

Drei Monate später war es dann so weit: Die Parfümwerbung lief im Fernsehen und in den Kinos an.

Ich hatte nicht damit gerechnet, dass der Spot wie eine Bombe einschlagen würde. Wobei er zusammen mit der Opernmusik, dem Licht und der Kulisse schon bombastisch war. Unser Kuss wirkte erstaunlicherweise richtig leidenschaftlich und ich sah auch nicht übel aus – von Sonnenbrand, Beulenpest und Aufregung keine Spur. Zwar war ich insgesamt nur für ein paar Sekunden im Bild, offensichtlich aber lang genug, dass ich wochenlang Thema Nummer eins an unserer Schule blieb. Man sprach mich an, oft nett, manchmal ein bisschen neidisch, einige Lehrer gingen sogar so weit mir zu gratulieren.

Ein paar Tage nachdem der Spot angelaufen war, rief eine Hamburger Lokalzeitung bei uns an, man wollte ein Porträt über mich schreiben.

Ich konnte es kaum glauben. Die Zeitung kam zu mir nach Hause, um mich höchstpersönlich zu interviewen? Während Robert sich vor Stolz aufblähte, sah Anna die Sache etwas kritischer. Nicht dass ich noch überschnappte, meinte sie, aber ich beruhigte sie und sagte, so ein kleiner Zeitungsartikel sei doch nichts Besonderes. Außerdem war es sowieso zu spät; der Termin stand fest und so rückten am nächsten Nachmittag eine Reporterin und ein Fotograf an, um mich zwei Stunden lang zu befragen und abzulichten.

Offen gestanden war ich überrascht, dass die Reporterin fast nur einfältige Fragen stellte: *Wie sieht dein Traummann aus und für welchen Filmstar schwärmst du*, und als ich ihr sagte, ich würde für niemanden schwärmen, glaubte sie mir nicht mal.

Zwei Tage später erschien der Artikel mit der Headline »Shooting Star der Saison – halb Junge, halb Mädchen – Top-Model Karen Coroll«. Ich wartete nur auf die bissigen Kommentare in der Schule, aber zu meinem Erstaunen guckte man mich fast ehrfürchtig an und ließ mich ansonsten in Ruhe. Wahrscheinlich glaubten die meisten immer noch, dass alles stimmte, was in der Zeitung stand.

Peter war schon zweimal auf dem Band, als ich nach der Schule nach Hause kam – wider Erwarten völlig euphorisch. Dieser Artikel sei genau das, was ich jetzt brauchte, schwärmte er, und ich sollte ihn umgehend anrufen.

Wohl oder übel griff ich sofort zum Hörer.

»Karen, hör zu. Weißt du, wer heute schon alles angerufen hat? *Maxime* und der *Brennpunkt*, ein paar Boulevardblättchen, die wollen alle deine Story bringen. Ich sage dir, unsere Strategie funktioniert, dein Look ist in, die wollen alle dein Babyface!«

Peter hatte sich so in Rage geredet, dass er gar nicht merkte, was für einen Stuss er eigentlich von sich gab.

»Was meinst du mit Babyface?«, fragte ich eisig. Langsam bekam ich wirklich das Gefühl, ich war für ihn nur ein Produkt, das zufällig auch noch sprechen konnte.

»Nun sei nicht so empfindlich! Du bist der große Renner der Saison und das solltest du feiern!« Peter redete so schnell, dass er zu haspeln anfing. »Übermorgen gibst du dem *Brennpunkt* ein Interview, nächste Woche *Maxime*, die zweitklassigen Blätter halte ich erst mal auf Abstand.«

Als ich aufgelegt hatte, wusste ich nicht, ob ich vor Freude an die Decke springen oder mich heulend ins Bett legen sollte.

Plötzlich fiel es mir wie Schuppen von den Augen: Die Agentur machte ein Riesengeschäft mit mir und ich spielte als Mensch überhaupt keine Rolle. Ob ich nun Karen hieß oder Barbie – alles egal, solange *deren* Konzept aufging.

Trotzdem spielte ich den Pressezirkus in den nächsten Wochen mit. Ich ging zu den Interviews, setzte mich dummen oder auch weniger dummen Fragen aus, ich ließ mich in Abendkleidern fotografieren, aufgetakelt bis zum Umfallen, dann wieder völlig ungeschminkt, und versuchte ansonsten so normal wie möglich zu bleiben. Sprich: Ich ging zur Schule, hielt Robin bei Laune, paukte Vokabeln und Mathe und gab nicht mehr als die sechzig Euro aus, die Anna mir pro Woche von meinen Modelgagen zuteilte.

An dem Tag, an dem der *Brennpunkt*-Artikel rauskam, klingelte um zehn am Abend mein Handy. Zur Feier des Tages hatten Robin und ich gerade einen Piccolo geköpft und waren wild am Rumknutschen.

»Bitte, geh nicht ran«, bat Robin.

»Es könnte was Wichtiges sein!«

»Nichts ist wichtiger als das, was wir gerade tun!«

Aber ich war schon aus dem Bett und griff zum Handy.

»Hallo?«, sagte ich atemlos.

»Hier Hans.«

»Ach hallo . . .« Ich merkte, wie ich in Sekundenschnelle rot wurde, und flüchtete auf den Flur.

»Was machst du gerade?«

»Äh, nichts . . .«

»Herzlichen Glückwunsch zu deinem Erfolg! Ich wollte dir nur sagen, dass ich langsam mit den Fotos für das Buch anfange . . .«

»Ach so.«

»Hast du demnächst mal Zeit?«

»Ich glaube schon«, sagte ich mit wackliger Stimme.

»Ja, wunderbar. Sprich das bitte mit deiner Agentur ab und ich rufe dich in einer Woche noch mal an. Dann können wir alles Weitere bereden.«

Wir tauschten noch ein paar Belanglosigkeiten aus, dann verschwand ich erst mal eine Weile im Bad, bevor ich zu Robin zurückkehrte. Mich abkühlen. Luft schnappen.

»Wer war das?«

»Ein Fotograf, mit dem ich mal gearbeitet habe. Er will ein Buch machen mit Modelfotos.« Ich versuchte so beiläufig wie möglich zu klingen, damit Robin keinen Verdacht schöpfte, aber irgendwie hatte er plötzlich regelrechte Insektenantennen.

»Will der mit dir ins Bett?«, fragte er.

»Blödsinn.«

»Aber der andere wollte doch auch . . .«

»Deshalb muss dieser ja nicht das Gleiche wollen.«

Robin sagte nichts mehr, machte allerdings auch keine Anstalten, mich wieder anzufassen. Und ich war froh drum. Ich konnte tun, was ich wollte: Irgendwie brachte mich Hans immer wieder aus dem Konzept, auch wenn ich mir noch so sehr einredete, das sei doch nur eine kleine Schwärmerei.

* * *

Schon eine Woche später fand der Fototermin bei Hans statt. Ich hatte mir zu diesem Zweck extra den Donnerstag in der Schule freigenommen. Früh am Morgen nach München fliegen, am Abend zurück. Eigentlich wäre ich gerne über Nacht geblieben – ein bisschen länger mit dem Feuer spielen, aber das ging natürlich nicht . . .

Was wollte ich nur von diesem Mann, der doch gar nicht für mich infrage kam? Seinetwegen die Beziehung zu meinem Freund aufs Spiel setzen? Diese Gedanken sausten durch meinen Kopf, während ich mit weichen Knien im Taxi zum Studio fuhr.

Hans öffnete mir die Tür; er sah anders aus, als ich ihn mir in langen Nächten vorgestellt hatte. Älter und verhärmter, aber irgendwie auch attraktiver.

»Schön, dass du da bist!« Ein fester Händedruck, dann gab er mir ein Küsschen auf die Wange und führte mich ins Studio, wo eine Frau herumwuselte.

»Darf ich vorstellen? Karen, das ist meine Frau, Sibylle.«

Jetzt wurden meine Knie erst recht butterweich. Ich riss mich zusammen und reichte der Frau gequält lächelnd die Hand. Frau von und zu Hans ließ ein paar Nettigkeiten vom Stapel, nahm mir die Jacke ab, und während Hans seine Anlage aufbaute, bot sie mir Frühstück an. Obwohl ich weder Hunger noch Durst verspürte, schenkte ich mir aus lauter Verlegenheit einen Kaffee ein und biss in ein trockenes Brötchen. Dabei beobachtete ich Sibylle verstohlen. Sie war attraktiv, keine Frage. Klein und zierlich, kinnlange rötliche Haare, dezent geschminkt. Sie trug einen schwarzen Leinenanzug, keinen Schmuck.

»Ich bin eigentlich Maskenbildnerin«, sagte sie. »Aber für dieses Projekt kümmere ich mich um das Make-up und Styling der Models.«

Wie praktisch . . . Immerhin hatte ich so die Chance, mich endgültig zu entleiben.

Jetzt kam Hans mit einem Stapel Fotos zu uns rüber und legte sie auf den von mir voll gekrümelten

Tisch. »Du kannst dir mal angucken, was ich bisher an Material habe.«

Ich wischte mir die Finger an der Hose ab und nahm die Fotos in die Hand. Lauter Schwarzweißaufnahmen, schöne Mädchen, sehr ungewöhnlich aufgenommen. Eine Blonde stand zum Beispiel in einem kurzen Sommerkleid in einer Badewanne voll Wasser, von einem anderen Mädchen sah man nur die Hände, die auf ihrem nackten Bauch lagen. Was Hans wohl mit mir vorhatte?

»Toll«, sagte ich und schaute ihn erwartungsvoll an.

»Ich habe mir schon was für dich überlegt. Wobei . . . du machst natürlich nur das, was dir entspricht.«

Ich nickte.

»Meine Frau hat ein paar historische Kostüme aus der Oper mitgebracht. Ich würde dich gerne in dem einen oder andern fotografieren.«

»Aber ich bin doch gar nicht der Typ für lange Kleider.«

»Es sind auch eher die Hosenrollenkostüme. Pagen, Diener . . .«

Ich nickte. Zwar konnte ich mir nicht viel darunter vorstellen, aber es klang interessant.

»Entschuldige, wir haben nicht viel Zeit. Sibylle wird dich sofort schminken.«

»Ja.«

Verdammt! Warum verliebte ich mich immer wieder in diese Augen!

Schon saß ich vor einem Spiegel und durfte dabei

zusehen, wie die Frau, die Hans tausendmal angefasst hatte, Make-up in meinem Gesicht verteilte. Ich verordnete mir an was anderes zu denken, aber es gelang mir nicht.

Sibylle hatte schöne Hände, und wie sanft sie in meinem Gesicht herumarbeiteten . . . Wir unterhielten uns – ganz banal – über Frisuren. Sibylle gefiel mein Kurzhaarschnitt. Sie meinte, sie habe sich nie getraut ihre Haare ganz kurz zu schneiden.

Ich lachte schüchtern, sagte Ja und Amen und hoffte, dass der Tag bald ein Ende nehmen würde.

Als ich in mein erstes Kostüm schlüpfte, sah ich aus wie Robin Hood. Fehlte nur der Hut mit der Feder. Stattdessen drapierte Sibylle mir ein paar vertrocknete Rosen ins glatt frisierte Haar – einziges Zugeständnis an meine Weiblichkeit. Dann ging ich in Position. Ich sollte steif dastehen und bloß meine Mimik spielen lassen. Hans war hellauf begeistert und verschoss ein paar Filme. Anschließend steckte Sibylle mich in eine Art Marlene-Dietrich-Hosenanzug. Die Haare nach hinten gegelt, dazu knallroter Lippenstift – so sollte ich mich auf einen nachtblauen Diwan legen, Zigarettenspitze zwischen den Lippen. Drittes Outfit: Samtfrack, Stulpenstiefel, Filzhut – das Make-up konnte bleiben.

Endlich Mittagspause. Während Sibylle Essen vom Japaner holte, fragte Hans mich über meine Shooting-Termine der vergangenen Wochen aus. Ich erzählte in allen Einzelheiten und genoss jede Sekunde, die wir alleine waren. Insgeheim hoffte ich auf ein

Zeichen – einen eindeutigen Blick, vielleicht eine Bemerkung –, aber Hans war wie immer reserviert und freundlich.

Etwa gegen halb zwei ging es wieder an die Arbeit. Sibylle hatte noch ein paar schöne Kleider an ihrem Ständer hängen, die Hans nun doch ausprobieren wollte.

»Mit Perücke?«, fragte Sibylle.

»Warum nicht mit kurzen Haaren?«, entgegnete Hans. »Der Bruch ist doch gerade interessant.«

Das erste Kleid, das ich anzog, war ein Ballkleid aus der Zeit um die Jahrhundertwende. Ein wunderschöner Stoff, glänzend und mit eingewebtem Blumenmuster, allerdings war es in der Taille viel zu weit.

Sibylle holte ein paar Stecknadeln, mit denen sie das Kleid auf Figur steckte. Hans stellte derweil einen mannshohen Spiegel mit einem goldenen Rahmen in der Kulisse auf.

»Stell dich vor den Spiegel und guck rein«, ordnete er an.

Er machte ein paar Polaroids, entschied dann, dass ich unbedingt lange Handschuhe brauchte, die Sibylle sofort aus einer Kiste mit Accessoires kramte. Ich zog sie über, so sollte ich mich am Spiegel festklammern und mein Spiegelbild betrachten.

»Ja, sehr schön so!«, rief Hans in einer so tiefen Tonlage, dass mir eine Gänsehaut über den Nacken kroch.

Nach ein paar Filmen war ich erlöst. Hans kam

zum Spiegel und küsste mir die Hände. »Du bist großartig«, sagte er und auch Sibylle war plötzlich neben mir, um zu verkünden, dass Hans selten solche Komplimente verteile. Fast hätte ich gesagt, ich würde doch gar nicht viel machen, verkniff mir aber diese alberne Bemerkung.

Wieder Pause. Sibylle verschwand, um für den Getränkenachschub zu sorgen.

»Pass mal auf«, sagte Hans, und noch bevor er weiterredete, ahnte ich plötzlich, was er wollte.

»Zieh die mal an.«

Es waren barocke Schuhe mit mattgrünen Schleifen. Ich zog sie über und streckte ein Bein in die Luft.

»Passen sie?«

»Ja.«

»Würdest du dich nur in diesen Schuhen fotografieren lassen?«

Wie paralysiert sah ich Hans an.

»Nackt?«, fragte ich dann.

»Ja genau. Nackt.«

»Nein«, sagte ich spontan und zog die Schuhe aus.

»Okay, kann ich verstehen. War auch nur eine Frage. Dann machen wir als Letztes noch ein Kostümfoto.«

Im selben Moment kam Sibylle wieder ins Atelier und fortan verloren wir kein Wort mehr über die Sache. Ein Spuk, der ohne großes Aufsehen einfach so verflogen war.

Während ich das letzte Kleid anprobierte, ein kariertes Winterkleid aus dem 19. Jahrhundert, drehte es sich in meinem Kopf. Ich konnte das alles nicht richtig einordnen. Hätte ich es doch tun sollen, er liebt mich, er liebt mich nicht . . .

Unsinn. Hans war ein hervorragender Fotograf, er machte künstlerische Fotos, nicht mehr und nicht weniger. Und vielleicht hätte ich mich unter anderen Umständen sogar für solche Fotos zur Verfügung gestellt. Bei einem anderen renommierten Fotografen. Aber bei Hans . . . Ich konnte nicht vor ihm nackt posieren, um nichts in der Welt! Und wahrscheinlich war es in meiner Situation als Anfängerin auch besser, sich nicht auszuziehen. Obwohl Hans nicht sauer auf mich war und ich auch nicht auf ihn, lag auf einmal eine unerträgliche Spannung in der Luft. So war ich heilfroh, als ich endlich im Taxi Richtung Flughafen saß.

Hans hatte sich wieder mit Küsschen von mir verabschiedet, auch in Anwesenheit seiner Frau. Also hatte ich mir damals wohl nur etwas eingebildet – Küsschen bedeuteten nichts. Rein gar nichts.

19

Antonio pulte jede Rosine einzeln aus dem Kuchen, und während er sich den Teig in den Mund stopfte, legte er aus den Rosinen ein Herz, schob mir dann grinsend den Teller rüber.

»Hör bitte auf mich anzubaggern!«, fuhr ich ihn mit einem freundlichen Knuff in die Seite an. Er konnte es einfach nicht lassen und die Tatsache, dass Robin zu einem Vorsprechen nach Köln gefahren war, schien ihn noch besonders anzustacheln.

»Du bist eben das süßeste Mädchen, das ich kenne«, flüsterte er mir ins Ohr.

»Ja, aber erst, seit ich erblondet bin!«

Ich nahm mir noch ein Stück Butterkuchen – das aß ich auf all die spindeldürren Models, die ständig hungern mussten.

Annas 45. Geburtstag. Obwohl meine Mutter eigentlich jede Form von Spießbürgerlichkeit hasste, hatte sie zu einer gemütlichen Kaffeerunde mit Verwandten und Freunden eingeladen. Tantengespräche, Onkelgespräche, Antonios Flirtversuche plus jede Menge Kuchen – es war eigentlich ganz schön . . .

Als ich mich gerade mit dickem Kuchenbauch zurücklehnte und überlegte, wie viele Pickel ich dieser

Orgie wohl zu verdanken haben würde, klingelte das Telefon. Natürlich ging Anna ran – es war ja ihr Geburtstag.

»Für dich«, sagte sie, als sie zwei Sekunden später ins Wohnzimmer zurückkehrte. »Der *Hamburger Express*.«

»O no!«, stöhnte ich, sprang aber sogleich auf.

»Du wirst berühmt!«, rief Antonio, doch da war ich schon so gut wie draußen.

Eine Frauenstimme – so weit ganz nett. Sie würde gerne ein Interview mit mir machen und ob es mir morgen recht sei.

»Ich muss das erst mit meiner Agentur abklären«, sagte ich und schrieb mir ihre Nummer auf.

Dann legte ich auf und stand wie bedeppert im Flur rum. Der *Hamburger Express*! Sollte man so was tun? Durfte man so was tun?

Ich wählte Peters Nummer; er war sofort dran.

»Na klar machst du das Interview! Nur erzähl denen bitte keinen Dünnschiss.«

»Habe ich jemals Dünnschiss erzählt?«

»Nein, natürlich nicht.«

Wir legten auf.

Peter hatte sie wohl nicht mehr alle und darüber hinaus eine ziemlich ordinäre Ausdrucksweise. Als ich ins Wohnzimmer zurückkam, starrten mich alle an, als hätte ich mich in eine Riesentarantel verwandelt.

»Die wollen mich interviewen«, sagte ich und schenkte mir ganz cool Kaffee nach.

»Der *Hamburger Express*?« Onkel Karl pfiff aner-
kennend durch die Zähne. »Da hast du es aber in jungen Jahren zu was gebracht!«

Ich nickte nur und stellte meine Ohren auf Durch-
zug. Seit wann war ein Artikel im *Hamburger Express*
der Gradmesser für eine Karriere? Und je länger ich
darüber nachdachte, desto alberner kam mir dieser
ganze Presserummel vor. Was hatte ich der Welt
schon groß mitzuteilen, was nicht Lena oder Katja
oder Annett auch hätten sagen können? Nur weil
mich ein schwuler Erwecker geküsst hatte und das
Kinopublikum dabei zusehen durfte?

Mit einem mulmigen Gefühl ging ich am nächsten
Tag zum Interview in die Redaktion. Ich wusste ja
nicht mal, wie die Reporterin aussah, aber das war
auch egal, weil sie sofort auf mich zugelaufen kam
und mir die Hand schüttelte. Die Frau war ziemlich
jung und nett und stellte sich als Volontärin vor.

Wir setzten uns in ein Café, tranken Cola, redeten
über dies und das und ganz nebenbei erzählte ich ihr
auch ein paar Sachen übers Modeln. Bisher hätte ich
den *Hamburger Express* nicht mal mit der Kneifzange
angefasst, aber die Fragen, die die Frau mir stellte, waren bei weitem nicht so dämlich wie die der anderen
Redakteure. Sie wollte zum Beispiel wissen, ob man
sich manchmal als reines Objekt fühle, eine Sache,
die auf der Hand lag, die andere Journalisten jedoch
nie interessiert hatte. Als wir schon am Bezahlen waren, fragte sie, ob es wirklich stimme, dass die Fotografen immer mit den Mädchen ins Bett wollten.

»In der Regel nicht«, sagte ich. »Jedenfalls ist es mir so gut wie nie passiert.«

»Ein Model, mit dem ich befreundet bin, meinte, ihr würde das bei jedem zweiten Termin passieren.«

»Keine Ahnung.« Ich zuckte die Schultern. »Ich hatte nur einmal so einen Arsch in Mailand. Der berühmte Giorgio M. Der hat mich nach dem Shooting gefragt, ob er mit mir schlafen könne.«

»Superarsch«, sagte die Reporterin und dann: »Das hängen wir aber nicht an die große Glocke, oder?«

»Nee, lieber nicht.«

Als wir uns trennten, dachte ich noch einen Moment lang, warum eigentlich nicht, was für eine Rache.

* * *

Zwei Tage später, es war Samstag, kam Anna am Morgen in mein Zimmer gepoltert und hielt mir den *Hamburger Express* unter die Nase.

»Giorgio M. begrapscht Top-Model!«, stand in dicken Lettern auf der Eins, darunter war mein Konterfei in einer Collage mit dem Fotografen.

Ich war noch so schlaftrunken, dass ich es erst nicht glauben konnte. Es dauerte eine Weile, bis es klick machte. Das Interview vor zwei Tagen! Aber die Frau hatte doch gesagt, sie wolle es nicht an die große Glocke hängen, und begrapscht hatte der Typ mich ja auch nicht!

Ich versuchte meine aufgebrachte Mutter zu beruhigen und erklärte ihr, was wirklich vorgefallen war, und obwohl ich mich natürlich ärgerte, musste ich in einem Hinterstübchen meines Kopfes grinsen. Hatte er irgendwie verdient, dieser Widerling.

Kaum war ich aufgestanden, begann das Telefon zu bimmeln und das sollte sich bis zum frühen Abend nicht mehr ändern.

Meine halbe Klasse rief an, Onkel Karl und natürlich Peter. »Bist du verrückt geworden?!«, schrie er in den Hörer. »Du hast sie wohl nicht mehr alle! Willst du die ganze Modewelt gegen uns aufhetzen?« Er keuchte. » . . . fällt alles auf mich zurück!«

Ich hielt den Hörer ein wenig von meinem Ohr weg – so außer sich hatte ich Peter noch nie erlebt. Also tat ich das Einzige, was ich tun konnte: den Mund halten. Und Peter schimpfte weiter, dass die Fetzen flogen.

Plötzlich Stille in der Leitung.

»Und? Hast du was dazu zu sagen?«

Ich nahm mich zusammen und erklärte mit fester Stimme, ich hätte ihm bereits alles gesagt.

»Und wenn er dich auf dem Sitz flachgelegt hätte«, brüllte Peter. »So was erzählt man nicht dem *Hamburger Express*!«

Er legte einfach auf und ich brach in Tränen aus. Ich heulte eine Weile vor mich hin, überlegte dann, was ich tun sollte. Zu Robin oder zu meinen Eltern fahren? Nein, ich würde Edda am anderen Ende der Welt anrufen, egal was es kostete.

Zum Glück war sie sofort am Apparat.

»Bist du in Las Vegas?«, lautete ihre erste Frage.

»Nein. Zu Hause.«

»Was ist passiert?«, fragte sie als Nächstes.

Ich erzählte ihr die Sache mit Giorgio M., dem *Hamburger Express* und von Peters Reaktion.

»Ist doch genial, dass dem alten Sack mal eins ausgewischt wird«, meinte Edda cool.

»Aber wenn mich jetzt niemand mehr bucht!«, jammerte ich.

»Blödsinn. Durch so was kriegst du nur noch mehr Popularität.«

»Die feuern mich!«

»Und wenn schon? Dann gehst du eben zu einer anderen Agentur.«

Eigentlich hatte Edda Recht. Ich war doch nicht auf Gedeih und Verderb einem gewissen Peter ausgeliefert.

Edda gab mir noch ein paar Adressen von guten Agenturen und erzählte schließlich, wie glücklich sie sei mit ihrem kleinen Neutrum im Bauch. Mit ihrem Typen sei so weit auch alles klar, sie sei jetzt eine richtige Hausfrau – vergessen, dass sie mal vorgehabt hatte groß Karriere zu machen.

»Ich freue mich für dich«, sagte ich, auch wenn ich mir persönlich nicht vorstellen konnte mit einem dicken Bauch irgendwo in Amerika zu hocken.

Wir redeten vielleicht eine Viertelstunde, und bevor wir auflegten, versprachen wir uns zu mailen. Irgendwie ging es mir gleich viel besser. Es war merkwürdig, aber obwohl wir Tausende von Kilometern voneinander getrennt lebten, glaubte ich, in Edda eine sehr gute Freundin gefunden zu haben.

Der vorletzte Anruf an diesem Tag kam von der *Hamburger Express*-Volontärin. Mir stockte der Atem, als ich begriff, wer dran war.

»Hör mal, es tut mir wahnsinnig Leid«, sagte sie mit düsterer Stimme in den Hörer. »Ich habe weder die Schlagzeile gemacht noch irgendwas von Begrapschen geschrieben, das musst du mir glauben. Meine Headline hieß: Karen auf Erfolgskurs. Der Textchef wollte was Spektakuläres . . . und hat darauf bestanden, mein Rohmaterial zu sichten.«

Eine kleine Pause entstand. Ich war zu baff, um überhaupt was zu sagen.

»Ich hoffe, dass du jetzt keinen Trouble kriegst . . .«

»Ich glaube dir«, sagte ich spontan. Was für einen Grund hätte sie gehabt, extra noch mal anzurufen, um mir irgendwelche Lügen aufzutischen.

»Ehrlich, sorry . . .«

»Ist schon okay«, sagte ich. »Auch wenn das mit dem Begrapschen nicht stimmt, irgendwie ist es doch gut, dass dieser Macho mal eins ausgewischt kriegt.«

Sie entschuldigte sich noch tausendmal, dann rief ich Robin an.

»Ich hab's schon den ganzen Tag bei dir versucht!«, sagte er vorwurfsvoll. »War ständig besetzt.«

»Ja, weiß ich.« Langsam tat mir vom vielen Telefonieren das Ohr weh.

»Darf ich zu dir kommen?«, fragte ich.

»Natürlich.«

»Kann ich auch bei dir übernachten?«

»Ich denke schon.« Er zögerte. »Warum das auf einmal?«

»Weil hier ständig das Telefon geht und Gott und die Welt mich anruft. Furchtbar.«

»Komm schnell!«, sagte Robin zärtlich.

* * *

Die nächsten Tage wurden zum reinsten Spießrutenlauf. Der Artikel im *Hamburger Express* wirbelte mehr Staub auf als all meine Foto- und Werbeaktionen zusammen. Jetzt begaffte man mich wirklich wie das achte Weltwunder; irgendein Idiot aus unserer Schule pinnte sogar die erste Seite der Zeitung ans schwarze Brett. Ein einziger Alptraum! Manchmal kam mir der Gedanke, dass es gar nicht so schlecht wäre, wieder die dünne, unscheinbare Karen mit ihren braunen Spaghettihaaren zu sein, in deren Leben so gar nichts Aufregendes passierte.

Was war denn schon groß vorgefallen? Irgendein Redakteur hatte in dem Artikel einer Volontärin herumgefuhrwerkt, nicht mehr und nicht weniger. Natürlich nervte es, dass die Leute mich ansprachen und wissen wollten, was denn an der Sache dran sei. Ein paarmal rückte ich die Dinge gerade, doch bald wurde es mir zu bunt und ich sagte nur noch, ruft doch beim *Hamburger Express* oder am besten gleich bei Giorgio M. an. Die geben sicher gerne Auskunft.

Jeden Mittag, wenn ich von der Schule nach Hause kam, lief ich sofort zum Anrufbeantworter, prüfen ob Peter sich gemeldet hatte, aber Fehlanzeige. Ganze drei Tage ließ er mich schmoren, dann rief die Thielen am späten Nachmittag an, um mit mir einen Termin für den nächsten Tag auszumachen.

»Was gibt's denn?«, fragte ich.

»Das besprechen wir lieber persönlich.« Die Thielen klang sehr förmlich, wir legten noch die Uhrzeit fest, dann beendeten wir das Gespräch.

Merkwürdigerweise war es mir plötzlich so ziemlich egal, dass die Thielen mich höchstwahrscheinlich zu sich bestellte, um mir die Leviten zu lesen. Was hatte ich noch groß zu verlieren?

So ging ich am nächsten Tag auch ganz locker und fast ohne Herzklopfen hin. Peter kam auf mich zu und machte als Erstes einen Blondinenwitz – wie passend.

Frau Thielen saß in eleganter Aufmachung hinter ihrem Schreibtisch und bedeutete mir auf dem Ledersessel Platz zu nehmen. Es sah bestimmt seltsam aus, wie ich mich in meinen zerschlissenen Jeans in das opulente Möbelstück plumpsen ließ.

Ich schaute die Thielen erwartungsvoll an, aber sie hatte sich vorgenommen mich noch eine Weile auf die Folter zu spannen. Zwei Telefonate, danach kritzelte sie eine Ewigkeit auf einem Zettel herum. Dann sah sie endlich hoch.

»Was hast du dir eigentlich dabei gedacht?«, fragte sie geradeheraus.

Genauso geradeheraus antwortete ich: »Peter hat das Interview abgesegnet und ich habe nur die Wahrheit gesagt, nämlich dass Giorgio M. mit mir schlafen wollte. Irgendein Redakteur hat dann den Artikel ungefragt umgeschrieben.«

»Stimmt das?«

»Was meinen Sie jetzt?«

»Das mit Giorgio M.«

»Natürlich stimmt das. Ich hatte mich damals schon bei Peter beschwert. Der hat die Sache einfach abgetan.«

Die Thielen schwieg und zündete sich eine Zigarette an. »Das ist schon ein starkes Stück«, sagte sie dann.

Ich guckte auf meine Fingernägel, nickte und überlegte, ob sie jetzt Giorgio M. oder Peter meinte.

»So eine Anmache musst du dir wirklich nicht gefallen lassen. Giorgio M. hat keinen Stil.« Sie lächelte plötzlich. »Eigentlich hat er den Artikel schon verdient.«

Ich guckte weiterhin bescheiden auf meine Hände und dachte nur ein Wort. Triumph! Triumph! Triumph! Die Thielen fand es gut, dass man dem geilen Bock eins ausgewischt hatte!

»Möchtest du etwas trinken?«

»Danke, nein.«

Ich dachte, ich könnte jetzt gehen, aber die Thielen hielt mich zurück.

»Ich habe ein kleines Attentat auf dich vor.«

Was wollte sie denn noch von mir? Mich wieder

darauf aufmerksam machen, dass ich die Schule doch schmeißen solle, um nach Mailand oder Paris zu gehen?

Frau Thielen sprach jetzt leise und sog dabei hektisch an ihrer Zigarette.

»Wir haben dich aufgebaut«, sagte sie, »dein eigenes Profil herausgearbeitet . . .« Sie sah mich unvermittelt an. »Und unser Konzept ist offensichtlich aufgegangen. Dein Typ kommt an, das Androgyne . . .«

Mittlerweile konnte ich das Wort *androgyn* nicht mehr hören! Ich war doch mehr als bloß ein Wort! Ich war ein Mädchen, das zur Schule ging, sich mit seinem Freund herumschlug und gerne Schokolade aß. Ich war nicht nur ein androgyner Typ, ein Produkt, mit dem irgendwelche Leute ihr Geld verdienten!

»Es gibt da lediglich ein klitzekleincs Problem.« Frau Thielens Stimme klang wie von ferne.

Sie sah mir tief in die Augen und schwieg ein paar Sekunden, dann reichte sie mir plötzlich ihre Puderdose.

»Schau dir mal deinen Mund an.«

Ich klappte die Dose auf, betrachtete meinen ungeschminkten Mund und fand ihn ganz okay.

»Ja. Und?«

»Siehst du deine Oberlippe?«

Natürlich sah ich meine Oberlippe! Jeder Mensch, der sich im Spiegel anguckte, sah auch seine Oberlippe!

»Ja . . .«, zischelte ich ungeduldig.

»Und siehst du auch, dass der rechte Teil deiner

Oberlippe etwas weniger geschwungen ist als der linke?«

»Ja klar. Da ist sogar eine kleine Narbe. Ich bin als Kind mal eine Treppe hochgefallen.«

»Hör zu, Karen, was ich jetzt sage, ist nicht gegen dich persönlich gerichtet, wir haben uns nur gedacht . . .« Sie zündete sich eine zweite Zigarette an. »Du merkst ja selbst, wie gut du ankommst, die Mailänder Agentur ist auch der Meinung, dass du das Zeug zum Star hast. Wenn wir dich weiter aufbauen, könntest du in ein, zwei Jahren ganz an der Spitze sein. Du hast Charme, Persönlichkeit und Charisma . . . Nur . . . – also wir glauben, dass du dir auf jeden Fall deine Oberlippe korrigieren lassen solltest, um den Sprung an die Spitze zu schaffen.«

Das ist nicht Ihr Ernst, wollte ich sagen, aber mir blieb nur der Mund offen stehen. Hatte die Frau noch alle Tassen im Schrank? Meine Lippen waren toll, sie waren bombastisch, und gerade deshalb, weil ich da eine kleine Unebenheit hatte.

»Du solltest es dir überlegen, wir stehen mit einem sehr guten plastischen Chirurgen in Verbindung . . .«

Ich merkte, wie nach und nach das Blut aus meinem Kopf wich. Gleichzeitig sah ich mir dabei zu, wie ich aufstand und langsam zur Tür ging.

»Kommt gar nicht infrage«, sagte ich laut und deutlich und knallte nur eine Sekunde später die Tür hinter mir zu.

* * *

Keine Ahnung, was ich danach getan hatte. Irgendwie war ich durch die Gegend getaumelt – ein Mädchen ohne Gesicht . . . Bestimmt kamen sie nächstens an und wollten, dass ich mir ein Bein verkürzte, weil das mit Sicherheit ganz große Mode werden würde, oder mein Busen war ihnen plötzlich zu flach, zu *androgyn*, oder ich sollte mir meine Nase vergrößern lassen! Ich kochte vor Wut und dachte, vielleicht hast du schon viel zu viel mit dir machen lassen. Haare ab, erst rot, dann blond, sie hatten mir einen bestimmten Typ eingeredet, nur wer ich wirklich war, hatte ich darüber vergessen.

Dann wusste ich auf einmal, was zu tun war. Ich sah in meinem Portemonnaie nach. Fünfzig Euro, das dürfte reichen, und steuerte den nächstbesten Friseur an. Ich musste eine Weile warten, schließlich legte mir eine ältere Frau mit künstlicher Lockenpracht einen Frisierumhang um.

»Waschen, schneiden, den Ansatz nachfärben?«

»Umfärben. Straßenköterbraun. Und ich lasse meine Haare wachsen.«

»Sieht aber süß aus, das Blond.«

»Ja, ich weiß«, sagte ich matt.

Die Frau machte sich ans Werk. Ab und zu versuchte sie eine Unterhaltung mit mir anzufangen, aber da ich hartnäckig schwieg, gab sie irgendwann auf. Zum Glück. Denn ich hatte meine Gedanken einfach wie einen Lichtschalter ausgeknipst.

Eine Stunde später ging ich als *neue alte* Karen nach Hause. Ich fand, es sah gut aus, wenn auch nicht gerade spektakulär. Robin saß im Treppenhaus und reagierte gar nicht, als ich die Treppe hochkam. Erst als ich direkt vor ihm stand, dämmerte ihm, dass er mich wohl schon mal irgendwo gesehen hatte.

»Mensch, Karen . . .«, sagte er, dann starrte er mich einfach nur noch an.

»Komm rein.« Ich schloss die Tür auf und fragte ihn, warum er eigentlich hier herumsitze.

»Sie haben mich genommen. An einer Privatschule in Köln. Sauteuer, aber was soll's.«

Er strahlte.

»Schön.« Ich gab ihm ein freundschaftliches Küsschen auf die Wange und ließ mich im Wohnzimmer in einen Sessel fallen.

»He? Was ist denn?«

»Ich freue mich für dich«, sagte ich hölzern und dann brach ich in Tränen aus.

Robin nahm mich in die Arme. »Ich komme jedes Wochenende, wir kriegen das schon hin.«

»Das sagt man so. Aber klappen tut's nie.«

Jetzt war Robin still. Was sollte er auch groß sagen? Dass wir die Ausnahme wären? Romeo und Julia des 21. Jahrhunderts?

Nun war also alles am Bröckeln, meine Karriere, meine Beziehung, vielleicht konnte ich noch froh sein, dass ich zu Hause wohnen durfte und ab und zu ein Postkärtchen von Edda bekam.

»Wieder Naturfarbe?«, versuchte Robin mich aufzumuntern und kniff mir zärtlich in die Wange. »Wollte das deine Agentur so?«

»Die wollen mich massakrieren«, sagte ich und heulte wieder los.

Ich brauchte bestimmt eine Viertelstunde, bis ich es unter Weinen und Ausschnupfen schaffte, Robin die Sache mit der Oberlippe zu erzählen.

»Das glaube ich nicht«, war sein einziger Kommentar.

»Dann ruf die Schnepfe doch an und überzeug dich selbst!«

Robin sagte jetzt gar nichts mehr, irgendwann griff er nach meiner Hand und streichelte meine Finger.

»Machst du das mit?«, fragte er schließlich.

»Natürlich nicht.«

»Schmeißt du alles hin?«

Ich zuckte die Schultern. »Was weiß ich denn, es gibt so viele Möglichkeiten.«

Wir betrachteten unsere Schuhe, meine Sandalen neben Robins Sneakers, und zum ersten Mal fiel mir auf, was für riesige Füße er hatte.

»Du könntest dir eine andere Agentur suchen«, schlug Robin vor.

»Oder ich mach erst mal die Schule fertig.« Ich musste lachen. »Starmodel kann ich schließlich immer noch werden.«

Wir küssten uns, und noch während wir dabei waren, dachte ich, wie großartig es doch war, einen Jungen zu kennen, der einfach bei mir vor der Haustür hockte, wenn ich völlig am Ende nach Hause kam, und dem es so ziemlich egal war, ob ich grüne, blaue oder straßenköterbraune Haare hatte.

»He, Karen, du bist ein Star«, sagte Robin. »Mein Star.«

Ich musste lachen und fand, dass es das Beste war, irgendwo hinzugehen, um unser beider Neuanfänge zu begießen.

Glossar

Agentur
Vermittlungsstelle zwischen Model und Auftragge-
ber. Jedes Model wird in der Kartei einer bestimmten
Agentur fest geführt.

Androgyn
(griech.) Männliche und weibliche Merkmale verei-
nigend (zwittrig). In der Umgangssprache: knaben-
haft (für ein Mädchen), mädchenhaft (für einen Jungen).

Book (Buch)
Eine Art Bewerbungsmappe mit einem Fotoquer-
schnitt eines Models. Bevor sie ein Mädchen »buchen«, sehen sich Fotografen und Redakteure ihr
»Book« an.

Booker
Die Person in einer Agentur, die das Model an Kunden vermittelt, sie ist auch an seinem Aufbau betei-
ligt.

Casting
Auswahl des geeigneten Models für eine Produktion.

Editorial
Fotostrecken in Zeitungen/Zeitschriften.

Fotosession
Shooting = Fotoproduktion

Go-See
Das Model stellt sich bei Redaktionen, Werbeleuten und Fotografen vor.

Henkelmännchen/Knickebein
Standardposen beim Modeln (vornehmlich bei Katalogaufnahmen).

Location
Ort, an dem die Fotos aufgenommen werden.

Sedcard
Faltblatt mit den Fotos des Models. Enthält auch Angaben zu den Maßen und zur Verfügbarkeit. Der Begriff geht auf Sebastian Sed zurück, der diese Karteikarten in den 60er Jahren einführte.

Shooting
Fotoproduktion

Stylist/in
Verantwortlich für die Gesamterscheinung des Models: Frisur, Make-up und Kleidung.

Talent-Scout
Talentsucher

Test
Erster Probefoto-Termin eines von einem (→) Ta-lent-Scout entdeckten Models.

Visagist/in
»Gestaltet« das Gesicht des Models durch dekorative Kosmetik.